江山醫統

第二輯

卷19

恨意滔天

石章魚 著

死並不可怕
肉體折磨也不可怕
最怕甘心為人付出，為他人犧牲
到頭卻發現，早已被人背叛……

目錄

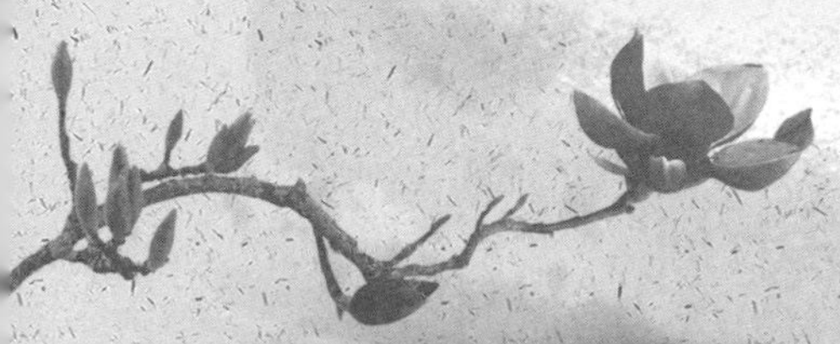

第一章

七巧玲瓏樓

七七將七巧玲瓏樓的事情故意散佈出去，其目的就是引人入甕，
然而這次不但引來了敵人，而且輕易就攻破了她設下的機關，
從內部縱火，就證明潛入者已經進入到小樓的內部，
同時也意味著七七藏在樓內的頭骨很可能已經被人盜走。

胡小天點了點頭道：「左右逢源方才能夠撈到好處，咱們要利用他們急於拉攏大康的心思，榨取最大的利益。」

七七道：「你最擅長的不就是這個嗎？」

胡小天道：「我過去是夾著尾巴做人，夾縫求生，大雍時刻想著吞掉我的領地，朝廷又不把我當成好人，認定了我是個奸臣，關鍵時刻非但不幫我反而一直在背後捅我刀子，太上皇這麼幹倒也罷了……」說到這裡他停頓了下來。

七七冷冷望著他道：「好大的怨氣，你的意思是我對你不夠好？」

胡小天嘿嘿笑了一聲道：「人都是會變的，你現在長大了，懂事了。」

七七焉能聽不出這廝是在說自己過去不懂事，望著胡小天只是冷笑。

胡小天收起一臉的笑意，突然變成了一副深情款款的面孔，真摯道：「其實這些年錯都在我，我過去只是將你當成一個小姑娘看待，卻忽略了你的感受，這些天來，我其實都想對你很認真地說一句對不起。」

七七似乎並沒有被他的這番話感動：「說吧，又想讓我做什麼事？」

胡小天歎了口氣道：「有些時候我發現你真的是太現實了。」

七七道：「沒辦法，誰讓我面對的是你。」

胡小天道：「有件事我思來想去還是應該告訴你，你存放在龍靈勝境內的那顆頭骨，被五仙教主眉莊夫人給帶走了。」

七七微微一怔，頓時就明白一定是在胡小天和權德安進入龍靈勝境遭伏擊的那個晚上，她低聲道：「就算她拿走了也沒什麼用處，她不可能感悟其中的秘密。」

胡小天又道：「我找你幫忙下令將她的弟子榮石放了，原本是因為回味樓的老闆向山聽出面，我卻不知道他在背後卻是和眉莊夫人做了交易。」

七七秀眉微顰，臉上的表情變得凝重起來：「你是說向山聽用榮石從眉莊夫人的手中交換了頭骨？」

胡小天點了點頭：「我也沒有料到他的目的在於此，所以被他利用。」

七七道：「那頭骨對我來說也沒什麼用處了。」

胡小天道：「你記不記得我曾經跟你說過的那件事，這個世界上或許不止你一個人可對頭骨產生感應。」

七七咬了咬櫻唇，她過去並不相信胡小天的這句話，可是那天在天龍寺，當姬飛花的掌心貼近自己的天靈蓋時，在剎那之間曾經和她的大腦建立了一絲交流，那種熟悉的感覺讓她記憶猶新，她從姬飛花的身上感受到了某種極其熟悉的味道，苦思冥想多日，方才意識到姬飛花的身上和自己擁有著某種奇特的共性，或許姬飛花就能夠感悟到頭骨中的秘密。她回到書案旁緩緩坐下，撚起羊毫，在紙上寫下了姬飛花三個大字，然後將紙拿起給胡小天看。

胡小天看到姬飛花的名字不禁啞然失笑，七七這次一定是猜錯了，她以為所有一切都是姬飛花在策劃籌謀，壓根不知道這世上還有霍小如的存在，不知為何，胡小天心中有一個不祥的預感，霍小如應該也是天命者的後人。

胡小天道：「應該不會是她。」

七七冷哼一聲：「就知道你會護著他。」

胡小天道：「並非我護著她，如果她當真想從你的手中得到頭骨，那天在天龍寺就該逼問下落。」

七七也承認他的話有些道理，沉聲道：「那究竟是誰在背後策劃？」

胡小天道：「我忽然覺得那天崗巴多和西瑪誤入天機府的事情並非偶然了。」

七七道：「如此說來，黑胡也想得到頭骨？」

胡小天搖了搖頭道：「不是黑胡是薛勝景，他現在應該就藏身在黑胡，那向山聰就是他的親信。」

七七面露不悅之色：「你瞞著我的事情究竟還有多少？」

胡小天道：「並非我有意欺瞞，而是因為很多事情在無法確定之前，我不可能冒然相告。」

七七道：「你現在又確定了？非得等到發生之後才告訴我？你當我是什麼？」

胡小天道：「你不用心急，總之這件事我必然會查個清清楚楚，那頭骨我負責追回，一定會給你一個交代。」

七七發洩之後也明白此事已經成為定局，就算埋怨胡小天也是無用，其實他說的倒也不錯，在事情沒有搞清楚之前也不可能一一稟報給自己，她歎了口氣道：「你打算怎麼做？」

胡小天道：「七巧玲瓏樓內的頭骨乃是我們手中的一張王牌，此前崗巴多他們或許只是為了試探，我相信他們為了那顆頭骨一定會捲土重來。」

七七道：「說了半天你還在打那顆頭骨的主意，你該不是想讓我將那顆頭骨交給你吧？」

胡小天其實就是這個意思，可七七既然點破，自己反倒不好開口了。

七七充滿疑竇地望著他道：「為何不說話了？」

胡小天正準備開口之際，卻聽到門外傳來尹箏驚慌失措的聲音道：「公主殿下，出大事了！」

胡小天和七七對望了一眼，兩人都清楚如果不是了不得的大事，尹箏是絕不敢輕易打擾他們的，胡小天轉身去開了房門，卻見尹箏一臉驚惶地站在門外，看到房門開了，趕緊噗通一下跪倒在了地上：「奴才打擾殿下和王爺議事罪該萬死。」

七七拂袖道：「起來吧，恕你無罪。」

尹箏站起身來，顫聲道：「剛剛接到天機局那邊的消息，說七巧玲瓏樓被人給燒了……」

胡小天聞言大驚失色，可七七卻平靜如故，淡然道：「七巧玲瓏樓沒那麼容易被燒毀，現在情況怎樣？」

胡小天聽她這麼說，頓時想起這七巧玲瓏樓乃是七七根據頭骨中得到的資訊所建，其中必然包羅萬象，玄機萬千，沒那麼容易被損毀，於是也安下心來。

尹箏道：「發生在黎明的事，具體的情況奴才也不清楚，只是剛才天機局那邊的人過來說，七巧玲瓏樓損毀嚴重，火是從內部點燃，整座小樓只剩下骨架了。」

「什麼？」七七的臉色也變了，七巧玲瓏樓的設計她再清楚不過，即便是洪北漠也沒有破解的本事，從外部用火燒的方法最多熏黑外牆，七巧玲瓏樓通體都用防火石材建設而成，只有內部才用了木質結構，而且樓內有水系環繞，火勢從外部根本無法蔓延到裡面，唯有從內部點燃方可將七巧玲瓏樓燃燒，可是想要進入內部就必須要破解層層密鎖，擁有這個本領的只有自己。

七七已經失去了鎮定，她抿了抿嘴唇，瞬間做出了決定，她要去天機局看看。

前去天機局的路上，胡小天的內心也不平靜，七七將七巧玲瓏樓的事情故意散佈出去，其目的就是引人入甕，然而這次不但引來了敵人，而且輕易就攻破了她設下的機關，從內部縱火，就證明潛入者已經進入到小樓的內部，同時也意味著七七藏在樓內的頭骨很可能已經被人盜走。胡小天心中已經想到了幾個嫌疑者，洪北漠監守自盜不能排除，此人在機關方面的成就可謂是獨步天下，少有人能夠企及，七七認為設置的機關能夠防得住他，或許洪北漠只是佯裝糊塗。更何況現在洪北漠身在皇陵監工，剛好可以利用這件事擺脫嫌疑，正所謂欲蓋彌彰。薛勝景方面也有可能，畢竟此前他們利用熒石換取了頭骨，而那顆頭骨正是七七領悟的那一顆，如果有另外一個人能夠領悟到頭骨中的秘密，那麼七七設置的機關對他來說自然形同虛設，輕易就可以將之破解。

當然還有一個嫌疑人，那就是姬飛花，姬飛花曾經近距離接觸過七七，她和七七很可能是同父異母的姐妹，血脈相連，根據七七所說的情景，在天龍寺的時候，姬飛花曾經用掌心貼在她的頭頂，意圖奪去她的意識，雖然七七感覺並無異樣，可是焉知姬飛花沒有從七七的頭腦中讀到某些資訊？如果她通過這種方式得到了七巧玲瓏樓的構造圖，潛入小樓拿走頭骨也是易如反掌的事情。

胡小天陪同七七來到天機局，洪北漠也得到了消息從皇陵幾乎跟他們同時到來，他們共同來到七巧玲瓏樓前，遠遠望去七竅玲瓏樓主體仍然好端端立在那裡，可是樓頂飄蕩著輕煙嫋嫋，雖然外部完好，可是內部應該已經燒完，天機局雖然人員眾多，但是面對七巧玲瓏樓失火卻並無辦法，因為火勢從內部引起，他們連打開大門的本事都沒有，只能眼睜睜看著七巧玲瓏樓燃燒，從冒出的黑煙來看，裡面應該燒得差不多了。

鷹組傅羽弘正帶著數百人圍攏在七巧玲瓏樓外，看到他們到來，趕緊過來相見。洪北漠簡單問了一下起火的經過，傅羽弘只說這火是突然就燒起來了，他們無法進入其中救火，只能眼睜睜看著，起火前後也並未發現潛入者。

胡小天在一旁聽著，等到傅羽弘說完，冷不防來了一句：「既然沒有發現潛入者，這火難道是內部人放的不成？」

洪北漠因胡小天的這句話臉色一凜，這廝這句話說得實在是太過分，根本是在說天機局內部出了問題，他乾咳了一聲，並未急於辯駁，而是向七七建議道：「公主殿下，事情既已發生，已經無法挽回，現在首先要搞清楚具體的損失狀況。」

七七點了點頭，獨自一人來到七巧玲瓏樓前，開啟小樓外面的銅門，可是這場大火過後，銅門受熱變形，最後唯有選擇強行破壞，花了近一個時辰方才打開，洪北漠讓閒雜人等都在外面候著，只是他和胡小天兩人陪同七七進入七巧玲瓏樓內，這七巧玲瓏樓卻是由內外兩部分組成，有點像套娃，外形幾乎相同，可是內外材質卻完全不同，外面是精鐵鑄銅，而裡面卻是全木製結構，材質乃是鐵木，雖為木質，卻堅逾金石，兩座小樓互不相連，彼此之間還有一條一丈寬度的水道相隔，這條水道在內部循環，鐵木構造的小樓正中有一條水道直通樓頂，水從這條水道通過機關不停地抽吸上去，又沿著樓頂屋面不停流下，水流匯入水道，周而復始，這座鐵木小樓就彷彿始終都處在落雨的籠罩下。

七巧玲瓏樓乃是洪北漠監工建造，可全部的設計卻是來自於七七，以洪北漠的眼界和見識也對其中的精巧奧妙讚歎不已，認為這座七巧玲瓏樓當得起巧奪天工。可眼前的鐵木小樓卻已經被燒成了灰燼，須知道鐵木點燃不易，更何況用來建設小樓的鐵木全都經過了特殊處理，普通的辦法是無法將之引燃的。

七七望著眼前已經化為灰燼的小樓，俏臉之上不見任何的表情。

洪北漠道：「公主殿下到底丟失了什麼寶物？」

七七道：「洪先生是明知故問嗎？」

洪北漠不禁有些尷尬，訕訕道：「微臣的意思是除了那顆頭骨之外。」

七七道：「那顆頭骨本來就是假的，又有什麼重要？丟了就丟了，只是本宮記下的《乾坤開物》丹鼎篇的部分內容也在其中，如今也燒了。」

洪北漠當然知道七七在暗示自己《巡天寶鑒》的事情，心中暗忖這妮子必然丟失了不少的寶貝，看她似乎有些惱羞成怒了。

胡小天道：「我看未必是燒了，這火分明是從內部點燃，應該是有人潛入小樓之中將所有的寶貝全都打包盜走，然後一把火燒掉證據，好讓咱們無從查證，公主殿下，在下不才，願意負責徹查這件事。」

「王爺不必費心了，事情既然發生在天機局自當由洪某負責調查，公主殿下，微臣會全力調查這件事，力求在最短的時間內把事情查個水落石出，一定會向公主有個合理的交代。」洪北漠老謀深算，他當然知道如果七七將這件事交給胡小天去調查的後果，以胡小天一貫的尿性十有八九會借著這件事將天機局攪個天翻地覆。

七七秀眉微顰，嚮了片刻方才道：「也好，這件事就由洪先生負責調查。」

「多謝公主殿下。」洪北漠心底暗自鬆了一口氣。

七七的話並沒有說完，接著道：「本宮給你三天，三天之內必須要給本宮一個合理的解釋。」

洪北漠聽她這樣說不由得頭疼起來，他歎了口氣道：「公主殿下，想要調查清楚這件事，三天只怕是不夠的。」

七七道：「你若是覺得不成，本宮可以另找他人。」目光向胡小天瞥了一眼，胡小天咧開嘴一副幸災樂禍的樣子，七七雖然沒有把這件事交給他負責，可是也沒便宜洪北漠，三天的時間肯定無法將這件事調查清楚。

胡小天故意道：「公主殿下，我看此事三天應該不夠，別的不說，單單是想要將天機局內部調查清楚都不太可能。」

洪北漠聽出他的言外之意，還是懷疑這件事是天機局監守自盜，他淡然道：「多謝王爺掛懷，天機局的事情我會調查清楚，此事的確有些蹊蹺，七竅玲瓏樓連老夫都沒有辦法進入其中，更不用說天機局的其他人。」天機局的所有機關都是永陽公主設計，所以洪北漠才會有這樣的說法，他並不認為天機局內還有人能夠破解七竅玲瓏樓的機關。

言者無心，聽者有意，七七道：「洪先生什麼意思？」

洪北漠恭敬道：「殿下千萬不要誤會，微臣絕沒有質疑您的意思。」

七七冷哼一聲，轉身就走。

洪北漠被她這麼一鬧也是灰頭土臉，表情寫滿尷尬。

胡小天並沒有急於跟著七七離去，他向洪北漠道：「洪先生怎麼看？」

洪北漠道：「老夫這段時間全都在皇陵那邊監督工程，最近天機局的事情我也不甚清楚。」他話鋒一轉道：「王爺其實不該問我，此前黑胡國師崗巴多潛入天機局，還是王爺將人給帶走的，若無王爺作保，天機局一定會將他們潛入的事情查個清清楚楚，或許不會演變到今日之局面。」

胡小天笑道：「洪先生這麼說就是賴我了？不錯，那天崗巴多和黑胡公主的確進入了天機局，可是經過我一番調查，可以確定有人故意將他們引入天機局，引他們前來的人非但對天機局極其熟悉，而且對七竅玲瓏樓的結構也應該清楚一些。」

洪北漠道：「王爺言之鑿鑿，不知你能否找到引他們來到這裡之人？」

胡小天道：「這件事我的確也無法洗清嫌疑，既然如此，黑胡方面我幫你去查，看看此事究竟跟他們有沒有關係。」

洪北漠道：「如此說來，有勞王爺了。」

此時鷹組統領傅羽弘匆匆走了進來，他想說什麼，可是看到胡小天在場頓時顯得有些猶豫，洪北漠道：「不妨事，王爺也不是外人。」

傅羽弘道：「葆葆找到了，只是……」說到這裡他故意停頓了一下。

胡小天聽到葆葆的名字頓時想起，今天天機局發生了這麼大的事情，葆葆卻由始至終都沒有出現，他本以為葆葆是在故意迴避，可是聽傅羽弘說話的意思應該不是，胡小天甚至認為傅羽弘是故意在自己的面前提起葆葆，洪北漠剛才的大度只是在配合演戲。

洪北漠關切道：「葆葆怎麼了？」

傅羽弘道：「她被人重創，奄奄一息，看來只怕凶多吉少了。」

「她人在哪裡？」胡小天聽到這裡再也按捺不住心中的掛念，大聲問道。

葆葆的狀況果然危在旦夕，她被人重拳擊傷肺腑，而且頸椎也有骨折，能夠對一位花季少女下如此重手，足見對方心腸之狠，胡小天檢查過葆葆的傷勢之後已經可以斷定，下手者並沒有想要她的性命，否則葆葆早已死了，他故意留下奄奄一息的葆葆。

洪北漠望著躺在床上一動不動的葆葆，滿面悲憫之色，他充滿悲憤道：「究竟是誰做的？竟然下此毒手？」

傅羽弘道：「黑胡國師崗巴多，有人親眼所見。」

胡小天心中暗暗記下了崗巴多的名字，如果這件事屬實，他必然要十倍奉還，要讓崗巴多生不如死方才解心頭之恨。對他而言當務之急並非是尋找真凶，而是營救葆葆，他沉聲道：「洪先生，勞煩您派人去王府找梁大壯取來我的藥箱，我要親自為葆葆施行手術。」

洪北漠歎了口氣道：「只怕希望不大。」

胡小天流露堅定而篤信的目光：「只要有一線希望，我都會全力以赴。」

洪北漠似乎被他的這句話感動，重重點了點頭道：「王爺只管放手施為，若是有用得上洪某之處，我會不惜代價。」

大康太師文承煥此時正在太師府接見前來拜會他的大雍長公主薛靈君，對文承煥來說，薛靈君的到訪並不是什麼好事，畢竟現在正處於敏感時期，方方面面的關係都非常的微妙，而他今日率領一幫老臣前往彈劾胡小天，卻被永陽公主想都不想就予以駁回，由此可見鎮海王胡小天在公主心中的地位越發穩固。

這位大雍長公主到現在還沒有得到永陽公主的召見，從禮數上來說，大康這次做得並不周到，不過從另外一方面也證明大雍的實力今不如昔，大康卻從崩潰的邊緣漸漸恢復了元氣，百足之蟲死而不僵，大康的國運看來仍然未到盡頭。

長公主薛靈君首先送上了禮物，這些禮物大都是禮節性的東西，也不是專門為了文承煥準備，大康朝廷重臣都會收到一份，比如和文承煥同等地位的周睿淵就已經收到了一份。

不過文承煥還是和別人不同，大雍大都督李沉舟專程給他帶來了一幅字，這幅字卻是靖國公李玄感親筆手書的《菩薩蠻》，李玄感生前就是書法大家，他去世之後其墨寶更是彌足珍貴。

文承煥喜好書法之事眾所皆知，所以在薛靈君看來，李沉舟送這份禮物可謂是投其所好，可是她卻並不知文承煥和李沉舟之間的關係，更加不會想到靖國公李玄感乃是文承煥的父親，這幅字帶給文承煥的意義又豈止是如獲至寶那麼簡單。

無論文承煥內心如何激動，可是在人前卻沒有半點表示，表情始終淡然自若，微笑道：「多謝長公主，也請殿下幫我向李都督轉達謝意。」

薛靈君道：「太師放心，您的這番話我一定為您轉達。」她將手中茶盞輕輕放下：「太師，說起來我和使團也已經來到康都數日，卻一直無緣得見永陽公主殿下，不知最近公主殿下都在忙些什麼？百忙之中難道抽不出一絲時間和我相見嗎？」按照身分地位薛靈君都是有資格說這句話的，此番出使大康，對方的確有禮儀不周之嫌。

文承煥道：「長公主殿下不必心急，最近宮裡遇到了一些事情，公主殿下正在處理，所以才無暇分身，不過她已經將接待您的事情交給了鎮海王全權處理。怎麼？您還未和鎮海王會面嗎？」

薛靈君幽然歎了口氣道：「見過一面。」

文承煥道：「可曾將您此番的來意表明？」

薛靈君道：「說了又有什麼用處？我此番前來乃是為了兩國交好，可是鎮海王似乎對此事並不怎麼感興趣，更何況此番前來談論結盟之事的也並不只是大雍。」

文承煥當然明白薛靈君這番牢騷的原因，他微笑道：「鎮海王深得朝廷器重，年輕有為，相信他能夠處理好兩國的關係。」

薛靈君道：「文太師有沒有聽說，黑胡方面已經提出要將西瑪公主許配給鎮海王，以此來換得兩國聯盟。」

文承煥皺了皺眉頭，此事他並未聽說，可薛靈君乃是大雍長公主，相信她不會說空口無憑的話，如果真是如此，那麼黑胡為了聯盟大康還真是捨得下本錢，他笑道：「公主殿下從哪裡聽來的消息？」

薛靈君道：「若無確實的消息我也不會無中生有，我此番出使大康，力求兼顧兩國利益，公事公辦，凡事著眼於大局，現在看來，自然比不得黑胡人，他們何其狡詐，懂得投其所好，私下討好鎮海王，以此來達到不可告人的目的。」

文承煥老謀深算，縱然他心底偏向於大雍，可是在表面上卻沒有任何流露，淡然道：「長公主言之尚早，黑胡人雖然許以優厚條件，可是鎮海王未必答應呢，朝廷既然選擇他就有選擇他的道理，相信他可以公平秉持這些事，應該不會做出危害大康利益，損害邦交的事情。」

薛靈君道：「鎮海王的為人我多少還是瞭解一些，這些年他和大康朝廷的關係天下誰人不知誰人不曉？說句不該說的話，此人的心實在是太大，只怕大康的疆土都容不下他呢。」

文承煥沒有說話，撫鬚靜默。

薛靈君道：「當局者迷旁觀者清，奴大欺主的事情我也不是沒有見過。」

文承煥呵呵笑了一聲道：「長公主言重了！」

薛靈君歎了口氣道：「我也只是好心提醒，雖然大康和大雍是兩個國家，可畢竟同屬中原，同氣連枝，共飲庸江之水，彼此間千絲萬縷的關係是隔不斷的，若是讓黑胡人得逞，甚至於為了眼前利益聯手黑胡，最後必然的結果就是唇亡齒寒，引火焚身，我相信貴國上下一定看得清楚。」

文承煥點了點頭：「長公主的意思我明白。」

薛靈君道：「這些年，鎮海王的所作所為，大家都看在眼裡，利用大雍和大康之間的矛盾和爭執，他從中博得了多少的利益，我也不是想說他的壞話，只是希望貴上能夠看清形勢，分清忠奸，千萬不要被奸人所乘，做出後悔莫及的選擇。」

文承煥道：「長公主放心，您的話老夫一定轉達給永陽公主殿下。」

送走了薛靈君，文承煥心情凝重地站在門前，久久沒有回房，薛靈君所說的事情也是他最為擔憂的事情，大康在大雍和黑胡之間的選擇，甚至可以決定兩國最終的命運，而這麼重要的事情，永陽公主竟然交給了胡小天去負責。

展開父親當年手書的菩薩蠻，文承煥的眼睛不由得有些濕潤了，他想起父親生前的敦敦教誨，想起李氏一門對大雍的忠義，想起了自己為了實現大雍一統中原的夢想而背井離鄉隱姓埋名，不惜拋妻棄子來到敵國潛伏數十年，可是兩代人的努力如今全都付諸東流，兒子在大雍的所作所為他雖然沒有親眼所見，可是他也已經完全明白，李氏兩代人的忠心耿耿到了兒子這一代變成了勃勃野心，他操縱了大雍政壇的這場變動，動搖了薛氏的統治，聯手長公主薛靈君，控制了大雍朝政。

正是李沉舟的所作所為，方才導致了大雍在這麼短的時間內由盛轉衰，讓昔日團結的大雍變得人心離散，每念及此，文承煥都感到羞愧萬分，自己數十年的潛伏，數十年的付出已經沒有了任何意義，百年之後，他又有何顏面去面對父親，又有何顏面去面對大雍的歷代國君，沉舟啊沉舟，你知道為父的迷惘嗎？

胡小天從臨時手術室內走出的時候已經是晚霞漫天，他將染血的手套褪下，脫下手術衣，扔在銅盆內，然後向前方的觀星台走去。

站在觀星台上，眺望著西方織錦般燦爛的晚霞，他的目光平和而欣慰，葆葆雖然一度處於生死存亡的邊緣，可是她畢竟命不該絕，自己親手將愛人從死神的手中奪了回來，葆葆的生命已經無礙，下面是時候找出兇手了，他必然要讓行兇者血債血償，要讓天下人都知道招惹自己女人的後果。

身後有腳步聲緩緩接近，雖然緩慢，可是每一步都掌控得極其精準，步伐一致，力道一致，胡小天沒有回頭就已經猜到對方的身分。

身後傳來洪北漠平淡無奇的聲音：「王爺，葆葆的情況如何？」

胡小天道：「沒事了。」

洪北漠來到胡小天身邊，充滿欣賞地望著他，輕聲道：「王爺的醫術果然獨步天下，老夫這一生只見過一個人在這方面和王爺可以相提並論。」

「鬼醫符刓？」

洪北漠點了點頭，復又歎了口氣道：「只可惜此人英年早逝，不然王爺一定可以跟他當面切磋一下。」

胡小天心想鬼醫符刓仍然好端端地活在世上，而且此人還是當年越空行動的骨幹成員之一，洪北漠這個人向來隱藏很深，鬼醫符刓的事情他究竟知不知道還很難說，胡小天決定不向他透露這個消息，低聲道：「本王想向洪先生討個人情。」

洪北漠微笑道：「王爺有什麼話只管直說，你我之間又何必客氣。」心中卻猜到胡小天所說的這件事十有八九和葆葆有關。

果然不出他的所料，胡小天道：「我想將葆葆帶回王府照顧，不知洪先生可否答應？」

洪北漠點了點頭道：「也好，王爺日理萬機，不可能每日前來天機局，葆葆的傷情尚未穩定，由王爺在身邊照顧自然最好不過。」

胡小天道：「多謝洪先生。」

洪北漠道：「其實應當是老夫謝你才對，葆葆是我的乾女兒，可是在我心中始終當她親生一樣，能夠看到她平安無事，我真是開心極了。」

胡小天道：「我記得傅羽弘說葆葆是被黑胡國師崗巴多所傷？」

洪北漠道：「親眼所見未必是真的，此事還需慎重調查，畢竟涉及到兩國之間的關係，崗巴多身為黑胡國師應該不會如此魯莽，或許有人易容扮成他的模樣也未必可知。」

胡小天點了點頭，洪北漠所說的話倒也合情合理，他低聲道：「無論怎樣，我都會調查清楚。」

洪北漠道：「我馬上安排一下，將葆葆安全送到府上。」

胡小天道：「暫時不急，她剛剛做完手術，需要穩定一下，先留在府上觀察一夜，等明日清晨我會安排人手過來接她。」

洪北漠道：「就聽王爺的安排。」

此時身後傳來一個恭敬的聲音道：「王爺千歲！」

胡小天轉身望去，卻見是小太監尹箏來了，他點了點頭道：「什麼事情？」

尹箏道：「公主殿下有急事傳王爺入宮。」

胡小天道：「什麼急事？」

尹箏道：「十萬火急！」

胡小天不認為七七會有什麼十萬火急的事情，可面對她的傳召也不能抗旨不遵，當下跟尹箏一起入宮，來到紫蘭宮的時候已經是夜幕降臨。七七讓人準備好了酒菜只等他回來一起用餐。

看到胡小天到來，七七莞爾一笑，擺了擺手示意宮人都退下，來到胡小天面前，柔聲道：「你累不累？一天都沒吃飯了吧？餓不餓？」

胡小天還從未見到她對自己如此體貼，感覺有些不同尋常，笑道：「還好。」

七七道：「來吃飯吧。」

胡小天心中暗忖，這小妮子又在打什麼算盤？管她呢，反正自己已經餓了一天，先吃飯再說。七七為他斟了一杯酒道：「天機局那邊進展如何？」

胡小天道：「沒什麼進展。」他將杯中酒一飲而盡，然後道：「小尹子說你找我有十萬火急的事兒，可看起來好像不像啊！」

七七格格笑了起來：「我若是不那麼說，你豈肯乖乖地過來？」

胡小天道：「你是公主殿下，您的傳召我豈敢充耳不聞？」

七七道：「若說有事，倒也的確有事，下午文太師又過來了。」

胡小天皺皺眉頭，這文承煥還真是陰魂不散：「又來彈劾我？」

七七搖了搖頭道：「只是告訴我一件事。」

「什麼事？跟我有關嗎？」

七七道：「聽說黑胡人給你送了一份大禮！」

胡小天笑了起來：「大禮？什麼大禮？我怎麼不知道？」

七七道：「何必裝糊塗，人家不是要把黑胡公主西瑪送給你當小老婆嗎？」

胡小天差點沒把嘴裡的飯給噴出來，咳嗽了一聲，好不容易把嘴裡的飯給咽了下去，面孔卻已經憋得通紅，緩了口氣方才道：「你從哪裡聽來的這個消息？簡直是胡說八道。」

七七道：「沒這回事？」

「當然沒這回事，我向來公私分明，怎麼可能犯這種錯誤，你別聽人瞎說。」

七七道：「空穴來風未必無因。」

胡小天一副死豬不怕開水燙的模樣：「愛信不信，完顏烈新倒是說過，可是我當即就給回了。」

七七將信將疑地望著他道：「西瑪公主可是黑胡數一數二的大美女，你見到她還不跟貓兒見到魚似的，送到嘴裡的肥肉豈能不吃？」

胡小天道：「叉塊排骨整天在我眼前晃，我不一樣還是忍住沒動。」

七七氣得揚起筷子照著他的頭頂狠狠敲了一記：「你說誰是排骨？」

胡小天的目光在她胸前一瞄：「其實我喜歡吃排骨。」

七七夾起一塊排骨塞到他的嘴裡：「噎死你，骨頭也給我吃了！」

胡小天是真餓了，填飽了肚子，接過七七遞來了一杯龍井茶，這才感覺到舒坦了許多，能讓權傾天下的永陽公主照顧，心中的滿足感還真不一般。

七七的心情顯然不錯，對胡小天居然表現出前所未有的體貼，輕聲道：「讓你說中了，文承煥果然是向著大雍說話。」文承煥一日之間兩度前來彈劾胡小天，第二次可不單純是為了說胡小天的不是，同時也連帶著陰了黑胡一把。

胡小天道：「黑胡和大雍之間這老狐狸顯然更偏向後者。」他意識到七七的情緒並沒有因為七巧玲瓏樓被焚而受到太大的影響，有些奇怪道：「七巧玲瓏樓的事情你不生氣了？」

七七道：「為何要生氣，不就是一顆頭骨，本也不是我的，丟了就丟了。」

胡小天這才知道七七在天機局發那通火只是做樣子給洪北漠看，這小妮子心機太深，連自己都被她騙過。

七七道：「相比較而言，我更在意被眉莊盜走的那一顆頭骨的下落。」

胡小天道：「你放心，我會儘快查出頭骨的下落。」

七七道：「黑胡若是當真要把西瑪公主送給你當小老婆，你要不要？」

胡小天見她仍然在這件事上糾纏不放，不由得苦笑道：「這件事一定是別有用心的人利用來製造文章，我沒有說過，黑胡方面應該也不會把這件事主動爆料出來，背後故意將此事捅出來的很可能是大雍方面。」

七七道：「你何以斷定是大雍？」

胡小天道：「據我所知，今日長公主薛靈君去太師府拜會了文承煥，文承煥緊接著就來見你，人若是以不變應萬變反而無懈可擊，他們自以為聰明，主動出擊，反倒容易暴露破綻。」

七七道：「你在監視他們？」

胡小天道：「來而不往非禮也，我的一舉一動也在他人的監視之中。」

七七道：「如此說來，這個文承煥果然有些問題，身為大康臣子，竟然凡事都向著他國，看來真是要好好查一查他了。」停頓了一下又道：「他還代長公主薛靈君傳話，說是想要跟我見面。」

「你答應她了？」

七七點了點頭道：「不答應也說不過去。」

胡小天道：「如此說來我解脫了。」

七七道：「我答應她五天後見面，希望她有足夠的耐心。」

胡小天禁不住笑了起來，七七分明是故意拖延。

七七道：「五天你應該可以摸清他們雙方的底細了。」

胡小天道：「不但要摸清他們的底細，而且……」他停頓了一下，壓低聲音道：「有件事我還是先向你說明一下的好。」

七七道：「看你一臉的壞樣，就不是好事。」

胡小天道：「我準備讓人四處散佈一些流言。」

「什麼流言？」

胡小天道：「以其人之道還治其人之身，一是散佈文承煥勾結大雍出賣大康利益的流言，二是讓人散佈我和長公主薛靈君在康都私會偷情的消息。」

七七美眸圓睜：「你好不要臉！」

胡小天歎了口氣道：「我犧牲名譽還不是為了大康，你當我想跟薛靈君扯上關係嗎？」

七七道：「她只不過是一個人盡可夫的蕩婦，你還真是自甘墮落。」

胡小天道：「只是流言又不是真的，你這也吃醋？」

七七哧了一聲道：「我才不會吃你的醋，胡小天，你可真夠陰險的，這招不僅是為了以其人之道還治其人之身，還是為了分化李沉舟和薛靈君之間的關係。」

胡小天暗讚她的頭腦，點了點頭道：「不錯，長公主薛靈君前來和談，她卻不是為了代表大雍朝廷，而是代表了她和李沉舟之間的利益，大雍皇帝薛道銘如今對他們兩人恨之入骨，大雍國內勢力也是分成兩派，我們就算和談也要找準對象。」

七七道：「你的主意雖陰損，可也不失為一個好辦法，就按照你說的去做。」

胡小天道：「還有一件事，今天七巧玲瓏樓的事情，我覺得洪北漠身上的疑點頗多，既然他現在對你仍然充滿忌憚，我們不妨把神策府重建起來。」

七七眨了眨美眸，在胡小天當初沒有離開康都的時候，他們曾經重建神策府，那時候老皇帝龍宣恩仍然在世，可是後來隨著胡小天前往東梁郡，這件事也就不了了之，神策府也是名存實亡，胡小天現在提出重建，選擇的時機倒是不錯，只是這樣一來卻是挑明了給天機局樹立對立面。

胡小天道：「此事我來操辦，你不必顧慮，洪北漠應該不會多說什麼，在他看來，成立神策府也只是你為了平衡大康勢力的需要。更何況他現在全心在皇陵上面，根本無暇兼顧其他。」

七七點了點頭。

能夠獲得七七的支持，對胡小天來說是一件好事。今天一天發生的事情實在太多，從七巧玲瓏樓被燒，到文承煥兩度彈劾自己，再有葆葆受傷，幾件事表面上看似乎毫無聯繫，可如果仔細考慮，就會發現所有的事情都可能是衝著自己而來。

胡小天離開紫蘭宮之後，並沒有返回王府，而是徑直去了黑胡使團所在的驛館，他要面見完顏烈新，還要找到黑胡國師崗巴多，要儘快搞清他們和七竅玲瓏被燒的事情有無關係，更要搞清葆葆究竟是不是崗巴多所傷。

胡小天來到驛館，卻聽說完顏烈新並不在驛館內，這些天完顏烈新也沒有閑著，忙於拜訪大康官員，打點方方面面的關係。

胡小天又問起崗巴多，門前守衛只說國師並不在這裡，胡小天也不好硬闖，留了個口信給完顏烈新，然後離開了驛館，他豈能就此作罷，在外面兜了個圈子，從兜裡掏出一個口罩蒙面，雖然改頭換面的功夫已經純熟，可還是不及戴口罩更加方便，而且不損耗絲毫的內力，胡小天來到驛館後牆，確信四周無人，騰空翻越圍牆，悄聲無息落在驛館內。

第二章

做賊喊捉賊

完顏烈新暗自推測，公主失蹤之事和胡小天有關，
這廝故意製造動靜，在小樓前拖住卜布瑪，
趁著眾人的注意力都集中在他們身上時，
讓人從事先挖好的地洞進入小樓，劫走西瑪公主。
可是苦於手中沒證據，只能看著胡小天在眼前裝模作樣。

黑胡人的戒備並不嚴謹，除了前後大門之外，並未設置太多的人手去防備，胡小天此前已經對驛館的地形做過詳細瞭解，進入其中很快就找到了自己所在的位置，驛館分為內外兩部分，內苑才是重要人物的居處，胡小天潛伏夜行，並沒有花費太大的周折就已經進入內苑，藏身在假山後方，向前方望去，但見前方共有三座小樓，東西兩側的並沒有燈光，唯有正中那座小樓的三層有燈光透出，可以判斷出其中應該有人。

從現在的時間估算，應該還沒有到就寢的時候，胡小天看了看周圍，然後狸貓一般攀上假山的頂部，站在假山頂部舉目四望，驛館內苑竟然沒有一人駐守，他心中暗自欣喜，足尖輕輕一點，身軀騰空而起，利用馭翔術無聲無息滑翔在夜空之中，來到小樓前方，於虛空中一個轉折，身軀旋轉向上扶搖而起，穩穩落在小樓頂部，雙腳勾住屋簷的邊緣，以一個倒掛金鉤的姿勢宛如蝙蝠一樣倒懸於屋簷之下，所有動作一氣呵成毫無淤滯。

窗前捲簾放下了一半，胡小天透過捲簾的縫隙依稀可以看到室內的情景，卻見一位異族少女正托腮坐在桌前，呆呆望著跳動的燭火入神，她頭上結了百餘根細小的髮辮，長眉如畫，碧綠色的雙目宛如綠寶石一般璀璨，肌膚白嫩如瓷，櫻桃小口嬌豔欲滴。

胡小天馬上從她的面部輪廓中判斷出這少女乃是黑胡公主西瑪，卸去偽裝，尤其是摘掉了大鬍子，這黑胡公主果然美色出眾，難怪她會被稱為黑胡第一美人。

西瑪幽然歎了口氣，此時房門被輕輕敲響。

胡小天慌忙屏住呼吸，避免被人察覺到自己的存在。

得到西瑪應允之後，從門外走入一位鶴髮雞皮的老太婆，那老太婆高鼻深目，身軀異常高大，胡小天目測之下，老太婆的身高應該比自己還要高上半頭，卻見她有些駝背，雙肩上聳，整個人看起來像極了一隻凶猛的禿鷲，只是灰藍色的雙眸中望著西瑪的時候卻呈現出慈愛的光芒。

老太婆嘰哩咕嚕說了句什麼，胡小天聽不懂黑胡語，只能眼睜睜看著室內兩人對話，正在他一頭霧水時，耳邊卻傳來一個熟悉的聲音道：「她們正在說你呢。」

胡小天馬上聽出是姬飛花，欣喜之餘不由得心生慚愧，姬飛花都已經來到近前自己卻毫無察覺，看情形姬飛花或許一直都跟在自己的身後，幸虧是她，如果是別的高手只怕自己現在已經遇到麻煩了。

姬飛花似乎猜到了他此時的想法，微微一笑道：「馭翔術已經出神入化，我都未必比得上你。」

胡小天心中暗歎，姬飛花看似冷漠，其實善解人意，很懂得給男人留面子。姬飛花學著他的樣子以倒掛金鉤和他並肩倒立，用傳音入密道：「這老太婆乃是黑胡第一高手卜布瑪，她一向深居簡出，很少離開黑胡國境，所以真正見識過她真容的人並不多，不過她的兩個弟子黑屍白屍卻非常有名氣。」

胡小天心中暗忖，黑屍白屍全都是死在自己手裡，這老太婆若是知道，必然要視自己為不共戴天的仇人。

姬飛花低聲道：「聽她的話音，好像並不知道你是殺死她徒弟的兇手。」

「說什麼？」胡小天充滿好奇道。

「黑胡公主喜歡上你了。」

胡小天面露得色。

姬飛花搖了搖頭：「你可真是一個多情種子。」

胡小天歎了口氣道：「長得帥怨我嗎？」

此時看到卜布瑪向窗前走了過來，兩人擔心被她發現，同時停下說話，還好卜布瑪走到中途就停下了腳步，卻是又有人敲門。

姬飛花和胡小天對望了一眼，她點了點頭，然後將俏臉向一旁偏了偏，示意儘快離去，若是被人發現了影蹤就不好。

兩人離開了驛館，姬飛花不走尋常路，沿著牆頭屋頂，飛簷走壁，她輕功高超，如履平地，胡小天緊隨其後，等到姬飛花落地之後，卻是已經來到了一條小河前方，姬飛花停在河畔，負手而立，靜靜遙望著不遠處的拱橋，她輕聲道：「你還記不記得這個地方？」

胡小天點了點頭：「西鳳橋！」他怎會忘記？昔日他在皇宮當太監的時候，姬飛花就曾經不止一次帶他來過這裡。

姬飛花點了點頭。

胡小天道：「我記得過去有一對老夫妻在這裡經營夜市。」

姬飛花的雙目中流露出一絲感傷，輕聲道：「他們都已經不在人世了。」

胡小天伸出手去輕輕拍了拍她的肩膀表示安慰，換成當年他絕對不敢這樣做，那時必然是以下犯上的罪責。

姬飛花的唇角露出一絲笑意：「想不到你我還可以活著出現在這裡。」

胡小天道：「吉人自有天相。」他向河邊走了兩步，低聲道：「不知為何，突然很想吃那對老人做的飯菜呢。」

姬飛花輕輕拍了拍手掌，一條小船緩緩從西鳳橋的拱洞下蕩了出來，胡小天定睛望去，看到那操槳人卻是故人，乃是昔日姬飛花的車夫吳忍興。胡小天也有多年未曾和他相見，想不到居然可以在康都重逢。

小船的旗桿之上蕩動著一串紅燈籠，夜色之中顯得極其鮮豔，船艙內擺著一張方桌，桌上也已經擺好了酒菜，還是熟悉的那幾樣，熱騰騰的滷牛肉，白蓮藕，還有剛剛炸好的小魚兒，外酥裡嫩，香氣四溢。酒還是玉堂春，美酒入喉，醇香清冽的感覺沿著喉頭化開，先是清涼然後感到溫潤，胡小天愜意地閉上雙目，輕聲道：

「這酒用冰鎮過。」

姬飛花笑道：「傻子也能喝得出來。」

胡小天睜開雙目，看到小舟搖搖晃晃沿著小河順流而下，吳忍興仍然像過去那樣沉默寡言，如果不是他在划動船槳，幾乎讓人忽略了他的存在。

胡小天道：「你從什麼時候跟蹤我的？」

姬飛花將杯中酒飲盡，然後將酒杯放在兩人之間的小方桌上：「我可沒有跟蹤你，你潛入驛館的時候，我已經潛伏在那裡，不然又怎能騙過你的耳朵。」

胡小天笑道：「我的境界距離你相差甚遠。」

姬飛花搖了搖頭，分明在否認他的這個說法：「你是大康鎮海王，明明可以光明正大地進入驛館，卻為何偷偷摸摸潛入其中？難不成今晚你想偷香竊玉？」

胡小天道：「別人不瞭解我，難道你還不瞭解？我在大是大非上一向分得很清楚。而且在感情上尤其講究你情我願，偷香竊玉，強人所難的事情我從來都不幹！」他直視姬飛花的雙目。

即便是面對胡小天侵略性十足的目光，姬飛花依然能保持淡定，端起酒壺為胡小天斟滿酒杯，舉杯道：「清風明月，良辰美景正是喝酒的好時候，來，乾杯！」

胡小天陪著她乾了一杯。

姬飛花道：「葆葆的傷勢如何？」

胡小天心中暗自詫異，葆葆受傷的事情天機局對外封鎖消息，想不到她居然也知道，看來姬飛花的消息不是一般的靈通，難道天機局內也有她的人在？

姬飛花道：「她被打傷的時候，我親眼目睹。」

胡小天的內心頓時激動了起來，沉聲道：「你在場？」

姬飛花點了點頭道：「我本想去探探七巧玲瓏樓，卻想不到有人捷足先登。」

「什麼人？」

姬飛花道：「一個是向山聰，還有一個是崗巴多。」

胡小天道：「他們進入了七巧玲瓏樓？」

姬飛花點了點頭道：「他們進入了七巧玲瓏樓，我本想尾隨他們進入小樓之中，可惜我沒能力破解樓內機關，所以我靜候在外面，等待機會搶奪頭骨。他們兩人出來之後，發現被我跟蹤，於是兵分兩路，我只能選擇其中一人，於是追蹤向山聰，此人武功高強，雖然被我擊中一掌，可是仍然強行逃脫，不過他的身上並沒有頭骨。我找不到頭骨，只能回頭循著天機局那些人的軌跡追蹤崗巴多。」說到這裡她停頓了一下。

胡小天迫不及待問道：「可曾找到他？」

姬飛花道：「我到的時候，正看到他打傷葆葆，本來我有機會攔住他，可是中途又殺出了一個高手，她雖改變形容，可是我仍然能夠判斷出，她就是卜布瑪。」

胡小天怒道：「此事果然是黑胡人所為。」姬飛花的這番話無疑已經成為崗巴多打傷葆葆的重要證據，胡小天瞬間下定決心就算掘地三尺也要將崗巴多找出來。

姬飛花道：「我今晚前往驛館，一是為了尋找崗巴多的蹤跡，二是想確定一下那攔住我去路的神秘高手究竟是不是卜布瑪。」

胡小天道：「我管她是什麼黑胡第一高手，只要她膽敢跟我作對，我就剁了她的那雙手。」

姬飛花提醒他道：「別讓仇恨蒙蔽了雙眼，卜布瑪的武功非同泛泛，而且她是梵音寺數百年來唯一的女性傳人，得罪了她就等於得罪了整個梵音寺。」

胡小天不屑道：「得罪了又如何？崗巴多也是出身梵音寺，葆葆的這筆帳我必然要跟他們一併算清楚。」

姬飛花道：「我只是覺得奇怪，連我都無法破解七巧玲瓏樓，他們又是如何順利進入其中？」

胡小天道：「別忘了，龍靈勝境內的那顆頭骨被向山聰帶走。」

姬飛花點了點頭道：「也就是說他們之中有人可以領悟到頭骨中的秘密。」

胡小天沒有說話，眼前卻浮現出霍小如的模樣，雖然他不想承認，可是所有疑點卻全都指向了霍小如，如果霍小如能夠讀懂頭骨的秘密，難道意味著她和頭骨的主人也有血緣關係？那麼她和七七又是怎樣的關係？

姬飛花也在考慮同樣的問題，胡小天此前已經暗示自己和七七的關係，可除了她和七七之外，這世上還有人能夠讀懂龍靈勝境下的那顆頭骨，這個人究竟是誰？

胡小天將酒杯重重頓在桌上：「是時候給黑胡人一些壓力了。」

姬飛花道：「崗巴多不可能老老實實待在那裡等我們去抓，如今他們已經得到了兩顆頭骨，我猜他們十有八九已經在離開大康的路上了。」

黎明剛剛到來，黑胡使團所在的驛館外已經來了一支隊伍，為首之人正是鎮海王胡小天。

黑胡特使完顏烈新聽聞之後馬上來到門前看個究竟，看到外面殺氣騰騰威風凜凜的隊伍，完顏烈新處變不驚，他微笑抱拳道：「王爺此舉乃是何意？」

胡小天哈哈大笑道：「完顏兄不要誤會，皆因天機局新近發生了竊案，根據目前掌握的證據表明，很可能和貴國國師崗巴多有關，此事非同小可，我也只好公事公辦。」他翻身下馬，故意壓低聲音向完顏烈新道：「完顏兄還需體諒我的難處，我也是奉命行事，上次崗巴多誤入天機局乃是我作保為他解圍，現在有人又在昨日清晨發現他出現在天機局，我也沒有辦法。」

完顏烈新歎了口氣道：「不是我不配合王爺，我也在找崗巴多的下落，他突然就失蹤了，跟任何人都沒有說過。」

胡小天心中暗自冷笑，崗巴多的事完顏烈新十有八九是知情的，這廝也不是什麼好鳥，此番出使只不過是一個幌子，其背後暗藏著不可告人的目的，別的不說，他和薛勝景必然私下勾結，他的出使或許就是為了盜取頭骨打掩護，否則崗巴多又怎會和向山聰混到一處，而卜布瑪也不會恰巧為崗巴多解圍，攔住姬飛花的去路。

胡小天道：「他不在這裡？」

完顏烈新道：「不在這裡，小使以人格擔保。」

胡小天瞇起雙眼，他對完顏烈新的人格早已產生了懷疑，這廝武功平平年紀輕輕卻能夠登上黑胡北院大王的位子，可見此人必有過人之能，現在看來完顏烈新玩弄陰謀詭計應該是一把好手。胡小天開始意識到自己還是有些低估了此人的能量，想不到他在康都仍然可以掀起一場風浪，當然完顏烈新只是其中的一個，其背後很可能還有薛勝景，甚至還有其他不為人知的人物在幫忙策劃。

胡小天點了點頭道：「我信你。」

完顏烈新的表情如釋重負，以為將胡小天搪塞了過去，他就要離去的時候，胡小天話鋒一轉卻道：「相信歸相信，可我還需親自進去找找。」

完顏烈新苦笑道：「王爺若是帶人搜查，這樣的行為只怕欠妥吧，我們畢竟是代表黑胡而來。」

胡小天微笑道：「我自己進去總還說得過去吧？」

完顏烈新聽他這樣說，如果再繼續阻攔只怕說不過去，他點了點頭道：「既然王爺不信，那麼也只好請王爺親自查探了。」

胡小天笑著點了點頭，他揮了揮手，命令身後隊伍後撤十丈，不過從隊伍中走出了人，黑黑瘦瘦，粗聲粗氣道：「三叔，俺陪您進去。」卻是熊天霸。

完顏烈新看到只有他們兩人進去，也沒有出聲阻止。

胡小天和熊天霸走入驛館，他昨晚已經到這裡來了一次，對驛館的佈局早已了然於胸，裝模作樣地在前院蹓躂了一圈，然後直奔後院而去。完顏烈新為了證明清白，讓人將手下全都叫了出來，方便胡小天查驗，也是為了證明自己並沒有說謊。

胡小天來到內苑假山處，已經將驛館內黑胡使團成員看了個七七八八。

完顏烈新道：「王爺都看到了，這其中並無崗巴多在內，他兩天前就已經不辭而別，誰也不知道他的下落。」

胡小天指了指黑胡公主西瑪所住的小樓道：「好像那裡我還沒檢查過呢。」

完顏烈新面露難色，低聲道：「王爺，那裡只怕不方便。」

「有什麼不方便？」胡小天已經舉步向小樓走去。

完顏烈新快步來到他的身前攔住他的去路，低聲道：「王爺，那裡乃是公主殿下的居處。」

胡小天笑道：「也不是沒見過，既然來了，我剛好拜訪一下。」

完顏烈新道：「王爺，這在禮數上好像說不過去吧。」

胡小天悄然使了一個眼色，熊天霸一把摟住完顏烈新的肩膀，樂呵呵道：「北院大王，咱們此前也見過面，你還記得我嗎？」完顏烈新雖然智慧過人，可是面對熊天霸這種魯莽的貨色卻只能甘拜下風，人家根本不跟他講道理，熊天霸何等力氣，完顏烈新被他摟住，壓根動彈不得，胡小天趁機從他的身邊走過，完顏烈新再想阻止已經來不及了，周圍黑胡武士看到胡小天強闖小樓，一個個義憤填膺，向前圍攏上來。

不等他們走近，熊天霸怒目圓睜，冷冷道：「娘的，我看誰敢過來？也不看看這是誰的地盤，北院大王，你的這幫手下怎麼不懂禮貌？」手臂稍稍一緊，完顏烈新被他摟得氣都快喘不過來，感覺周身骨骼吱吱嘎嘎，彷彿隨時都會被這廝給捏斷，趕緊使了個眼色，示意手下武士退了出去，雖然胡小天有些無禮，可畢竟是在大康的地盤上，雖然在驛館內對方只有兩個人，可外面還有一支隊伍等著，若是當真發生了衝突，他們絕對討不到好處。

胡小天就要來到小樓前方的時候，大門從中打開，一個高大的身影出現在門前，正是有黑胡第一高手之稱的卜布瑪。

胡小天和卜布瑪正面相對，方才見識到她的強大氣勢，卜布瑪的身高要比自己還高上半頭，這還是在她駝背的狀況下，一雙灰藍色的眸子冷冷望著胡小天，站在門前宛如一座小山將胡小天前進的道路擋住。

胡小天微笑望著卜布瑪道：「請讓開。」

卜布瑪沒有說話，仍然站在那裡紋絲不動。

胡小天道：「你聽不懂我的話是不是？」

完顏烈新道：「王爺勿怪，她是殿下身邊的護衛，不懂得中原語言。」

熊天霸道：「那你懂啊，你快讓她讓開。」

完顏烈新苦笑道：「除了公主以外，她誰的話都不聽，我說也沒用。」

熊天霸放開了完顏烈新，來到胡小天的身邊，抬頭仰望著卜布瑪道：「她可真高，三叔，她是男是女啊？」

胡小天笑道：「你不會自己看？」

熊天霸從頭到腳打量了卜布瑪一遍，然後又道：「男的，一定是男的，他沒有胸啊。」說完又搖了搖頭道：「不對，沒鬍子啊，可又不像女的，他是太監，三叔，我猜對了沒有？」

胡小天不禁莞爾。

完顏烈新卻是哭笑不得，胡小天從哪兒弄這個傻小子過來，一身的蠻力，不過這廝不知死活，卜布瑪在黑胡國內地位極高，哪有人膽敢對她如此放肆，自己說她不懂中原語言也只是矇騙胡小天，她不但武功高絕，而且學識淵博，懂得多種語言，熊天霸的話她自然聽得明明白白。

熊天霸向卜布瑪走近了一步道：「這位公公，看你年紀也不小了，還是多多保重身子，我雖然平時不打女人，不打太監，不打老人，不打孩子，可真正把我逼急了，我什麼都不管，你讓開一些。」

卜布瑪傲然望著熊天霸，根本沒有把這個黑瘦的小子放在眼裡。

熊天霸道：「看你個子那麼大，不如咱們拉把手，看看誰的力氣更大一些？」他伸出手去，卜布瑪居然緩緩張開大手向他迎了過來。

熊天霸的手已經不小，可是卜布瑪的手還要比他大上一號，兩人的手握在一起，熊天霸手臂的肌肉根根鼓起，雖然卜布瑪身材高大，可熊天霸在事先已經知道她是女人，也知道她是黑胡第一高手，剛才的那番話純粹是有意為之，真正的目的是要挑起卜布瑪的憤怒，而熊天霸內心深處並沒有當真想要對一個老太婆出手，他只想著拉對方一個踉蹌，給對方一個教訓，讓她知難而退。所以熊天霸一開始並沒有用盡全力，自忖六分力道足以將對方拉開，可是真正出手之後方才知道，自己的六成力道宛如石沉大海，對方巋然不動，甚至連臉上的表情都沒有半分變化。

卜布瑪雖然表情波瀾不驚，可是內心中卻是震驚不已，這黑小子才多大年紀，竟然擁有如此神力，難怪胡小天能夠在短時間內崛起，稱霸庸江兩岸，單看他手下擁有如此厲害人物，就能夠知道他取得今日之成就絕非偶然。卜布瑪冷冷望著熊天霸道：「少年，你抓著我這老太婆的手作甚？還不放開？」

卜布瑪本以為熊天霸剛才這一拉已經用盡全力，卻沒有料到自己的這番話沒有說完，熊天霸非但沒有知難而退放開她的大手，反而用力抓住，全力一拉，這次的力量竟似乎比剛才還要強大一倍。

卜布瑪手臂明顯用力，潛運內力，雙足向地下一扎，猶如生根一般，熊天霸這次卻是用盡了全力，饒是如此仍然沒有將卜布瑪扯動半步，他有生以來還從未見過這樣強橫的角色，額頭黃豆大的汗水津津而落，此時感覺卜布瑪的大手開始加力，猶如一隻鐵箍死死將自己的右手攥住。熊天霸生就寧折不彎的性情，更何況他本身在實力方面並不遜色於卜布瑪。

胡小天看到熊天霸用盡全力都無法將卜布瑪拖動，心中暗歎這老太婆的實力果然雄厚，難怪為黑胡第一高手。他也沒有加入戰團的意思，緩步向小樓走去。

卜布瑪看到胡小天想要從自己的身邊繞過，左臂探伸出去，熊天霸素來是個寧折不彎的主兒，卜布瑪已激起了他的好勝之心，看到卜布瑪伸手，左手也是及時伸了出去，一把將卜布瑪的左手握住，這下就算連瞎子都看得出他們兩人正在角力。

胡小天卻似乎改變了想法，微微一笑，居然退了一步，然後伸出手去在熊天霸的肩頭輕輕拍了拍道：「熊孩子，不得對老人家無禮。」他拍了三下，卜布瑪卻感覺到有三股雄渾至極的力道從熊天霸的手臂向自己傳來，宛如波濤陣陣，一陣強過一陣，卜布瑪手臂劇震，居然主動鬆開了熊天霸的手。胡小天剛才表面上是在勸說熊天霸，可實際上卻在拍打他肩頭的時候，以隔山打牛將內力送往卜布瑪處，這樣一來就等於他和熊天霸兩人合力對付卜布瑪。卜布瑪就算再為強橫，也擋不住兩人合力的衝擊，如果強行抗衡只怕自己會被對方震傷。

熊天霸也順勢鬆開了卜布瑪的右手，心中暗歎，若非三叔出手，自己十有八九要栽在這老太婆的手裡，經此一事，熊天霸方才明白人外有人天外有天，無論自己的武功變得如何之強，可強中更有強中手。

卜布瑪冷冷望著這兩名武功高強的年輕人，陰惻惻道：「你們當真要欺負我這個老太婆嗎？」

胡小天笑道：「此話從何談起？」他轉向完顏烈新道：「完顏兄不是說她不懂得中原話嗎？」

完顏烈新不由得面露尷尬之色，心想這卜布瑪也太不懂得配合了，自己剛剛替她說謊，她這就揭穿自己。

卜布瑪依然傲立於小樓前方，大有絕不退縮之架勢，胡小天點了點頭，輕聲道：「看來今日您老人家是不要我們進入小樓了。」

卜布瑪道：「公主尊嚴豈容侵犯！」話音剛落，卻聽到小樓內傳來一聲驚呼。

眾人都是心中一驚，同時向小樓望去，胡小天臉上笑容不變道：「裡面好像出事了，您老還不去看看？若是公主有了什麼三長兩短，只怕您也擔待不起。」

卜布瑪向完顏烈新看了一眼，完顏烈新點了點頭，剛才的那聲驚呼顯然是西瑪發出，聽她的聲音充滿驚慌惶恐，卻不知又遇到了什麼麻煩。

卜布瑪轉身向小樓奔去，胡小天卻並不急於跟著進去，故意向完顏烈新道：「希望公主沒事。」

完顏烈新看他的樣子總覺得古怪，滿臉的笑意充滿了幸災樂禍的味道，心中暗自懷疑，難道這廝早就預料到眼前的一幕？

沒過多久就看到卜布瑪匆匆從小樓內出來，她嘰哩咕嚕地對完顏烈新說了句什麼。完顏烈新臉色頓時一變。

胡小天道：「完顏兄？到底怎麼回事？」

完顏烈新咬了咬嘴唇，卜布瑪所說的乃是西瑪公主失蹤了，他沒有回答胡小天的問話，轉身就往小樓內趕去，胡小天和熊天霸兩人也跟過去看熱鬧，這下無人阻攔他們了。

來到小樓內，卻見小樓一層的廳堂地板上被開出了一個大洞，邊緣整齊，如同刀削，這地洞一直通向驛館北牆之外，西瑪公主不在小樓之中，看來是被人從這地洞之中劫走了。

一行人循著地洞來到北牆外，找到地洞的另外一個開口在後方的綠柳林內，公主失蹤對使團來說乃是大事，黑胡使團全員出動在附近展開搜索，胡小天也讓他的手下幫忙搜查，他的這幫手下更側重於驛館內。

完顏烈新臉色鐵青，他暗自推測，公主失蹤之事十有八九和胡小天有關，這廝故意製造動靜，在小樓前拖住卜布瑪，趁著所有人的注意力都集中在他們身上的時候，讓人從事先挖好的地洞進入小樓，劫走了西瑪公主，雖然完顏烈新猜到了這其中的玄機奧妙，可是苦於手中沒有半點證據，只能看著胡小天在眼前裝模作樣。

胡小天來到完顏烈新面前，歎了口氣道：「看來真是麻煩了，裡外都找了個遍，仍然沒有西瑪公主的蹤跡，不知何人如此大膽，竟在光天化日下劫走公主。」

完顏烈新心中暗罵這廝賊喊捉賊，歎了口氣道：「這混帳當真大膽至極，若是讓我抓住這賊子，必然將之碎屍萬段，方解心頭之恨。」

胡小天居然還跟著點頭：「我也是這般著想，西瑪公主乃是我大康的貴客，究竟是什麼人膽敢這麼做？」他雙目轉了轉，一臉疑竇地望著完顏烈新：「完顏兄剛才竭力阻止我進入小樓面見公主，莫非……公主早已失蹤了？」

完顏烈新想不到他居然無恥到倒打一耙的地步，他憤然道：「王爺是在質疑我嗎？我因何要對自家公主不利？」

胡小天歎了口道：「日防夜防，家賊難防，我不是懷疑完顏兄，我當然相信完顏兄對貴國的忠誠，可是你的這幫手下卻未必可信，說不定其中混有別國的奸細，意圖通過這件事來破壞我們兩國的友好關係，你說對不對？」

完顏烈新心中認定了一切是這廝所為，聽他這麼說馬上明白他還想借著這件事製造事端，咬了咬牙道：「無論劫匪是誰，只希望我家公主平安就好。」

胡小天慷慨道：「若是求財，這筆錢我替你們出了，畢竟是發生在大康土地上，我也有一點點的責任。」

完顏烈新暗罵，這廝簡直是虛偽至極，陰險至極，因為這件事他也懶得在胡小天面前做笑臉，冷冷道：「這些錢我們還出得起，不過貴國的治安實在是要好好整頓一下了，若是公主有什麼三長兩短，可汗怪罪下來，只怕會有損兩國的友誼。」

胡小天道：「貴國可汗若是當真是非不辨，那也沒有辦法，大康唯有厲兵秣馬等著貴國滅掉大雍之後，再和我方一戰。」他的意思是，黑胡想跟我們開戰，好啊，不過你們要先把大雍擺平，然後才能面對我們。

完顏烈新面對胡小天這種憊懶人物眼下是一點辦法都沒有，剛才的那番話也的確有些過激，就算說盡威脅之詞對方也不會害怕，他歎了口氣道：「王爺只怕誤會我的意思了。」

胡小天道：「完顏兄的意思我都明白，公主被人劫走了，其實我比你還要心急，若是劫財那還好說，若是歹徒見色起意，這件事豈不是麻煩了？」

完顏烈新的臉頓時綠了，如果當真發生了胡小天所說的狀況，那麼他們這次只怕是虧大了。

卜布瑪在周圍搜索一圈毫無所獲，此時也回來了，雙目死死盯住熊天霸，她也認定剛才是這黑瘦小子故意拖住自己，好給同夥製造劫走西瑪公主的時機。

熊天霸看到她惡狠狠瞪著自己，也虎視眈眈向她望去。

卜布瑪緩步向熊天霸逼近，陡然足底一彈，身軀拔高數丈，毫無徵兆地一拳向熊天霸擊去，眾人誰都沒有想到卜布瑪會突然向熊天霸出手，全都吃了一驚。

熊天霸雖然平時顯得有些馬大哈，可在對戰反應之上卻是頂級水準，卜布瑪一出手他就已經做出反應，怪叫一聲，也跳了起來，可是他畢竟稍晚一步，先機全都被卜布瑪占盡，兩人揮出的拳頭撞在一起，熊天霸被卜布瑪凝聚全力的一擊砸落在地上，雙腳落在青石板地面之上，強大的壓力竟然將青石板砸得四分五裂。

卜布瑪宛如一隻飛鷹，凌空懸停，在第一次攻擊將熊天霸擊落之後，化拳為爪，向熊天霸的頭頂抓去，熊天霸仰頭挺胸，一拳衝天而出，他剛才只是吃了啟動稍晚的虧，並非他的內力不如卜布瑪。

胡小天卻擔心熊天霸吃虧，雖然熊天霸內力驚人，可是在對敵經驗上顯然無法和縱橫漠北多年的卜布瑪相提並論，在卜布瑪擊落熊天霸的同時，胡小天也向卜布瑪的身後一掌攻去，這叫圍魏救趙，逼迫卜布瑪放棄對熊天霸的攻擊，卜布瑪從身後的那股潛力已經知道這次的攻擊極其強大，她的身軀在空中陡然一個急轉，竟然在這樣的狀況下仍然轉過身來，直面胡小天，和他對了一掌。

兩人雙掌撞擊在一起，以他們為中心，強大的氣浪向四面八方輻射而去，熊天霸感覺勁風拂面，沙塵四起，不得不扭過臉去閉上眼睛，更不用說其他人，幾名武士已經被這股強大的氣浪掀翻在地，眾人生恐受到這兩大高手對決的波及，一個個慌忙向後方撤退。

胡小天和卜布瑪四目相對，他笑瞇瞇道：「老人家，您這麼大的年紀何必如此拚命？」

卜布瑪感覺兩人緊貼的掌心處似乎出現了兩個空洞，從胡小天那裡一股無形的潛力正在將自己的內力向他抽吸而去，胡小天並非當真要將卜布瑪的內力吸走，只是要讓她知道厲害，知難而退。

卜布瑪只有少許內力進入胡小天的經脈，她馬上就截斷了外流的內息，胡小天再也無法從她哪裡吸取到半分內力。

完顏烈新慌忙趕了過來，大聲道：「住手，全都住手，大家都是朋友，千萬不可傷了和氣。」

胡小天收回內力，向後退了一步，微笑道：「看來我們之間存在不少誤會。」

卜布瑪可沒有完顏烈新那樣的隱忍功夫，怒視胡小天道：「公主在哪裡？」

胡小天向完顏烈新搖了搖頭道：「完顏兄，你們黑胡人都是這樣不講道理嗎？

剛才我就跟你在一起，公主失蹤與我何干？」

完顏烈新現在是啞巴吃黃連有苦自己知，他歎了口氣道：「王爺勿怪，她也只是一時關心情切，絕沒有將此事賴在您頭上的意思。」

胡小天道：「既然如此，先行告辭！」他向完顏烈新拱了拱手，轉身就走。

完顏烈新也沒有送他，眼睜睜看著胡小天一行走了。等到他們全都離開之後，卜布瑪怒視完顏烈新道：「你明明知道是他所為，為何還要放任他離去？」

完顏烈新苦笑道：「前輩，這裡是大康，而且我們沒有任何的證據，照我看公主不會有事，他們的目標絕不是公主殿下。」

卜布瑪冷哼一聲，她也知道完顏烈新所說的是實情，胡小天今日率眾前來，目的是要找國師崗巴多，估計劫走西瑪公主，是和崗巴多的事情有關。

完顏烈新道：「現在我們能做的只有等待了。」

卜布瑪道：「我絕不會讓任何人傷害西瑪！」

大雍長公主薛靈君剛剛狠狠賞了手下人兩個大嘴巴子，倒不是因為手下人犯錯，而是她稟報了一些外面傳來的風言風語，其實本來不想說，是薛靈君硬逼著她說，聽完之後薛靈君卻又壓不住火氣，將心中的怨氣全都撒到了下人的身上。

打完下人兩個耳光，薛靈君猶自氣憤難平，康都到處都在傳言自己和胡小天的風流韻事，說自己為了聯合大康不惜犧牲美色，來到康都之後和胡小天打得火熱，還數次共度良宵，薛靈君倒不是對這件事有多反感，真正讓她生氣的是，壓根就沒有這種事情，她和胡小天除了有限的一次見面之外，就再也沒有任何的交集，這些流言不知從何處而起？

薛靈君第一時間想到的就是李沉舟，李沉舟雖然智慧超群，可是在感情方面卻是極其脆弱，和他相處越久就越發現他的佔有欲幾乎到了變態的地步，若是此事傳到了他的耳裡，他十有八九會發狂。

薛靈君隱約猜到此事很可能和胡小天有關，這廝是故意祭出殺敵一萬自損五千的招數，真正的用意卻是要擾亂李沉舟的心境。

就在薛靈君暗罵胡小天卑鄙的時候，金鱗衛統領石寬匆匆走了進來，有些緊張道：「長公主殿下，胡小天率領一支隊伍將驛館包圍，不知為了什麼事情？」

薛靈君怒道：「他好大的膽子！」

石寬道：「我讓人將他們擋在門外，先行向您通報。」

薛靈君想了想道：「你讓他自己進來，其餘人等不得入內。」

「是！」

沒過多久胡小天就來到了薛靈君的面前，這廝依然是一臉的陽光燦爛。

若是過去薛靈君看到他的樣子或許還會怦然心動，可現在卻恨得牙根癢癢，這廝夠無恥，做了壞事還笑得如此燦爛。

胡小天道：「君姐，這幾天安好？」

薛靈君呵呵笑了一聲道：「來了這麼久，還沒有得到永陽公主接見，你們大康的門庭還真是夠高！」

胡小天道：「公主殿下日理萬機，其實她已經將和談之事全權交給了我，君姐為何執意要見公主殿下，難道以為我還做不得主嗎？」

薛靈君道：「我可沒有看不起你鎮海王的意思，有些事必須要女人和女人才好說話，對著你總是不方便。」

胡小天哈哈大笑道：「有什麼不方便的？君姐何時開始對我如此生分了？」

薛靈君道：「有些事不得不顧忌，以免外人說閒話。」

胡小天道：「的確，男女授受不親，咱們之間還是保持適當的距離才好，你我只不過見了一面，外面關於我的流言就已經漫天紛飛，我的清譽都快要被毀了。」

薛靈君皺了皺眉頭，這廝說話實在有些惡毒了，他的清譽被毀？我是女人，難道我的名譽不重要？可她心中明白，自己在多數人眼中只是一個人盡可夫的蕩婦，的確沒什麼名譽可言。胡小天根本就是有意這樣說，真正的用意卻是在刺激自己。

薛靈君道：「清者自清，有些話根本無需解釋。」

胡小天點了點頭道：「君姐所言極是，有些話的確沒必要解釋，讓別人去說，走自己的路就是。」

薛靈君內心為之一怔，這話初聽平淡無奇，可稍一咀嚼，卻感覺到其中充滿了至深的道理，胡小天總是這樣，看似玩世不恭，可往往在不經意之中卻會語出驚人，此人的智慧和心機都是自己生平罕見，薛靈君不由自主又拿胡小天和李沉舟做了一個對比，拋開兩人的智慧高下不談，和他們兩人在一起的時候，李沉舟始終讓她感到如同陰天般壓抑，而胡小天卻從來都像陽光般燦爛。

胡小天看到薛靈君半天沉默不語，還以為自己剛才的話將她觸怒，輕聲道：「君姐在想什麼？」

薛靈君道：「我在想你今日為何會大駕光臨？」

胡小天笑了笑，在座椅上坐下：「怎麼？君姐連一杯茶都不準備請我喝嗎？」

薛靈君歉然道：「是我失禮了。」她叫來下人為胡小天泡茶。

胡小天不慌不忙，端起茶盞怡然自得地喝了幾口，這才慢條斯理道：「從昨兒到今天發生了不少的事情，先是天機局七巧玲瓏樓被盜，然後付之一炬，種種跡象表明黑胡國師崗巴多參與其中，我們去驛館追查，崗巴多已經逃走，可恰恰在那個時候，黑胡公主西瑪神秘失蹤了。」

薛靈君聽他說完這才稍稍放下心來，看來胡小天今日前來並非針對自己。

薛靈君道：「黑胡的事情你來我這裡作甚？難道你懷疑他們會藏在我這裡？」

胡小天微微一笑並沒有搭話，以薛靈君的頭腦應該不難猜到自己前來的目的。

薛靈君道：「你是不是想給我扣上一頂劫持黑胡公主，意圖破壞大康和黑胡關係的帽子？」

胡小天道：「按照常理來論，貴方的確有這種可能，但是以我對君姐的瞭解來看，這件事應該沒有任何可能。」

「何以見得？」薛靈君秀眉一揚，臉上的表情變得越發冷漠。

胡小天道：「君姐是個聰明人，應當知道這樣做的後果，更何況這是在大康，而且負責這件事的是我。」

薛靈君格格笑了起來：「你還真是自視甚高。」

胡小天道：「做人總得有點自信，不然甚至都沒有勇氣活下去。」

薛靈君道：「既然你知道我不可能做這件事，為何還要率兵包圍驛館？」

胡小天道：「我雖然相信，可是其他人並不相信，我這樣做的目的絕不是要對君姐施壓，也不是要對貴方使團不利，而是在幫你們證明清白。」

薛靈君真是服了他，這廝反正都是他的道理，欺負到別人門上還要裝出一副為別人著想的樣子。

薛靈君點了點頭道：「多謝王爺了！」無論是語氣還是表情已經明確和胡小天劃清界限，想起自己和他之間的傳言，心中越發感到焦躁了，若是李沉舟聽到還不知作何感想？

胡小天道：「君姐是否願意讓我在驛館內四處走走看看？」

薛靈君歎了口氣道：「雖說是驛館，可終究是你們大康的地盤上，你是大康鎮海王，在自己的地盤上自然想做什麼就做什麼，我一個外人又怎敢過問？」

胡小天聽出她心中有氣，微微一笑，向她抱了抱拳。

胡小天出門之後，薛靈君將石寬叫了進來，低聲吩咐，讓他寸步不離地跟著胡小天，嚴防這廝搞出什麼花樣。

胡小天從外面叫來十名武士在驛館中搜查，全程都在對方的密切監視之下。那十名武士裡裡外外搜查了一遍，並沒有發現任何異常的狀況，來到胡小天的面前向他搖了搖頭，表示一無所獲。

石寬一直憋著火，此時終於發洩出來，冷哼一聲道：「王爺現在滿足了？」

胡小天笑道：「石統領好像對本王有些怨念呢。」

石寬道：「豈敢豈敢，這裡是大康，自然王爺想做什麼就做什麼。」他分明在影射胡小天為所欲為。

胡小天一副根本沒有領會他意思的樣子，向身邊武士道：「全都搜過了？」幾名武士點了點頭，臉上的表情顯得有些尷尬。

個樣子貨。

胡小天笑道：「看來是我們多想了。」他的目光卻向右前方望去，然後緩緩走了過去，眾人循著他行進的方向望去，卻是一口井，那口井早已乾枯多年，只是一

石寬也緊跟著走了過去。

胡小天低頭向井口中看了看道：「這裡也搜查過了？」

幾名武士同時搖了搖頭。

胡小天道：「下去看看。」

石寬再也按捺不住心頭的火氣，怒道：「王爺，您什麼意思？這驛館也是你們大康提供，難道你們安排使團入住之前都未曾檢查過？」

胡小天笑道：「石統領不要生氣嘛，我也是奉命行事，這兩天發生了那麼多的事情，我也承受了很大的壓力，石統領多體諒體諒，咱們也是老朋友對不對？」

石寬冷冷道：「在下不敢高攀！」

胡小天帶來的武士已經開始行動，從枯井上攀援而下，沒過多久下方就有發現，這枯井底部竟然有一個新挖的洞口，更讓大雍使團頭疼不已的是，枯井內發現了一些女子衣物，一看就是異域服飾。

石寬看到眼前情景已經知道不妙，悄悄離開，來到房內向長公主薛靈君通報。

薛靈君聽說之後也是大吃一驚，雖然她巴不得黑胡使團出事，可黑胡西瑪公主

的事情跟他們絕無半點關係，稍一琢磨就感到事有蹊蹺，胡小天緣何會懷疑那口枯井，而那口枯井下為何突然多了地洞，此事十有八九是這廝設局，薛靈君本想出門去找胡小天理論，可轉念一想，現在自己出去只會讓人感到亂了方寸，越是這種時候越是要保持冷靜，她向石寬道：「幫本宮請鎮海王進來，本宮有話跟他說。」

石寬重新回到胡小天身邊，發現這會兒功夫又進來了不少武士，胡小天臉色凝重，已經不像剛才那般和藹。

石寬道：「王爺，長公主殿下請您進去。」

胡小天冷冷掃了他一眼道：「幫本王轉告長公主殿下，我現在要去證實這些衣服的主人是誰，沒時間過去。」

石寬碰了個釘子，臉色鐵青。

胡小天道：「對了，在此事未明朗前，希望貴國使團暫時不要離開驛館。」

石寬愕然，這廝分明是要軟禁他們，他怒道：「王爺，我們乃是大雍使團，您這麼做還講不講禮數。」

胡小天道：「若是證實這件事和貴國使團無關，本王自當向長公主殿下負荊請罪，可若是本王查實此事和你們有關，休怪我不講情面！」

「你……」

胡小天才不管石寬的感受，已經轉身離開了驛館。

第三章

暗度陳倉

胡小天拆開信，信上只有寥寥幾行字：

今日午夜，將西瑪公主帶至鳳儀山莊，交換你母親的骸骨！

胡小天火冒三丈，難怪完顏烈新今日的舉動如此反常，明修棧道暗度陳倉，表面上跟自己交易，背後卻悄悄讓人去鳳儀山莊掘了母親的墳墓！

西瑪公主失蹤已將黑胡、大雍使團全都牽扯進來，胡小天從大雍驛館中找到的衣服經黑胡方面證實就是屬於西瑪公主的，目前種種跡象都將疑點指向大雍方面。

完顏烈新也非尋常之輩，他將西瑪的那套衣服放在了桌上，歎了口氣道：「有些時候，親眼看到的也未必是真的。」

卜布瑪怒道：「你什麼意思？既然西瑪公主的衣服在大雍驛館發現，就證明這件事是他們做的，自當找他們要人。」

完顏烈新苦笑道：「如果沒有這套衣服，我們首先懷疑的是誰？」

卜布瑪想了想道：「自然是胡小天。」

完顏烈新道：「這就對了，他懷疑崗巴多潛入了七巧玲瓏樓，找我們要人，我們不肯交人，就想方設法劫走了公主殿下來交換，此事跟大雍卻沒有什麼關係，他們缺少做這件事的動機，只不過胡小天需要一個轉嫁矛盾的替罪羊，他既然能夠打通地洞進入我們內部劫走公主，一樣可以打通地洞將公主的衣裙扔在大雍驛館，嫁禍給他們。」

卜布瑪倒吸了一口氣道：「這小子還真是夠歹毒！」

完顏烈新道：「用一件事將我們和大雍使團全都陷入麻煩之中，正是他一箭雙雕的妙計，我們只需耐心等待，事情不會這樣結束，很快就會有人提出條件，用崗巴多來換取公主殿下。」

卜布瑪咬牙切齒道：「我去殺了胡小天那混帳。」

完顏烈新搖了搖頭道：「胡小天武功高強，我看前輩沒那麼容易得手，現在也不必心急，西瑪對他們還有用處，他應該不會對西瑪不利。」

卜布瑪道：「衣服都給脫掉了，還要怎樣不利？你難道不清楚一個女孩子的貞潔比性命更加重要？」

完顏烈新也是滿面愁雲，抿了抿嘴，低聲道：「我看胡小天應當不會做那種下三濫的事情。」

卜布瑪冷笑道：「他什麼事情做不出來？」

胡小天回到鎮海王府，梁大壯樂呵呵迎了上來：「少爺回來了，您有位老朋友在花廳等著呢。」

胡小天點了點頭，來到花廳，卻見一位長身玉立的青衣人背身而立，正在欣賞牆上的字畫，胡小天唇角露出一絲笑意，轉身將房門掩上。

那人緩緩轉過身來，卻是一個相貌清臒的中年人，頜下三縷青髯，向胡小天微微一笑道：「你這招一石二鳥未免也太明顯了。」原來這中年人正是姬飛花所扮。

胡小天笑道：「黑胡人跟我們玩陰的，我們自然需要回敬他們一下，那丫頭可曾安頓好了？」

姬飛花點了點頭道：「放心吧，我將她藏得很好。」向胡小天走了幾步，來到近前道：「你打算什麼時候向完顏烈新攤牌？」

「不急！他心知肚明，知道此事因何而起，也知道我想要什麼，現在我們掌握了主動，他忍耐不了太久時間的，很快就會過來找我。」

姬飛花道：「你的那個僕從很不簡單呢。」

胡小天知道她說的定然是梁大壯，微笑道：「你也發現了？」

姬飛花道：「留這麼厲害的一個人物在身邊，你不怕他壞了你的大事？」

胡小天道：「是敵是友還不知道，我處處小心提防著他，至少到現在還未發現他有對我不利的跡象，等我忙完眼前的事情，再想辦法揭穿他的本來面目。」

姬飛花道：「如果完顏烈新真準備犧牲西瑪，你怎麼辦？」

胡小天搖了搖頭道：「我調查過，西瑪深得她父汗完顏陸熙的寵愛，完顏烈新應該不敢冒這麼大的險。」

姬飛花道：「完顏烈新也非尋常人物，他一介文弱書生，手無縛雞之力，竟然可以成為黑胡北院大王，其人智慧超群，你的計策必然瞞不過他的眼睛。」

胡小天笑道：「那又如何？秀才見了兵有理說不清，他跟我玩智力，我就跟他玩武力，他跟我講道理，我就跟他蠻不講理！」

姬飛花不禁笑了起來，搖了搖頭道：「完顏烈新遇到你這種無賴人物真是倒了八輩子楣。」

胡小天道：「我只對敵人才這個樣子，對你絕不會這樣。」

姬飛花面部一熱，她自然明白胡小天想說什麼，輕聲道：「我該走了，穩妥起見，還需親自看住她才好。」

胡小天點了點頭，雖然對姬飛花有滿肚子話想說，可終究還是有些猶豫，他在女人面前還從未如此退縮過。

姬飛花離去之後，胡小天來到葆葆養傷的院落，洪北漠果然信守承諾，讓人將葆葆送了過來，胡小天進入葆葆的房間，看到葆葆已經醒來，只是躺在床上一動不動，她頸部受傷，雖然胡小天為她做的手術很成功，可也需要一定的時間康復。

葆葆看到胡小天，一雙明澈的美眸眨了眨，變得有些濕潤。

胡小天來到她身邊坐下，伸出手去輕輕撫摸著她的俏臉，柔聲道：「你不用說話，聽我說就是，你不會有事，用不了太久的時間就會完全康復，到時候我們又可以像從前一樣。」

葆葆無法說話，只能眨了眨美眸，以此來回應胡小天。

胡小天握住她的柔荑，真摯道：「你不用害怕，從今以後我再也不會讓你離開我身邊，讓你一輩子都守著我，陪著我，好不好？」

葆葆再度眨了眨美眸，兩顆晶瑩的淚水從美眸中湧了出來，順著眼角滑落，胡小天及時為她擦去淚水，俯下身去，在她櫻唇上輕輕一吻。

此時聽到梁大壯在外面稟報道：「啟稟少爺，黑胡特使完顏烈新前來拜會。」

胡小天算準了完顏烈新會來，只是沒想到他來得居然如此之快，其實想想也沒什麼奇怪，自己布下的這場局應該瞞不過完顏烈新的眼睛，連姬飛花也這樣說。既然完顏烈新已經看透了其中的奧妙，當然沒必要繼續等待下去，或許人家已經想透了其中的道理，早晚都要攤牌，早一刻來要比晚一刻來更好。

胡小天讓梁大壯將完顏烈新請到花園流杯亭內坐了，他卻沒有急著趕過去，陪著葆葆又說了會子話，這才不急不躁地前往流杯亭。

完顏烈新耐得住性子，趁著這會兒主人沒到的功夫，已經將鎮海王府的小花園欣賞了一遍。

胡小天來到流杯亭的時候，看到完顏烈新並未在亭內，而是在不遠處的池塘邊觀魚，胡小天笑著走了過去，抱拳道：「完顏兄，實在是抱歉，剛剛有事情耽擱了，害得完顏兄久等，實在是失禮了，完顏兄千萬不要見怪。」

完顏烈新微笑道：「王爺言重了，誰能沒有一點事情？更何況是日理萬機的王爺，在下絕沒有怪罪王爺的意思。」

胡小天笑道：「我不是讓人將情況通報給完顏兄了，為何還要親自來一趟？」

完顏烈新道：「關乎公主殿下的安危，在下不敢不來。」心中暗罵胡小天虛偽至極，到了這種時候還要裝模作樣，真以為我看不出你的伎倆嗎？

胡小天道：「我也關心西瑪公主的安危，可是凡事不能操之過急，須知欲速則不達，完顏兄就算用刀架在我的脖子上逼我，我也不可能現在就把公主給你找出來，你說是不是？」

完顏烈新道：「王爺可曾查出大雍驛館枯井內的地洞究竟通向何方？」

胡小天點了點頭道：「通往附近的一座民宅，那座民宅荒廢已久，主人也早就不知去向。」

完顏烈新道：「也就是說根本查不到主人下落了？」

胡小天道：「目前來說查不到，除了西瑪公主的那套衣服，我也沒有找到其他的線索。」

完顏烈新道：「此事說來還真是奇怪，公主殿下的衣服因何會落入大雍使團所在的驛館之中？」

胡小天道：「我也想不明白呢。」

完顏烈新心中暗自冷笑，你不是不明白，而是揣著明白裝糊塗，他歎了口氣道：「難道當真是大雍方面想要破壞我們兩國之間的友好關係，所以才兵行險著，以公主殿下的性命作為要脅？」

胡小天道：「最近麻煩事層出不窮，不知咱們究竟得罪了什麼人？」他停頓了一下又道：「貴國國師崗巴多為何要不辭而別？他和公主失蹤究竟有沒有關係？」

完顏烈新道：「王爺因何會這樣問？」

胡小天道：「隨口一問，那天崗巴多和西瑪公主一起潛入天機局，不知他們說了些什麼，聽說崗巴多還是西瑪公主的師父，也許請他幫忙就能找到西瑪公主。」

完顏烈新聽得明白，胡小天根本是要他交出崗巴多，以崗巴多來換取西瑪的安全。他歎了口氣道：「王爺，為何認定潛入天機局的就是崗巴多？」

胡小天道：「無憑無據我怎會誣陷他？」

完顏烈新道：「若是能夠找到崗巴多，王爺有沒有辦法幫忙找到公主呢？」

胡小天微笑道：「這裡是大康，我若找不到，其他人更加沒有可能，若你能夠將崗巴多帶到我面前，我想我一樣有辦法幫你找回公主。」他等於已經把話挑明。

完顏烈新點了點頭，胡小天的這番話無異於承認西瑪的事情就是他在策劃。心中雖然對胡小天充滿了怨恨，可表面上卻不能流露，強壓住火道：「我雖然不知道崗巴多身在何處，可是我卻知道他曾經委託卜布瑪收藏了一樣東西。」

胡小天心中一動，難道完顏烈新是要用頭骨跟自己交換西瑪？如果他當真是這個意思，倒也不失為一場划算的買賣。

胡小天道：「勞煩完顏兄將那件東西拿來給我一觀。」

完顏烈新歎了口氣道：「卜布瑪性情古怪，我的話她未必肯聽。」

胡小天哈哈大笑，做了個請的手勢，邀請完顏烈新來到流杯亭內坐下，送上茶水之後，完顏烈新輕輕抿了一口茶，輕聲道：「還是江南好啊！」

胡小天微笑道：「如果不好，你們也不會放不下南下中原之心。」

完顏烈新搖了搖頭道：「江南再好也比不上家鄉故土，大汗心中怎麼想並不是在下能夠左右的。」他緩緩將茶盞放下，雙目坦然望向胡小天道：「不瞞王爺，在下對戰爭二字深惡痛絕，也不止一次對大汗進言休兵罷戰，其實黑胡的地盤已經夠大，足夠承載我們的族人生活，我們的族人已經習慣馳騁於遼闊的草原之上，若是讓我等來到中原生活，對多數族人而言，猶如鳥兒入籠，駿馬入欄。錦繡富貴對人的一生而言，只不過是過眼雲煙，和人的自由相比根本不值一提！」

胡小天不知完顏烈新這番話究竟是真是假，不過看他的眼神充滿誠摯，應該不像作偽，完顏烈新是個聰明人，他的眼界應該高出多數人，或許他本身的想法就是如此。胡小天道：「只可惜多數人不像完顏兄這樣想。」

完顏烈新微笑道：「為人臣子只能盡忠職守，即便是有些事和自己的理想相左，出於忠義也不得不為。」

胡小天深有同感地點了點頭道：「其實這個世界那麼大，可以容納黑胡、大雍、大康，還有更多的國家，所謂疆界無非是人為劃分，所有戰爭全都是因為上位者的私欲而引起，什麼宏圖大業，什麼一統天下，什麼名垂青史，無非都是貪欲作祟，他們又何嘗顧忌百姓的疾苦？」

完顏烈新因胡小天的這番話而詫異，胡小天竟然說出了他內心深處的想法。

胡小天道：「每個民族都有自己的傳統和習慣，而上位者卻終是憑著自己的想法去改變，他們並不在意百姓怎麼想，他們的心中只有擴張和膨脹。」

完顏烈新道：「想不到王爺居然有悲天憫人之心。」心中卻暗忖，你胡小天說得慷慨激昂，可你自己還不是這樣？

雖然兩人的看法有不謀而合之處，可現實終究是現實，無論他們心中怎樣期待和平，但是眼前的矛盾卻不得不讓他們處在對立的兩面。

胡小天道：「完顏兄的意思是我親自去找卜布瑪？」

完顏烈新道：「無論你信或不信，在下此次前來大康實則是為了和平，只是時勢的發展無法由我掌控。」他的言語中流露出頗多無奈。

胡小天道：「完顏兄究竟有何為難之處？」

完顏烈新道：「天機局發生的事我並不知情，我也不認為天下間有任何事比兩國和平來得更重要。」他壓低聲音道：「王爺能否斷定崗巴多潛入七巧玲瓏樓？」

胡小天道：「千真萬確，他不但潛入其中，且和回味樓的老闆向山聰一起。」

完顏烈新聽到向山聰的名字明顯有些錯愕，他驚聲道：「向山聰？」

胡小天點頭道：「完顏兄難道不清楚，向山聰乃是大雍燕王薛勝景的親信？」

完顏烈新搖了搖頭道：「此事我絕不知曉！」

胡小天將信將疑道：「看來崗巴多也有很多的事情瞞著你呢。」

完顏烈新道：「王爺一定是懷疑在下說的並非實話，我也無法解釋，只請王爺相信，對我而言沒有比保證西瑪公主平安更為重要的事情，她乃是我家大汗的掌上明珠，若是她出了什麼事情，莫說是我，即便是整個使團都要遭殃。」

胡小天心中暗笑，就怕西瑪對你們可有可無，她越是重要證明我手中的這張牌越是有力。風輕雲淡道：「我何嘗跟你不是一樣，貴國公主是我們的上賓，若是西瑪公主有了什麼差池，朝廷一定會拿我是問。」

完顏烈新心想劫持西瑪的就是你，他歎了口氣道：「如此說來，我們也算得上是同病相憐。」

胡小天點了點頭道：「可不是嘛，所以在這件事上我們理當相互幫助。」

完顏烈新道：「其實我今次過來是代表卜布瑪傳話，她說願意將崗巴多交給王爺，不過王爺需要保證西瑪公主的平安。」

胡小天自然不肯承認西瑪就在自己的手中，淡然笑道：「我只能保證儘快將西瑪公主找到，至於其他的事情我還真沒辦法保證，畢竟劫走她的又不是我。」

完顏烈新道：「她讓我轉告王爺，未時在回味樓恭候王爺大駕，不過她有個條件，要讓王爺單獨前往。」

胡小天皺了皺眉頭，卜布瑪這老太婆究竟在打什麼主意？轉念一想西瑪反正在自己的控制之中，諒她也不敢翻起什麼風浪。

完顏烈新離去之後，胡小天將夏長明叫來，讓他先行去偵察回味樓那邊的情況，自從向山聰暴露之後，胡小天派人查封了回味樓，如今那裡已經人去樓空，胡小天讓夏長明打前站的目的是要提防卜布瑪在那裡設下埋伏。同時胡小天也不忘盯住完顏烈新方面的動向。

當日未時，胡小天來到回味樓，等了足足半個時辰都沒見卜布瑪到來，胡小天不由得焦躁起來，看來十有八九是完顏烈新設計自己，不過這樣做又似乎沒有太大的意義，正在他不耐煩的時候，梁英豪派人通報，卻是完顏烈新率領黑胡使團已經離開了驛館，據說是收到緊急傳召，即刻返回黑胡。

胡小天越發奇怪，完顏烈新在這時候離開，難道不管西瑪的死活了？今日見面的時候他不是還說西瑪對他極其重要，難道他不怕這樣回去被可汗問罪？

夏長明悄然來到胡小天的身邊，低聲道：「主公，我仔細查看過，回味樓周圍都沒有卜布瑪的蹤跡。」

胡小天點了點頭，低聲道：「看來他們是故意要引開我的注意力，只是他們這樣做根本於事無補，難不成他們還有後招？」

就在胡小天苦思冥想之際，留守王府的宗唐前來找他，將一封信交給他道：

「主公，剛才有人送了一封信，說是要由您親啟。」

胡小天接過那封信，拆開之後，卻見其上只有寥寥幾行字：

今日午夜，將西瑪公主帶至鳳儀山莊，交換你母親的骸骨！

胡小天看完之後，頓時熱血上湧，火冒三丈，難怪完顏烈新今日的舉動如此反常，他是在故意引開自己的注意力，明修棧道暗度陳倉，表面上跟自己交易，可背後卻悄悄讓人去鳳儀山莊掘了母親的墳墓，此等作為卑鄙到了極點，胡小天怒道：

「宗大哥，你馬上和熊天霸一起召集人馬，將完顏烈新給我追回來。」

宗唐抱了抱拳領命準備去追，可胡小天突然之間又轉變了念頭，這封信並非完顏烈新所寫，正如完顏烈新明知西瑪在自己的手裡卻沒有證據一樣，自己也沒有完顏烈新盜走母親骸骨的證據，現在對完顏烈新動手並無理由，而且此事很可能並非完顏烈新在操縱，今日完顏烈新和自己商談之時流露出種種無奈，或許他已經失去了對這件事的控制。

再看手中的這封信，寫得七擰八歪，絕不是完顏烈新這個大才子所寫，胡小天向宗唐道：「宗大哥，你們跟蹤黑胡使團就是，暫時不必對他們動手，一切等我的消息再做決定。」

宗唐點了點頭。

胡小天向夏長明道：「長明，你去找梁英豪，召集人馬即刻前往鳳儀山莊。」夏長明領命去了。

胡小天當日黃昏已經趕到了鳳儀山莊，他並未驚動山莊裡面的人，而是直奔母親的陵墓，來到墳前，發現墳塚並無異樣，他圍著陵墓仔仔細細轉了一圈，發現一切如常，甚至連一個洞口都沒有，這才稍稍放下心來，看來對方只是故意虛張聲勢，想要亂他的陣腳。

此時一片落葉輕飄飄從樹上落下，胡小天抬頭望去，卻見右前方樹梢之上立著一人，正是卜布瑪，她高大魁梧的身軀立在一根手指粗細的樹枝之上，隨著微風上下起伏，讓人不禁擔心那根樹枝隨時都可能折斷了。

胡小天平靜道：「前輩躲在這裡裝神弄鬼嗎？」

卜布瑪道：「胡小天，看來你並沒有信守承諾將公主帶來。」

胡小天呵呵笑道：「西瑪公主失蹤之時你我同在現場，因何斷定此事是我所為？你有什麼證據？」

卜布瑪道：「有些事大家心知肚明，根本不需要證據。」

胡小天道：「那封信是你所寫？」

卜布瑪點了點頭道：「如果我不那麼寫，你怎會乖乖過來，你放心，我還不會做掘人墳墓的下作事情。」她站在高處將遠方的狀況看得清清楚楚，不屑哼了一聲道：「你帶了不少幫手過來。」

胡小天也聽到山下的動靜，應該是夏長明和梁英豪等人趕到了。他微笑道：「害人之心不可有，防人之心不可無，前輩的做派讓人不得不防。」

卜布瑪道：「今晚子時，我將崗巴多帶來，你將西瑪帶來，咱們相互交換。」

胡小天點了點頭道：「聽起來倒也公平。」

卜布瑪道：「記住，除了西瑪之外，你至多只能兩個人過來。」

胡小天道：「前輩準備來幾個？莫非是想要以眾凌寡？」

卜布瑪桀桀怪笑道：「老身活了大半輩子，經歷了多少風浪，你以為我怕你不成？你放心吧，我只和崗巴多兩人過來……」說到這裡她騰空向遠方山林之中掠去，身軀在空中即將墜落之時，猛然提起，扶搖直上，旋轉升騰，然後宛如一隻鷹隼般滑翔數十丈，隱沒於鬱鬱蔥蔥的松林之中。

卜布瑪剛離去，夏長明和梁英豪率眾趕到，看到胡小天無恙全都放下心來，胡小天將梁英豪叫了過來，讓他幫忙檢查母親的陵墓有無被人動過。梁英豪仔仔細細檢查了一遍，向胡小天稟報導：「啟稟主公，老夫人的陵墓絕對沒有被人動過。」

胡小天點了點頭，輕聲道：「這老太婆做事還算有些底線。」他將剛才和卜布瑪的交易對兩人說了。

夏長明道：「主公，我看此事或許有詐，她為何要跟主公單獨交易？不排除趁著交易之時對主公不利。」

胡小天笑道：「她應該不敢，就算她有這樣的想法，也沒這個本事。」他在驛館就已經見識過卜布瑪的身手，知道這位黑胡第一高手沒有取勝自己的機會。

夏長明道：「總之還是謹慎為妙，既然她說過主公最多可以帶一個人，那麼就讓長明陪主公一起跟她交易。」

胡小天微笑搖了搖頭道：「沒必要，你們只需在山下設防，提防卜布瑪還有其他的幫手出現，我已經安排好了，自有人陪同我會會這個黑胡第一高手。」

夜色深沉，已經臨近午夜時分，胡小天並未離開母親的陵墓，趁此機會剛好可以陪陪母親的亡靈，月光將一道黑影投射在胡小天的面部，他抬起頭來，卻見前方一人緩步走向自己，她帶著銀色的面具，身披黑色披風，手中拎著一隻麻袋，從麻袋的形狀來看，裡面應該裝著一個人。

胡小天的唇角露出一絲會心的笑意，姬飛花果然如期而至，和她並肩作戰的感覺真好。

姬飛花將麻袋輕輕放在胡小天的身邊，胡小天的目光向麻袋掃了一眼，壓低聲音道：「聽不聽話？」

姬飛花笑了起來，露出一口整齊潔白的皓齒：「睡著了，你只管放心大膽地說話，她聽不到任何的聲息。」

胡小天點點頭，變戲法般從身後拿出一支野花，遞給姬飛花道：「送給你！」

姬飛花藏在面具後的俏臉有些發熱，猶豫了一下還是接過了那朵野花，輕聲道：「我還以為你會送給我一把兵器。」

胡小天笑了起來：「我不喜歡打打殺殺，希望今晚的事情能夠和平解決。」

姬飛花搖了搖頭：「你以為他們會犧牲崗巴多來營救西瑪？」

胡小天道：「無論怎樣她都要比一個番僧的性命重要得多。」

姬飛花幽然歎了口氣道：「我總覺得事情哪裡不對，可是又說不出究竟是哪兒。」她的目光落在徐鳳儀的墓碑之上，緩步走了過去，恭恭敬敬向墓碑跪了下去，向徐鳳儀的墳塚叩拜了三次。

胡小天望著姬飛花的背影，心中一陣感動，以姬飛花的性情肯在徐鳳儀的墳前這樣做，無異於已經承認了晚輩的身分，雖然她從未向自己表白過，可是胡小天相信她這樣的舉動完全是衝著自己，或許在姬飛花的內心深處已經接受了自己。自己是時候拿出一些勇氣，對她道明自己的感情。

夜空中一片烏雲漸漸遮住了月光，周圍的光線黯淡了許多，夜風漸漸變得猛烈，山丘之上松濤陣陣，遠望如波浪起伏，在此起彼伏的黑色松濤之上，兩道身影並駕齊驅，宛若兩道灰色閃電，向陵墓這邊靠攏。

姬飛花雖然沒有抬頭，卻已經覺察到對方的逼近，她緩緩站起身來，昂起面孔，銀色的面具在濃重的夜色中閃爍著冰冷的寒光。

對方的身形在胡小天視野中漸漸變得清晰起來，果然是卜布瑪和崗巴多兩人。胡小天見到崗巴多可謂仇人相見分外眼紅，葆葆那筆帳他必然要跟這廝清算。

姬飛花敏銳察覺到了胡小天氣息節奏的變化，她向胡小天看了一眼道：「我還以為你現在的心態早已不會被任何事擾亂。」

胡小天暗叫慚愧，此時卜布瑪和崗巴多已經來到了近前。

崗巴多的臉上並無絲毫畏懼，怒視胡小天道：「胡小天，你好卑鄙，竟然劫持西瑪！」

胡小天道：「我是救她而不是劫她，崗巴多，真正卑鄙的那個人是你吧，你利用西瑪探察天機局的虛實，勾結薛勝景盜取七巧玲瓏樓內藏皇家寶物，還不乖乖將頭骨交出來。」

卜布瑪陰惻惻道：「人我給你帶來了，我怎知道那麻袋之中是不是公主？」

姬飛花虛空拍出一掌，掌風擊落在麻袋之上，那麻袋登時四分五裂，碎片翻飛，昏睡不醒的西瑪公主從中露出。

卜布瑪又驚又喜，喜的是西瑪果然出現，驚的是這神秘人武功之高，竟可以震碎麻袋而不傷及其中的西瑪，對力量的掌控實到了精妙如絲的地步。

姬飛花淡然道：「人是我帶來的，若是見不到頭骨，我一樣會當著你們的面將她殺死。」

卜布瑪怒視胡小天道：「按照我們此前的約定，用崗巴多換西瑪。」

胡小天歎了口氣道：「我的確答應了你，可現在人不在我的手中。」

崗巴多冷冷道：「我早就說過這幫南蠻絕不會遵守約定，現在你相信了。」

胡小天盯住崗巴多道：「你還是多為自己想想，你打傷了葆葆，這筆血債今日我要你十倍償還！」

崗巴多獰笑道：「那倒要看看你有沒有這個本事！」他足尖一點竟然主動向胡小天撲了過去。

胡小天沒料到崗巴多居然率先向自己發動進攻，向前跨出一步，一拳迎了上去，崗巴多出拳的同時他的手臂瞬間充血漲大，一隻拳頭增大了一倍不止，正是梵音寺絕技大悲拳。

胡小天才不管他拳頭有多大，這樣的對決更是力量的比拚，拳頭大小並不是關鍵，他一拳迎了上去，用的乃是神魔滅世拳，虛凌空傳給他的這套拳法威力也非同凡響，再加上胡小天本身強大的內力，這一拳的威力已經被他提升到巔峰狀態。

蓬！雙拳撞擊在一起，胡小天胸口一陣氣血翻騰，崗巴多漲大的拳頭在撞擊的剎那縮小成為原狀，一漲一縮之間，激發的潛力全部釋放，饒是如此仍然敵不過胡小天的磅礴內力，崗巴多連續向後退了三步。

胡小天向來得理不饒人，根本不給崗巴多喘息之機，冷哼一聲道：「賊禿，再吃我一拳。」一拳追風逐電般向崗巴多胸膛砸去。

崗巴多看到這一拳勢頭威猛，自己剛才那一拳已經用盡全力，尚未調整過來，情急之中，以右腳為軸，身軀滴溜溜旋轉，堪堪躲過胡小天的這一記重拳。

就在此時，卜布瑪從身後緩緩抽出一對彎刀，灰藍色的雙眼盯住姬飛花，雖然沒有出手，可是凜冽的殺氣已經彌散出去。

姬飛花靜靜望著卜布瑪，她已經明白了什麼，輕聲道：「原來你們根本不在乎西瑪的死活。」

卜布瑪歎了口氣道：「現在才知道是不是已經太晚了？」

姬飛花道：「就憑你們兩個？」

卜布瑪手中彎刀以不可思議的速度向姬飛花削去，光芒劃破夜空，內力貫注刀身，刀氣外放，宛若彗星當空，炫目至極。刀氣的速度雖快，可是仍然沒有快過姬飛花的身法，她的身軀倒飛出去，刀氣的鋒芒距離她只剩下一寸的距離，然而這一寸的距離卻如鴻溝，卜布瑪竭盡全力也無法逾越。

與此同時，姬飛花一掌將地上的西瑪拍飛，西瑪的嬌軀橫飛出去。

蓬！地面上多出了一個洞口，一道黑影從地下如鬼魅般冒升出來，一拳向上方的姬飛花攻去。

姬飛花也沒有算到地下還有埋伏，危急關頭，身軀猶如柳絮一般毫不著力，在對方拳力的催吐之下，竟然飄搖而上，升騰而起。

蓬！又是一聲巨響，徐鳳儀的墳塚從中炸裂開來，兩道身影從中飛躍而出，一人直奔胡小天，一人包繞到姬飛花的身後。

圍堵胡小天的是一個渾身漆黑如墨的僧人，他揚起手中鐵缽向胡小天的後心擲去，鐵缽在空中旋轉發出嗚嗚的怪異聲音。鐵缽雖然沒有鋒刃，可是經那僧人徒手扔出，宛如出膛的炮彈一般，力道奇大。

胡小天原本準備對崗巴多發動第三次攻擊，感到身後空氣宛如排浪般被鐵缽逼開，已經知道聲勢駭人，對方的武功絕不在崗巴多之下。

胡小天反身一掌，有若神龍擺尾，這一掌隔空拍擊，改變了氣流的走向，形成一股無形的渦旋，鐵缽被這股無形巨力牽引，在空中折返方向，反而朝著那僧人撞去，胡小天的內力明顯強於對方，鐵缽返回的速度增強一倍有餘，嗚嗚之聲變得高亢尖銳，聲勢越發駭人。

那通體漆黑的番僧長袖一抖，手中露出一根長鞭，也是如同他的肌膚一般漆黑，不過長鞭之上佈滿鱗片不知是何物製成，長鞭一抖，發出有若爆竹的炸響之聲，撕天裂地，震徹人心，長鞭在空中扭曲擺動，啪！的一聲準確無誤抽打在那鐵缽之上，這一鞭的力量極其巧妙，鐵缽再度改變方向，直奔胡小天的後腦射去。

崗巴多得到黑膚僧人的援助之後，從被胡小天步步緊逼的窘態中調整過來，他喉頭發出呼喝之聲，雙手變得赤紅如血，漲大一倍有餘，周身骨節發出劈啪作響，臉色也開始變得殷紅如血，身軀以肉眼可見的速度增大。

胡小天從腰間抽出孤月斬，刷地投擲出去，孤月斬直奔黑僧的鐵缽，胡小天遭遇前後夾擊，非但沒有表現出絲毫的怯懦，反而鬥志昂揚，他生性如此，壓力越大鬥志越強，暴吼一聲，神魔滅世拳一招毀天滅地向崗巴多再度攻去。

孤月斬和鐵缽於虛空中碰撞，一時間孤月斬光華大盛，然而如此強烈的碰撞竟然沒有撞擊出絲毫的火星，孤月斬和鐵缽這次強力的衝撞同時改變了軌跡。

黑僧又是一鞭抽打在鐵缽之上，修正鐵缽攻擊的方向。一道猩紅色的鞭影從一旁射出，抽打在迴旋飛行的孤月斬之上。

長鞭的主人卻是向山聰，他剛才也是潛伏在陵墓之中，黑僧攻擊胡小天，而他的目標則是姬飛花，在圍攻姬飛花之時還能抽出手來策應黑僧，足見他們三人此時佔據了一定的優勢。

姬飛花短時間內已經和卜布瑪對了三掌，卜布瑪果然不愧是黑胡第一高手，她和姬飛花硬拚三掌沒有表現出絲毫的弱勢，正是她單獨扛住了姬飛花的三掌，另外兩人方能顧及其他，向山聰完成了對黑僧的策應，另外那名破土而出的褐衣番僧在偷襲姬飛花落空之後，則衝出去將西瑪接住，輕輕將之放在草地之上。

向山聰和那褐衣番僧兩人並未忘記眼前最大的敵人，兩人瞬間回歸原位，和卜布瑪呈三角形將姬飛花圍在垓心。

姬飛花銀色的面具閃爍著冰冷的寒光，她的雙目殺意漸濃。即便是強敵環伺，仍然不忘胡小天那邊的戰況。

轟的一聲巨響，胡小天和崗巴多再度硬碰硬對了一拳，崗巴多此時已經通體赤紅，如同一隻煮熟的螃蟹，雙目也是赤紅如血，形容極其駭人。這一拳他被震得後退一步，胡小天卻明顯感覺到這廝內力在短時間內增強許多，看來他的邪門武功可以在短時間內激發自身潛力。

身後鐵缽和孤月斬同時飛至，胡小天左手揮舞，引動孤月斬再度和鐵缽碰撞，碰撞讓雙方改變方向，偏離了原本的目標，孤月斬發出一聲嗚嗚，追風逐電般斬向黑僧，鐵缽經過這次碰撞卻是突然下沉，胡小天抬腳踢在鐵缽之上，鐵缽再度變向，加速砸向崗巴多的面門。

崗巴多隨著身軀漲大，反應明顯減慢了許多，面對高速飛來的鐵缽竟然不閃不避，任憑那鐵缽砸在面門之上。胡小天心中大喜過望，鐵缽經自己全力一踢，無異於出膛炮彈，即便是無法爆炸，衝擊力也足以將崗巴多漲大的腦袋撞得腦漿迸裂。

可事實上鐵缽撞擊在崗巴多的腦袋上如同撞在了橡膠上，有多大衝擊力就有多大反彈力，崗巴多彷彿根本沒有痛感一樣。

黑僧手腕擰動，長鞭螺旋行進，試圖將倒飛而至的孤月斬纏住，長鞭纏住孤月斬，孤月斬如同活物，劇烈顫動起來，彷彿一條被突然縛住的遊魚，竭力掙扎想要擺脫束縛，胡小天和孤月斬之間似乎有著某種靈性，身軀倒著飛掠而來，行至中途，旋轉升騰，自背後抽出玄鐵劍，這柄玄鐵劍乃是胡小天得自於桃花潭水洞，過去乃是劍宮始祖藺百濤的佩劍，再追溯還可以追溯到劍魔東方無我。

崗巴多、黑膚僧人、褐衣僧人，這三人全都出自黑胡梵音寺，崗巴多上任國師提摩多也是梵音寺出身，當年藺百濤刺殺黑胡可汗完顏鐵鎧，完顏鐵鎧重傷三月之後終告不治，提摩多親帥黑胡八大高手潛入大雍復仇，屠戮劍宮弟子數百，最終和藺百濤遭遇，當年這些人一併失蹤，最後的結果也就成為了懸案，黑胡方面也始終沒有放棄尋找提摩多等人的下落。

胡小天亮出的玄鐵劍，梵音寺每個人都記憶深刻，黑膚僧人名叫瓦圖奇，乃是提摩多的親傳弟子，一直對師父的失蹤耿耿於懷，看到玄鐵劍，如同見到了藺百濤一樣，頓時發出哇呀呀一聲怪叫，只是他的怪叫聲並沒有持續太久的時間，因為胡小天的破天一劍威力過於龐大，劍氣已經將虛空劈成兩半，凜冽的殺氣直奔瓦圖奇的頭頂而來。

瓦圖奇本想纏住孤月斬，然後牽動孤月斬斬殺胡小天，可是看到對方出招的聲勢已經明白，自己根本擋不住對方的必殺一擊。急切之中，抖動手中黑色長鞭，在身前幻化出萬千鞭影，意圖阻攔胡小天必殺之劍，玄鐵劍至剛，黑色長鞭卻是極盡陰柔，按照常理來說應當是柔能克剛，可是如果剛達到了極致，遭遇任何的阻礙都可以迎刃而解。

黑色長鞭寸寸而斷，玄鐵劍出擊的勢頭卻沒有絲毫減弱。瓦圖奇感覺空前強大的劍勢以不可思議的速度向自己迅速迫近，他不得不向後退卻，試圖躲開胡小天的必殺之劍。

崗巴多察覺到了瓦圖奇的凶險處境，他向前跨出一大步，雙足用力蹬地，身體彈射而起，如同一個膨脹的皮球向胡小天的後心撞去，大悲拳，火戾龍象功，崗巴多將自身的絕招全都使出，他不需要武器，他的身體就是武器。

瓦圖奇漆黑的面孔已經開始扭曲，他從徐鳳儀的陵墓中出現，現在想退回陵墓中去，這條退路乃是他深思熟慮之後的結果，只有退回陵墓，胡小天方才投鼠忌器，或許會收回劍勢，他應當不會破壞生母的墳墓。

然而瓦圖奇的速度終究還是慢了一些，他感到劍氣的寒意，瓦圖奇竭力後仰，哪怕是能夠多逃離一寸，或許就能夠躲過死劫。

崗巴多及時殺到，足足漲大一倍的身軀重重撞在胡小天的後心，他的本意是解圍，以胡小天的武功自然能夠察覺到自己強有力的攻擊，正常的情況下胡小天會選擇迴避，只要他迴避，瓦圖奇自然就逃過了這一劫。

然而胡小天的舉動卻大出乎他意料之外，胡小天並沒有做出閃避，而是任憑崗巴多撞在自己的身上，硬生生承受了崗巴多強大的衝擊力，崗巴多強有力的撞擊卻未曾改變胡小天的動作，反倒被胡小天利用他的力量，破天一劍威力更進一層。剛才瓦圖奇尚有劍下逃生的機會，可是崗巴多的這一撞，卻把胡小天撞得更加逼近了瓦圖奇，劍勢前移一寸，正是這一寸決定了瓦圖奇的命運，玄鐵劍毫無阻滯地刺透了瓦圖奇的胸膛，劍鋒深入他的心臟，胡小天凝聚的內力在此時催吐外放，在瞬間達到了極致。

瓦圖奇的身體雖然強橫，卻無法承受這股深入心臟內力的膨脹，整個人猶如爆炸一般，四分五裂，手足飛向不同的方向，他的血並不是黑色，現場如同下了一場鮮紅色的血雨。

崗巴多發出一聲悲吼，他們這種級數的高手一看就明白是怎麼回事，心中又是悲痛又是懊惱，如果不是他在背後衝撞胡小天，被胡小天成功借力，或許瓦圖奇還不至於被胡小天一劍擊殺，崗巴多的動作卻沒有絲毫停歇，他撲了上去，兩條赤紅色的雙臂牢牢將胡小天的身軀抱住，張開大嘴，一口咬住胡小天的頸部。

胡小天猛然昂起頭來，用後腦狠狠撞擊崗巴多的面門，撞在上面卻感覺對方的面門如同沒有骨骼一樣，彈性十足，根本毫不著力。崗巴多的一口雖然咬得凶狠，可是並未咬住胡小天的皮肉，因為胡小天穿著翼甲，頸部也有防護，崗巴多這一口正咬在翼甲之上，門牙硌得劇痛。

正常狀況下胡小天的身材比崗巴多要高大，可是崗巴多利用火戾龍象功將身軀增大了近乎一倍，現在他緊緊箍住胡小天，遠遠望去猶如一個成人抱著孩童一般。

姬飛花和卜布瑪先是以快打快，此時兩人卻都慢了下來。向山聰和那褐衣番僧兩人並未靠近，只是在週邊用長鞭策應，兩條長鞭如同兩條毒蛇，一旦覷準機會就對姬飛花發動突襲。

這幾人全都是一等一的高手，在他們的心中姬飛花顯然比胡小天更加難對付，只是誰也沒有料到率先斬殺對手的卻是胡小天。

瓦圖奇被殺之後，向山聰和褐衣番僧再想去營救已經來不及了，兩人對望了一眼，彼此都明白對方的意思，是要抽出一人前去支援崗巴多。

然而此時姬飛花剛巧露出破綻，向山聰和褐衣番僧同時把握住了機會，手中長鞭抽了過去，他們決定先集中力量解決姬飛花，再騰出手來對付胡小天。

兩條長鞭繞在姬飛花的雙腿之上，向山聰和褐衣番僧同時牽拉，即便無法將她拖倒在地，也可以影響她的行動，給卜布瑪完成必殺之擊的機會。

卜布瑪豈能放過這千載難逢的良機，身軀疾行如電，一抓向姬飛花心口抓去。

姬飛花此時身軀旋轉起來，向山聰和褐衣番僧全力牽拉，兩人合力竟依然無法止住姬飛花的旋轉之勢，兩人不得不變幻腳步，試圖卸去這股強大的旋力。

他們剛好阻擋住了卜布瑪的進攻路線，卜布瑪怒吼道：「讓開！」她識破了姬飛花的意圖，對方顯然是故意讓長鞭縛住，真正的用意卻是誘敵深入。

果不其然，姬飛花一拳攻向褐衣番僧，這一拳擊打在虛空之中，看似毫無威力，可是拳力卻猶如波濤層層疊疊向前方推進，每推進一寸拳力便增加一分，褐衣番僧感覺對方的拳勁不但力道增強，波及的範圍也迅速擴展，強大的力量似乎可以將天地包容，褐衣番僧臉色驟變，他自問無力獨自抗衡姬飛花這毀天滅地的一拳。

向山聰此時繞行到番僧背後，雙掌緊貼在番僧後心之上，內力送入番僧的體內，兩人內力疊加共同抗衡姬飛花的一拳。向山聰不但在關鍵時刻施以援手，而且他剛好讓開了卜布瑪攻擊的路線。

向山聰和褐衣番僧都是頂尖高手，兩人合力實力倍增，單從內力而論，完全可以和姬飛花相抗衡。

姬飛花若是傾盡全力和兩人相抗衡，就會無法抽身對付卜布瑪，三人之中，卜布瑪的實力才是最強。

卜布瑪看到向山聰兩人居然和姬飛花相持住，心中不由得大喜，看來是錯有錯招，這兩人雖然剛才擋住了自己的進攻，可現在又將姬飛花牽制，給自己一個絕佳的制勝之機。

卜布瑪再度將內力提升到巔峰狀態，一拳向姬飛花攻去。

向山聽大吼一聲內力狂吐，褐衣番僧引動兩人之力，轉守為攻，意圖與卜布瑪合力將姬飛花剷除。

姬飛花身處兩道力量的中心，傲然挺立，右拳迎向褐衣番僧，左拳封堵卜布瑪拳頭的來路。她竟然要用一人之力，硬撼三大高手。

卜布瑪唇角露出一絲不屑的冷笑，對方選擇了最愚蠢的應對方法，簡直是自尋死路。

褐衣番僧和卜布瑪的拳頭同時和姬飛花相撞，可是他們卻在剎那間感覺到姬飛花消失了，明明人還在眼前，卻為何會產生這樣的感覺，人雖然在，可是卻彷彿只是一個毫不著力的影像，一個人武功再強，力量再大，也不可能擊傷一個影子。姬飛花就是這個影子，明明是實質的身體卻在力量的對決中變得有形無質，或者說姬飛花只起到了一個導體的作用，雙方的力量根本沒有對她造成任何傷害，兩股強大的力量相互撞擊，既而將衝擊力傳導到對方的身上。處於對戰焦點中的姬飛花卻完好無損，彷彿這一切都跟她無關。

卜布瑪身軀劇震，感覺胸口如同被重錘擊中，悶哼一聲，向後踉蹌退了三步。

褐衣番僧身體晃了晃，身後向山聽已經接連後退，褐衣番僧滿臉都是詫異，他從未遇到過這樣的對手，對方竟然可以用身體傳導雙方的力量，而她卻毫髮無傷。

褐衣番僧胸口已經是氣血翻騰，喉頭一熱，唇角流出血來。

姬飛花又豈能給他撤退的時間，雪白細嫩的纖手輕輕揚起，啪的一掌擊落在番僧的頭頂。

番僧顱骨盡碎，無頭屍身猶自站在原地。

姬飛花擊殺褐衣番僧之後，身形驚鴻般翩然而起，光劍綠色光刃劃破夜色，直奔卜布瑪的咽喉刺去。

卜布瑪此時方才知道，對方剛才並未施展出全部的實力。卜布瑪雙手撐地，頭顱高高昂起，發出一聲淒厲的嚎叫，雙膝彎曲，用力一蹬，猶如一隻巨猿騰空而起，張開的雙臂寒光閃爍，卻是多了兩把護手刀，有若螳螂捕食，護手刀隨著雙臂揮舞劃出兩道冷冽的光芒，仿若千古冰瀑飛流直下。

綠色光刃撞擊在護手刀之上，發出嗡的一聲悶響，護手刀卻未曾被光劍斬斷，卜布瑪借勢飛得更高，於虛空之中展開雙臂，俯衝而下，這次她的目標竟然改成了胡小天。

胡小天被崗巴多死命抱住，這種貼身肉搏，任你再精妙的招式都無法施展，崗巴多以火戾龍象功變身之後，周身肌肉變得如同橡膠一般，彈性十足，韌性十足，他死死纏住了胡小天，如同跗骨之蛆。

卜布瑪雖然和姬飛花殺得天昏地暗，卻不忘關注這邊的戰況，看到胡小天被困，她決定先除去胡小天，這樣己方就可以多出一個人手來對付姬飛花。

胡小天看到卜布瑪宛如神兵天降，從夜空中急速俯衝而下，情急之中，按下左腕上的按鍵，啟動翼甲前衝的功能，崗巴多雖然身體脹大了一倍，可是他並沒有料到胡小天還有這一手，感覺一股強大的衝力從懷中升起，他擔心胡小天逃脫出自己的束縛，所以越發用力將他抱住，於是胡小天帶著崗巴多，兩人猶如出膛的炮彈一般向夜空中衝去。

卜布瑪本來志在必得，可是萬萬想不到在即將得手之時，胡小天竟然和崗巴多一起騰空射向夜空之中。她還未搞清狀況，就看到那兩人已經飛到了自己的上方。

崗巴多被胡小天帶著飛離地面，心中不由得惶恐起來，任何人在突然失去腳踏實地的感覺之後都會產生這種心理，胡小天卻在崗巴多思緒波動之際，掙脫出一隻手臂，抓住了崗巴多的右手脈門，崗巴多頓時感覺到自己的經脈如同被開了一個窗口，內力源源不斷地向外流淌，他心中大駭，胡小天掌控虛空大法的事情已經天下皆知，從眼前的狀況來看，這廝正在用虛空大法吸走自己的內力。

若是在平時狀態下，崗巴多還可以及時封閉住脈門，避免內力被胡小天吸走，可是他施展火戾龍象功之後，經脈比起平時狀態也擴展了許多，如果說平時經脈如同小溪，現在就是一條條大河了，河道拓寬，流量自然加大，內力向外飛泄。

崗巴多慌忙鬆開胡小天，這次反倒是胡小天抓住他的大手不放，崗巴多右手被抓，左手抓向胡小天的面門。此時翼甲的衝力也到了盡頭，兩人從急速上升又轉變成急速下墜，在這樣的高度摔下去，就算不摔死也得摔個半死，胡小天只能選擇放開崗巴多。

崗巴多龐大的身軀從近二十丈的高空中直墜而下，胡小天和崗巴多分開之後，迅速展開雙翼，在夜空中盤旋了一下，看到崗巴多龐大的身軀已經重重砸落在地面之上，將下方地面砸出了一個深坑。

上升下墜只是瞬息之間的事情，卜布瑪偷襲胡小天不成，此時姬飛花又已經逼近，她大吼道：「你要逼我將徐鳳儀挫骨揚灰嗎？」她落在墓碑之上，一雙護手刀分別指著向她逼近的姬飛花和胡小天。

崗巴多仍然在砸出的深坑尚未爬出，不知是死是活，向山聰在剛才被姬飛花重創之後，看到勢頭不妙竟然逃了，雙方形勢發生了逆轉。

姬飛花並未急於進攻，因為她知道胡小天對徐鳳儀的感情，剛才那幾人從徐鳳儀的陵墓中破土而出，很可能已將徐鳳儀的骸骨控制在手中，以此作為要脅，這些人還真是夠卑鄙。

胡小天此時卻未怒，靜靜望著卜布瑪道：「你們今晚設下這場局，目的只為了殺掉我們，只可惜你們高估了自身實力，枉你也算黑胡第一高手，竟用這種卑鄙無恥手段對待已亡之人，我向你保證，你敢動我娘一根頭髮，我會讓你生不如死。」

卜布瑪陰惻惻道：「看來你並不在乎。」

第四章

生死的邊緣

卜布瑪的臉上落下一滴雨水，
對手的強大已經超出她的想像，眼前只剩下姬飛花一個敵人，
並非是因為她專注，而是因為她似乎突然被隔絕了起來，
她的視聽全都受到了影響，周圍如同多了一道無形的屏障，
卜布瑪不敢關注周圍的任何事，因為她已經到了生死的邊緣。

一道光芒冉冉升起，卻是孤月斬漂浮旋動，光刃直指西瑪公主的頸部，剛才西瑪被卜布瑪一方救走，可是在他們犧牲兩人，向山聰又逃走之後，西瑪被人遺忘。

孤月斬乃是姬飛花隔空操縱，她輕聲道：「用這位黑胡公主換徐夫人的遺體，應該是筆划算的交易。」

卜布瑪面無表情地向西瑪掃了一眼：「她的死活與我何干？她若死了，這筆帳也要記在大康的頭上。」

姬飛花皺了皺眉，心中暗忖，看來卜布瑪和黑胡使團前來的目的並不一致。她和胡小天約定在這裡交易，其目的也不是為了營救西瑪公主，而是要剷除胡小天。

胡小天點了點頭道：「我不會跟你交易，卜布瑪，你會死在這裡。」

卜布瑪哈哈大笑道：「殺我？就憑你們兩個？」

此時崗巴多魁偉的身影從他砸出的深坑之中搖搖晃晃站了起來，因為他周身通紅，也分不出他究竟有沒有流血。

胡小天心中暗忖，這廝還真是命大。他和姬飛花交遞了一個眼色，暗自下定決心，母親的陵墓已經被這幾人破壞，卜布瑪用母親的遺體作為要脅，其實已經暴露了她內心的惶恐，無論是眼前的形勢還是胡小天自身的性格而言，他都不可以再退半步，對敵人的退讓非但無法獲得對方的體諒，反而會助長對方的氣焰。

姬飛花雖然沒有和胡小天說一句話，可是她卻已經明白了胡小天的心意，輕聲道：「卜布瑪交給我了！」言外之意崗巴多就交給胡小天對付。

胡小天微微一笑，手中玄鐵劍再度擎起，同樣的招式，破天一劍，只不過比起剛才更多了幾分殺氣，多了幾分勇往直前不惜代價的勇猛氣勢。

崗巴多周身骨節劈啪作響，周身紅的就像要噴出血來，火戾龍象功已經被他提升到了極限，向後退出一大步，躲避胡小天這一劍的鋒芒，然後就勢將一棵大腿粗細的松樹連根拔起，帶著泥土和沙塵向胡小天橫掃而去，一時間沙石漫天，分佈於胡小天前衝的空間之中。

胡小天毫不動搖，身形未到，凜冽的劍氣已經將沙石向四周逼迫開來，在正中強行擠壓出一個一丈直徑的空間，劍鋒旋轉，周圍空氣都被這強大的內旋力拉扯進去，空間有若突然塌陷，沙石形成漩渦，圍繞著無形的劍氣向崗巴多奔襲而去。

崗巴多臉色驟變，單手抓起松樹，他此時的神力即便是熊天霸見到也只會自歎弗如了，長達六丈的松樹在他的操縱下宛如一支巨劍，樹冠率先和對方的劍氣撞擊在一起，一時間針葉到處飛濺，劍氣所及，松樹的樹幹枝葉頓時被絞為碎屑，樹幹以肉眼可見的速度迅速縮短，六丈的長度幾乎在瞬息之間已經剩下不足三尺長短。

崗巴多及時棄去樹幹，身軀再退，在胡小天逼人的攻勢下，他唯有選擇後退，這一退，已經來到徐鳳儀的陵前，這廝竟然一把將墓碑硬生生拗斷，宛如投鐵餅一樣向胡小天砸去。

胡小天看到母親先是墳墓被毀，現在墓碑又被這廝折斷，心中已經是怒火填膺，身軀迎向墓碑，單掌將墓碑托住，墓碑在空中止住前進的勢頭，然後如同一座小山一般向崗巴多反衝回去。

崗巴多怪眼一翻看著那飛來的墓碑，冷哼一聲，將全身氣力凝聚於右拳之上，雙腿紮穩腳步，大吼一聲一拳迎上，他要一拳將墓碑砸個四分五裂。崗巴多有一點沒有料到，胡小天是不會輕易損壞母親的墓碑的，他並非是用墓碑發動攻擊，只是利用墓碑作為掩護，吸引崗巴多的注意力，崗巴多認為胡小天和墓碑此時成為一體，擊碎墓碑就可以隔山打牛重創藏身在墓碑後方的胡小天，然而那墓碑在距離他還有一丈距離的時候，突然落了下去。

胡小天的身軀顯露出來，烏沉沉的玄鐵劍竟然蒙上了一層青色光暈，在墓碑擋住了崗巴多的視線，胡小天在短時間內已經將周身的內力凝聚在玄鐵劍之上，憤怒激發了他的潛力，這一劍已經達到了他修煉破天一劍以來最大的威力。

崗巴多意識到不妙的時候已經晚了，胡小天並沒有躲開他這一拳的意思，拚上挨他的一拳，也要將他一劍格殺，劍氣破開拳風，拳風雖然被分成兩縷，仍然先後擊中了胡小天的胸腹，然而胡小天的劍氣也在同時斬落在崗巴多的頭頂，崗巴多的頭頂先是出現了一個凹痕，他的整張面孔也隨之扭曲，宛如橡膠般彈性驚人的身體終究還是超出了承受的極限，劍氣撕裂了他頭頂的肌膚，切開了他的筋膜，斬斷了他的頭骨，崗巴多聽到清脆的破骨聲，他彷彿看到了頭頂出現了一道白光，然後視野發生了改變，兩隻眼睛竟突然可以看到左右兩邊的情景。

龐大的身軀被胡小天的玄鐵劍一分為二，殷紅色的鮮血宛如噴泉般衝出了他的腔子，隨著鮮血的噴湧，崗巴多的身體也在迅速縮小，兩半屍體分別倒向左右。

「沒有人敢對我娘不敬！」胡小天手中的玄鐵劍斜斜指向地面，夜風輕拂，一滴鮮血緩緩從劍鋒之上滴落。

卜布瑪的臉上落下了一滴雨水，眼前對手的強大已經超出了她的想像，她的眼前只剩下姬飛花一個敵人，並非是因為她專注，而是因為她似乎突然被隔絕了起來，她的視聽全都受到了影響，周圍如同多了一道無形的屏障，卜布瑪不敢關注周圍的任何事，因為她已經到了生死的邊緣。

卜布瑪雙目中流露出深深驚懼，她低聲道：「你已掌控了天道之力……」

姬飛花淡然道：「違逆天道，天誅地滅！」她揚起了右拳，拳頭竟然變成了幾近透明的質地。

卜布瑪感覺周圍的空間驟然向自己壓榨過來，她不得不強行與這股無形的壓力抗衡，無論她怎樣掙扎都無法逃脫這無形的壓力，剩下的選擇唯有向前和姬飛花做殊死一搏。一雙護手刀有若和自身融為一體，卜布瑪整個人就如同一柄出鞘的鋼刀，向姬飛花劈斬而去。

姬飛花的目光風輕雲淡，在她形成的無形封閉空間內，她才是真正的主宰，極盡透明的拳頭光芒暴漲，無形之力在自己的前方形成屏障，卜布瑪的身軀重重撞擊在這無形的屏障之上，雖然眼睜睜看著姬飛花就在距離她不足三尺的地方，可是無論她怎樣努力都無法縮短這段距離，更談不到突破屏障。

姬飛花的拳頭擊打在虛空之中，看似沒有命中目標，可是她每擊打一下，卜布瑪所處的空間就緊縮一分，卜布瑪魁梧的身軀被緊緊束縛在一個無形的空間中，她的身體緩緩上升，四肢不停扭曲掙扎。

「你騙我……」這是卜布瑪最後的一句話。

姬飛花皺了皺眉頭，這句話顯然不是對她所說，究竟是什麼人欺騙了卜布瑪，又是誰才是今日這場圍殲的佈局者？她的右手驟然緊縮，空中傳來一陣陣骨骼碎裂的聲音，卜布瑪的身軀從半空中倏然落下，掉落在地上的時候已經骨骼盡碎，經脈盡斷。

胡小天目瞪口呆地望著兩人對決的情景，姬飛花的武功比起自己想像中還要強大得多，身為黑胡第一高手的卜布瑪在她的面前竟然沒有反手之力，胡小天不由得暗忖，若是自己和姬飛花對敵，到底有幾分勝算，馬上又否定了這個想法，他們之間應該永遠也不可能為敵。

黑胡方面的五名高手有四人已經命喪當場，只有向山聰最為狡猾，看到勢頭不妙，已經提前逃走。

胡小天想到的第一件事還是母親的遺體，清除幾名敵人之後，他第一時間跳入墓穴之中，檢查母親的棺槨，棺槨仍然在那裡。可是從棺槨的外觀來看，應該被人動過。

姬飛花再度抓住西瑪，帶著她也進入墓穴之中，她看到墓穴的西南角有一個地洞，剛才向山聰和那兩名番僧顯然就是經由地洞進入了墓穴，並潛伏其中，所以他們一開始並未發覺。

胡小天道：「棺槨被人動過。」他將耳朵貼在棺槨之上聽了聽，這也是處於謹慎起見，生怕有敵人藏身在棺槨中突然發起襲擊，確信棺槨中沒有任何動靜，他這才緩緩將棺槨開啟。

棺槨的縫隙中有淡藍色的光芒透出，將整個棺蓋推開，卻見裡面除了一顆鵝蛋大小的藍色透明圓球，再沒有其他的東西，徐鳳儀的遺體不翼而飛。

胡小天猶在詫異之中，姬飛花卻是勃然變色，她驚呼道：「玄光雷！」

藍色圓球在暴露之後，光芒大盛，白光奪目，姬飛花擁住胡小天帶著西瑪一起撲向墓穴中的盜洞。

驚天動地的爆炸響徹在靜夜之中，白光照亮了大半個夜空。

一直在山下靜候消息的夏長明等人也被這劇烈的爆炸聲震驚，眾人因地面強烈的震動而東倒西歪，有人甚至直接坐倒在了地上，等一切平復下去，他們馬上反應了過來，集合人馬向陵墓的方向衝去。

胡小天清醒過來時，發現自己處在一個黑暗狹窄的空間內，一人一動不動伏在自己胸前，另外還有一人也是紋絲不動地趴在他的右側，胡小天的眼睛迅速適應了黑暗，趴在他胸前的是姬飛花，在他右側的是西瑪，胡小天清楚地記得，在生死存亡的關鍵時刻，是姬飛花率先反應了過來，將他推到了地洞之中，姬飛花用內力封住盜洞，同時也承受了大部分的衝擊力，三人之中姬飛花受創最重。

姬飛花在胡小天的懷中蠕動了一下，她的意識仍然清醒，只是因為玄光雷爆炸引發氣浪的衝擊而周身骨骸欲裂，耳邊聽到胡小天關切的聲音道：「別動，我就在你身邊。」

姬飛花沒有說話，抬起的面孔重新伏了下去，現在她只想好好休息一下。

胡小天展開臂膀擁住姬飛花，黑暗中他感覺到姬飛花也抱住了自己，兩人誰都沒有說話，在這黑暗狹小的陵墓盜洞中靜靜相擁著，原來黑暗也可以如此浪漫。

胡小天並不擔心脫困的事，這場驚天動地的爆炸必然驚動山下等候接應的那些手下，梁英豪自有辦法在最短時間內找尋到他們所在的位置。

胡小天和姬飛花靜靜等候的時候，外面已經開始如火如荼地開始挖掘。

夏長明憂心忡忡地望著面前的大坑，原本應當是徐鳳儀的墳墓，如今卻被炸出了直徑約有十丈的深坑，眼前一片狼藉，見不到任何的人影，他和梁英豪商量之後，決定派出一支小隊去周圍搜尋，其餘人全都留在這裡聽候梁英豪的指揮。

挖掘沒開始多久就挖到了一些斷裂的肢體，因為血肉模糊也無從分辨肢體的主人是誰，眾人開始變得憂心忡忡。梁英豪則表現出超人一等的鎮定，提醒眾人道：「王爺向來洪福齊天，相信他絕不會有事。」

在挖掘了整整兩個時辰之後，方才找到被碎石泥土掩蓋起來的盜洞，梁英豪欣慰之餘，又難免有些自責，自己此前檢查過陵墓周圍，卻沒有想到陵墓裡面有盜洞的存在。

胡小天已經聽到外面的挖掘聲，他大聲道：「英豪兄，是你們嗎？」

從外面聽來他的聲音有些微弱，可畢竟還是有人聽到了他的聲音，得悉胡小天就被困在盜洞之中，眾人無不欣喜若狂，開始全力挖掘被掩蓋的洞口。

敲擊聲，挖掘聲變得越來越清晰，姬飛花想要從胡小天的身上挪開，卻發現這廝仍然牢牢抱著自己。

胡小天心中暗忖，現在正是向姬飛花表露心跡的機會，正準備說話的時候，卻聽到身邊傳來一聲痛苦的呻吟，卻是黑胡公主西瑪在此時醒了過來，眼前的狀況將西瑪嚇了一跳，她尖叫道：「你……你……對我做了什麼？」

胡小天聽她這樣說真是哭笑不得，西瑪應該不知道昏迷的這段時間發生了怎樣的事情。雖然這次的事情全都是因她而起，可她對其中的內情應該並不清楚，胡小天道：「等出去之後再向你解釋。」

西瑪止住不說，此時方才意識到自己的身軀幾乎全都貼在胡小天的身上，除了她之外還有一名男子，三人離得很近。

又過了半個時辰，地洞終於完全打通，姬飛花第一個從地洞中出去，然後是西瑪，最後出去的才是胡小天，三人全都是蓬頭垢面，現在這番模樣，根本不用易容，別人也不會認出他們的樣子。

看到胡小天無恙，他的這些手下方才放下心來，姬飛花並沒有說話，在獲救之後，飄然而去，胡小天對她獨來獨往的性情早已瞭解，也沒有出聲挽留。

西瑪雖然對發生的一切充滿迷惑，可是她從胡小天這裡很難得到真實的狀況，胡小天只說她被人劫持，自己多方查探，總算得到她的下落，這才帶人第一時間前來營救。

敷衍了西瑪之後，胡小天將夏長明和梁英豪叫到一邊，低聲將昨晚發生的事情簡單說了，夏長明和梁英豪兩人雖然沒有親眼目睹那場殊死戰鬥，可僅僅聽胡小天一說，就已經感覺到驚心動魄。

梁英豪歉然道：「主公，全都是我的疏忽，我竟然沒有事先察覺到他們挖了盜洞通到陵墓中。」

胡小天在此時上極其豁達，安慰他道：「不干你的事，誰都沒有未卜先知的能力，再說他們盜洞挖得極其隱蔽，如果不是挖開陵墓，很難發現。」

梁英豪道：「挖掘盜洞之人乃是此道高手。」

胡小天道：「英豪，你幫我查查，這盜洞的另外一個開口在哪裡？」

「是！」梁英豪領命之後率領手下去了。

夏長明道：「那黑胡公主如何處置？」

胡小天向遠處的西瑪公主看了一眼，她也正朝自己這邊看來。其實劫持西瑪的這場戲乃是胡小天自導自演，他本想利用西瑪逼迫黑胡方面交出國師崗巴多，卻沒有料到黑胡方面將計就計，在母親的墳前設下圈套，意圖將自己和姬飛花一網打盡。胡小天認為這件事和完顏烈新的關係應該不是太大，完顏烈新身為黑胡北院大王，不可能置公主的安危於不顧，卜布瑪、崗巴多是這件事的執行者，他們的背後應該還有人策劃。

參與圍攻的五人，有四人被胡小天和姬飛花格殺，唯有向山聰逃離，向山聰乃是大雍燕王薛勝景的親信，他參與今晚的圍攻，足以證明薛勝景和黑胡已經私下聯手，而參與今晚圍攻的共有三名僧人，這三名僧人應該全都來自於梵音寺，梵音寺因何會捲入到這場江湖風波之中？

比起這些讓人困惑的事情，更讓胡小天感到心有餘悸的則是那顆玄光雷，剛才的爆炸之威仍然記憶猶新，這樣威力龐大的武器本不應當屬於這個世界，姬飛花匆匆離去，並沒有來得及向他解釋玄光雷的由來，她應該是從頭骨中得悉玄光雷的事情，而玄光雷在此地出現，卻證明有人擁有這威力強大的殺器。

母親的陵墓已經變成了一個巨大的深坑，可是在爆炸發生之前，胡小天看得清清楚楚，棺槨之中並沒有她的屍骨，究竟是卜布瑪等人將她的屍骨盜走？還是她的遺體早已不在這墳墓之中？此事已經無從查證，胡小天回憶當年安葬亡母的情景，他親手將母親安葬，也親眼目睹了她的死亡，此事不會有錯。回首往事，他的這些家人，對他最為真心，最為疼愛的那個就是徐鳳儀，她不會欺騙自己。

黎明在不知不覺中到來，淅淅瀝瀝的夜雨也在黎明到來之前停歇，東方的天空清灰中混雜著一絲曖昧的暗紅，天色並不明朗，顯得有些混沌。梁英豪此時回來向胡小天覆命，他們將盜洞打通之後，追蹤盜洞一直到了松林之中，盜洞共有一里多長，而且全都在山岩之中開鑿而成，對方之所以在山體內打通這麼長的盜洞，其目的應該是避免被胡小天發現，讓夏長明不解的是，這條盜洞明顯是新近開挖而成，他實在搞不清楚對方究竟使用什麼工具，方才在短時間內完成了如此規模的工程。

胡小天聽梁英豪稟報之後，心中忽然浮現出一個人的影子——鬼醫符刓，當初他進入大雍蔣太后皇陵中遇到鬼醫符刓時，就利用了鬼醫留下的盜洞，當時他就很好奇鬼醫符刓挖掘地洞的能力，除非利用超越現實科技的工具，否則根本不可能在短期內完成這樣的工程，難道這次圍殲自己和姬飛花的事情也有鬼醫符刓的參與？

胡小天向梁英豪招了招手，低聲道：「嚴密封鎖消息，將陵墓按照過去的樣子復原。」

梁英豪點了點頭道：「主公放心，此事只管交給我來處理。」

胡小天又將夏長明叫來，讓他即刻護送西瑪公主追趕完顏烈新的黑胡使團，只說他們費勁千辛萬苦方才將西瑪公主從劫匪手中解救出來，劫匪選擇自盡，所以身分無從查證。

這世上無從查證的事情實在太多，這種事最後的結果多半都是不了了之。洪北漠早就明白這個道理，所以他在七巧玲瓏樓的事情上採取了雷聲大雨點小的做法，看似查得轟轟烈烈，其實並未有什麼實質性的舉動，對事件本身的關注甚至還比不上他對胡小天一舉一動的留意。

胡小天剛剛返回王府，洪北漠就已登門，名為探望乾女兒葆葆，實際上卻另有圖謀，自從七巧玲瓏樓失火之後，這兩天發生了太多的事情，黑胡公主失蹤，黑胡使團突然離去，而胡小天在黑胡使團離去之後很快就找回了西瑪公主，外人感歎風雲變幻，洪北漠卻深知這一切沒有那麼簡單，這其中或許已經發生了驚心動魄的博弈，而他至今還是一個局外人，應該說此前他選擇做一個局外人，樂得做一個局外人。當局者迷旁觀者清，他要先看清形勢方才能夠決定下一步的行動。

葆葆已經度過了危險期，仍然直挺挺躺在床上，脖子上套了一個特製的項圈，樣子看起來有些滑稽，她向來樂觀，在傷勢穩定之後，笑容很快就出現在了她的臉上，歷盡艱險能夠活到現在，她所依靠的就是堅強。

洪北漠在葆葆的身邊說了幾句寬慰的話，葆葆目前還無法跟他交談，只能用眼神來回應，洪北漠也沒有耽擱太久的時間，安慰葆葆要好好休息，走出門外，看到胡小天就在外面，他看來心情不錯，滿臉明朗的笑容。

洪北漠的唇角也露出一絲笑意，抱拳施禮道：「王爺！」

「洪先生這麼早？」

洪北漠抬頭看了看當空的嬌豔紅日，已經是正午了，這可算不得早，他微笑道：「習慣了，聽說王爺剛剛才回來。」

胡小天心中暗歎，府內人多眼雜，總有人口風不嚴，不過自己出門也不是什麼秘密，洪北漠的天機局爪牙遍及整個康都，或許他在暗中一直都在監視著自己的一舉一動，知道自己剛剛回來也算不上什麼稀奇，胡小天笑道：「不錯，昨晚去營救黑胡公主，折騰了一夜剛剛回來。」

洪北漠故作驚詫道：「王爺找到了西瑪公主？」

胡小天點了點頭道：「也不算什麼難事，已經將她平安救出，我派人護送她前往追趕黑胡使團，估計最遲明天就可以和她的人會合了。」

洪北漠道：「王爺果然厲害，西瑪公主失蹤影響巨大，朝廷動員各方尋找，想不到還是王爺捷足先登。」他心中何嘗不明白，此事必然是胡小天自導自演的一齣戲，不過這廝既然肯將西瑪公主送回去，想必是已經達成了心願，聯想起七巧玲瓏樓的事情，洪北漠推斷出，這廝十有八九從黑胡撈到了想要的好處。

胡小天道：「最近事情真是層出不窮，七巧玲瓏樓的事洪先生可有眉目了？」

洪北漠搖了搖頭，拿捏出一副一籌莫展的面孔，歎了口氣道：「根本無從查起，王爺不是說負責查黑胡國師崗巴多的下落，不知王爺可有進展？」

胡小天豈肯對他說實話，也長歎了一聲道：「那混帳番僧早已不辭而別，連黑胡使團也不知他的下落，我看他十有八九是盜走了大康國寶，帶著寶貝逃走了。」

洪北漠道：「如果此事當真是崗巴多所為，那麼黑胡使團也應當無法撇清干係，王爺因何要放他們離去？」

胡小天道：「兩國交兵不斬來使，更何況根本就沒有證據，此事我也仔細調查過，完顏烈新應該沒有參與七巧玲瓏樓的事。」

洪北漠滿面狐疑道：「王爺似乎很相信他啊。」

胡小天道：「倒不是相信他，而是我掌握了一些事，據我所知，闖入七巧玲瓏樓的乃是黑胡梵音寺所為。」

「梵音寺？」

胡小天點了點頭道：「包括黑胡第一高手卜布瑪全都涉及其中，而且有證據表明，大雍燕王薛勝景在其中起到了相當的作用。」

聽到薛勝景的名字，洪北漠不由得皺了皺眉頭。

胡小天道：「薛勝景的底細我雖不甚清楚，可是我知道他和任天擎早有勾結，兩人之間利益息息相關，此番薛勝景出頭，或許就是任天擎在背後起到了作用。」

洪北漠道：「難道只是為了七巧玲瓏樓內的那顆頭骨？」

胡小天道：「頭骨中究竟有什麼秘密，我想洪先生應該比我更加清楚。」

洪北漠淡然道：「王爺高看老夫了。」

胡小天道：「既然洪先生毫無誠意，那麼你我之間也沒有談下去的必要了。」

洪北漠微微一怔，隨即就意識到胡小天是在向自己攤牌，此前兩人曾經在天機局做過一番深談，胡小天已經流露出要跟他合作的意思，洪北漠雖然當時表現出一定的願望，可是他對於和胡小天之間的合作一直都是慎重的。甚至可以說胡小天對他的瞭解要比他對胡小天的瞭解深刻得多，胡小天已經推測到了皇陵中的秘密，甚至得悉了他和徐老太太之間的關係，而他對胡小天的事情知之甚少，最讓他頭疼的是，他不知道胡小天真正想要什麼？如果胡小天想要的只是江山社稷，那麼他們自然可以合作，可是如果胡小天另有其他目的呢？胡小天和七七聯手，在大康國內除了自己，再無其他勢力可抗衡，萬一他們的目的只是為了麻痹自己，最終的想法卻是將自己除去呢？

洪北漠感覺自己遇到了人生中另外一個關口，他必須做出抉擇，沉思片刻方才道：「薛勝景其實找我合作過！」

胡小天內心劇震，震驚之餘心中諸多的迷惑也迎刃而解，難怪向山聰可以在康都拿下煙水閣，難怪他可以光明正大地做起回味樓的生意，難怪他們可以將包括雲韶府的諸多產業納入囊中在康都經營出一方天地，原來背後還有天機局的支持，其實這件事並不費解，如果沒有一個強大背景的支撐，向山聰這種外部勢力又何以在短期內崛起？

胡小天道：「薛勝景很不簡單啊，他和任天擎勾結，和黑胡人聯合，居然還能騙得你對他的支持……」他停頓了一下道：「卻不知他究竟許你什麼好處？」天下間沒有免費的午餐，洪北漠這樣一個老謀深算的人物做事風格素來是不見兔子不撒鷹，如果不是得到了相當的利益，他不可能為薛勝景提供便利。

洪北漠淡然一笑：「修建皇陵需要許多錢糧，公主殿下對我的支出產生了很大的疑心，暗地裡讓楊令奇清算我的帳目，撥給修建皇陵的款項也是一再壓縮。」

胡小天心中暗歎終究還是一個錢字，以洪北漠之能也會在這方面一籌莫展，從七七那裡得不到錢糧，他只能另謀途徑，薛勝景在此時出現對他可謂是及時雨了。

洪北漠道：「我本以為薛勝景在大雍失勢猶如喪家之犬，卻想不到他居然還有那麼大的能量。」

胡小天道：「你有沒有聽說過仙使？」

洪北漠抿了抿嘴唇，他並沒有回答胡小天的問題。

胡小天道：「無極觀你總聽說過吧？」

洪北漠緩緩點了點頭道：「傳言無極觀乃是天命者所建，據說原址在東胡，可後來隨著東胡的覆滅，就無從考證了。」

胡小天也聽說過，北方胡國最早是兩部分，一為北胡，一為東胡，兩國也是相互敵視征戰不停，一百三十年前兩國爆發有史以來規模最大的戰事，彼此之間傷亡慘重，而恰恰在這時候，位於淦納河的黑琿族異軍突起，趁著兩國虛弱，一舉將兩國吞併，一統胡部各族，建立起黑胡帝國，那段時間胡部戰事迭起，屍橫遍野，血流成河，無極觀也是在那時被毀，不過毀掉的只是建築，仍然有無極觀傳人行走江湖，隨著時間的推移，出身於無極觀的那些弟子也變得越來越神秘，很少有人公開露面，可是無極觀的影響並未徹底消亡，此前傳聞殺死丐幫老幫主的空空道人就是無極觀弟子。

胡小天道：「無極洞，無極觀，仙使之間應該存在著某些聯繫，任天擎就是仙使，他雖然名為五仙教的弟子，我看他也應當出身無極觀，至於薛勝景也和無極觀有著千絲萬縷的聯繫。」

洪北漠道：「就算證明他們之間有關係，又能說明什麼？」

胡小天道：「洪先生應該不是個糊塗人，那天在天機局其實有些話我已經說得夠明白，洪先生看來非想我說得更加明白一些。」

洪北漠靜靜望著胡小天，等著他進一步的攤牌。

胡小天道：「那兩具無頭骨骸現在何處？洪先生因何要隱瞞不報？」

洪北漠老臉一熱，其實在胡小天那晚說起他從龍靈勝境中脫身，他就已經猜到那場爆炸乃是胡小天引發，龍靈勝境通往外界的洞口乃是胡小天脫困的逃生之路，既然胡小天經歷了全過程，自然也會看到那兩具棺槨。

胡小天道：「那兩具骨骸應該屬於天命者，他們的頭顱被斬斷，骨骸存在龍靈勝境，洪先生或許認為骨骸之中也存有極大的秘密吧？」

洪北漠道：「其實那兩具骸骨並無任何特別的意義，天命者所有的秘密都藏在頭骨之中，正因為如此，這才是老夫並未將此事公開的原因，也是不想造成不必要的恐慌和猜測。」

胡小天暗歎這老傢伙臉皮夠厚，捉賊拿贓，已經被自己抓了個現形居然還厚顏無恥振振有辭地說這種話，不過洪北漠這句話倒是沒有說錯，那兩具無頭骸骨根本毫無意義，天命者將所有的資訊都留在了頭骨內，洪北漠得到骸骨也是無用，更何況他也沒有那種資質感悟其中的資訊，如果他有這個本事，也不至於擺出俯首甘為孺子牛的架勢為七七盡忠。

胡小天道：「有時人算不如天算，那日我從龍靈勝境脫身，忽略了一件事。」

洪北漠眉峰一動，他意識到胡小天說到了事情的關鍵之處。

「我本以為眉莊已經被亂石活埋，卻想不到她居然也逃出生天，而且還機緣巧合找到了公主殿下藏在裡面的頭骨。」

洪北漠的表情變得越發凝重起來，聯想起胡小天此前從天機局帶走的榮石，他似乎猜到了其中的一些關鍵。

胡小天道：「眉莊找到了向山聰，由他出面找我幫忙救出榮石，我那時還不知道向山聰為何要救榮石，於是追蹤他們想要搞清真相，結果發現，卻是眉莊以頭骨作為條件跟向山聰交換榮石。」

洪北漠低聲道：「看來向山聰成功騙過了你。」

胡小天歎了口氣道：「我也沒想到這廝居然如此老奸巨猾。」

洪北漠道：「向山聰得到了頭骨？」

胡小天道：「他不但得到了頭骨，而且還不肯將人交給眉莊，當時在雲韶府展開一場大戰。」

洪北漠道：「難怪你會先後查封了回味樓和雲韶府。」

胡小天道：「只可惜我終究還是晚了一步，向山聰從眉莊手中將頭骨騙走，而後又發生了七巧玲瓏樓被焚的事情。」

洪北漠道：「這兩件事之間難道也有關聯？」

胡小天毫不掩飾地點了點頭道：「不但有關聯，而且關聯密切。」

洪北漠道：「根據目擊者所言，葆葆乃是被黑胡國師崗巴多所傷……」

不等洪北漠說完，胡小天就沉聲道：「崗巴多已經死了！」

洪北漠的表情充滿了訝異，胡小天說得如此輕鬆，彷彿只是捏死了一個臭蟲似的，可崗巴多乃是黑胡國師，梵音寺頂級高手之一，竟然死在了他的手中。洪北漠愕然道：「你殺了他？」

胡小天點了點頭道：「誰敢對我的女人不利，我就讓他後悔來到這個世上。」這句話不僅僅是針對崗巴多而言，洪北漠聽在耳中，不禁心中一凜，這小子根本是在威脅自己。

洪北漠道：「你殺了崗巴多，只怕會和梵音寺結下深仇，梵音寺在黑胡的地位等同於大康的天龍寺，王爺以後的麻煩只怕會不少。」

胡小天微笑道：「連黑胡第一高手卜布瑪也被我殺了！」

洪北漠已經難以抑制內心中的驚詫，表情將信將疑，如果說胡小天殺死崗巴多還算不上太讓人驚奇，可如果連卜布瑪都被他殺死，這廝的武功已經到了何等驚人的境界，即便是自己也未必是他的對手。

胡小天自然不會對洪北漠說實話，昨晚是他和姬飛花聯手幹掉了四名黑胡高手，現在他全都算在了自己的頭上，胡小天從來都不怕事大，而且這件事也蓋不住，昨晚共有五人參與圍殲行動，雖然殺掉四人，可向山聰逃走，用不了太久的時間，他和姬飛花聯手殺死卜布瑪、崗巴多等人的事情就會傳遍天下，不過還好姬飛花的身分並未暴露，向山聰或許不會識破她的本來面目。所以胡小天索性大包大攬，把所有的事情全都攬在了自己的身上。

洪北漠心中將信將疑，他低聲道：「崗巴多打傷葆葆，王爺殺他也是應該，可王爺因何要將卜布瑪也殺了？此人不但是梵音寺唯一的女性傳人，而且她和黑胡王室關係密切，若是此事傳出去，恐怕黑胡方面不會善罷甘休。」

胡小天笑道：「洪先生害怕了？」

洪北漠搖了搖頭道：「我只是為王爺擔心。」

胡小天道：「卜布瑪也參與了潛入七巧玲瓏樓的事情。」

洪北漠心中暗忖，你自然將一切都往這件事上推，當真是欲加之罪何患無辭，可是洪北漠卻不得不佩服胡小天的厲害，這小子不但詭計多端而且心狠手辣，也難怪他年紀輕輕就能夠混到如今的地步。比起卜布瑪和崗巴多的死訊，洪北漠更為關心兩顆頭骨的下落，他終忍不住問道：「王爺是否已經將頭骨找回來了？」

胡小天搖搖頭道：「沒了，實不相瞞，黑胡西瑪公主失蹤之事乃是我親手策劃，就是想用她來換取頭骨，只可惜在那幫黑胡人的心中頭骨要比公主重要得多。他們非但不肯用頭骨來交換，反而將計就計，想要利用交換的機會將我殺死。」

洪北漠聽到這裡已經相信了七八分，胡小天所說的應該是實情，禁得起推敲，這廝告訴了自己那麼多的事情，的確表現出了不小的誠意。

胡小天道：「兩顆頭骨現在應該都已經落在了向山聰的手裡。」

洪北漠低聲道：「那不是說等於落在了薛勝景的手裡？」他的表情依然風波不驚，仍然沒有任何的慌亂。

胡小天點頭道：「洪先生是不是以為天下間只有七七才能領悟頭骨的秘密？」

洪北漠被他說中心思，微微一笑，卻並未說話。

胡小天道：「你有沒有想過，天命者並非只有一個後代，假如這世上他們還有其他的後代，那麼是不是同樣可以領悟頭骨中的秘密？」

洪北漠淡然道：「你以為天命者和尋常人一樣？」

胡小天道：「你有沒有聽說過天人萬像圖？」

洪北漠自然聽說過天人萬像圖，他皺了皺眉頭道：「所謂天人萬像圖只不過是鬼醫符刓弄出來故意混淆視線的騙局罷了。」

胡小天搖了搖頭道：「天命者的後代中血統純正者極其少見，更多的是天命者和普通人的混血，這類人天生就有缺陷，天人萬像圖卻可以改變他們的缺陷，以後天的改變來彌補先天的不足，如果得到天人萬像圖並進行修煉，那麼這些混血者就可以修正自身的缺陷，就算無法趕得上純正血統的天命者，也相差不遠。」

洪北漠倒吸了一口冷氣，他從未想到過這方面的事情，一直以來他都認為天人萬像圖只是當年鬼醫捏造出來的騙局。沉聲道：「你怎會知道這件事？」

胡小天道：「對薛勝景和任天擎而言，天人萬象圖的意義甚至比頭骨更加重要，如果天人萬象圖已經被他們得到，那麼他們中的某一個或許就已經無限接近天命者，解讀頭骨中的秘密或許並非難事。」他停頓了一下，盯住洪北漠笑瞇瞇道：「洪先生以為，他們如果得到頭骨中的秘密，會做的第一件事是什麼？」

洪北漠的笑容變得有些僵硬：「請恕老夫愚昧。」

胡小天道：「七七既然知道你在做什麼，他們自然就能夠猜到你在做什麼，我雖然不知道洪先生的目的，可是我卻知道洪先生跟他們並不是一類人，皇陵中的東西對這世上的多數人都無關緊要，可是對他們卻有著非同尋常的意義，其實以洪先生的智慧早已猜到他們會做什麼，在我看來，他們第一件事就是要對付洪先生，就是要奪走本該屬於他們的東西。」

洪北漠的臉上已經不見任何的笑容，他意識到自己的弱點終於被胡小天找到。

胡小天懶洋洋打了個哈欠：「說了這麼多，真是有些睏了，我昨晚打了一夜，還沒來得及睇上一會兒，其實我是個懶人，並不想活得那麼辛苦，我活著的目的就是江山美人，醉臥美人膝，醒掌天下權，我是不是沒出息，沒追求？」

洪北漠微笑道：「王爺分明是宏圖大志，抱負遠大，這樣不叫追求人生還有更高的追求嗎？」他已經明白，胡小天分明在暗示自己，他對皇陵及其裡面的東西沒有半分的興趣，他要的是江山社稷。

洪北漠仍然無法全信，可是無論他相不相信，似乎除了眼前的胡小天已經沒有了更好的合作對象，這廝已經迅速成長，成長到天下間任何人都無法忽視他實力的地步。

胡小天卻突然冒出了一句莫名其妙的話：「薛勝景既然能夠找到你合作，他會不會找上胡不為？」

洪北漠意味深長道：「萬事皆有可能！」

第五章

胎毛筆

榮石看到那胎毛筆，雙目一熱，內心湧出難言的感受，
他撩開衣擺，從腰間取下了一支胎毛筆，
和胡小天拿出的那支幾乎一模一樣。
胡小天認定這兩支胎毛筆必然是來自同一個胎兒的身上。

如果薛勝景找到胡不為合作，那麼事情將會朝著最惡劣的方面發展，胡不為的厲害之處不僅僅在於他是天香國權柄的實際掌握者，他的背後還有富甲天下的徐家支持，更重要的是，他擁有一顆頭骨，那顆頭骨恰恰是胡小天親自交到了他的手裡。胡不為擁有的頭骨乃是當年被大康擒獲的兩名天命者之一，其重要性或許還在其他天命者之上。

姬飛花曾經領悟到那顆頭骨的秘密，而七七領悟的則是另外一顆，胡小天根據七七和姬飛花的關係已經做出了初步的推斷，當年被大康擒獲並斬首的兩名天命者很可能就是夫妻，而姬飛花和七七都是這兩名天命者的後代。

胡小天剛剛對洪北漠所說的天人萬像圖的事情絕非是毫無根據的臆測，秦雨瞳曾經告訴過他關於天人萬像圖的事情。

胡小天和洪北漠彼此對望著，這些年來，他們明爭暗鬥，都曾經產生過欲要至對方於死地的想法，可如今的現實卻讓他們不得不捐棄前嫌選擇合作。

夏長明是最先返回的那個，他已經完成了胡小天交給他的任務，將西瑪公主護送並交給了黑胡使團。

胡小天聽他稟報完詳情，緩緩點點頭道：「很好，完顏烈新有沒有說什麼？」

夏長明道：「什麼都沒問，什麼都沒說，甚至連一個謝字都沒說。」

胡小天笑了起來，完顏烈新是個明白人，他早已清楚西瑪的被劫乃是自己一手導演，自然不會向自己說謝謝，以完顏烈新的頭腦應該能夠判斷出發生了事情，甚至可以推測到卜布瑪幾人遭遇了不測，就算他沒有參與這場圍殲自己的計畫，也肯定知道卜布瑪想要做什麼。

夏長明又道：「我也將主公的意思轉告給了宗大哥和熊孩子，讓他們兩人不必繼續跟蹤黑胡使團，大概今日黃昏他們就能回來了。」

胡小天道：「你幫我查查，鳳儀山莊那邊最近有什麼動靜，還有，梁大壯最近這段時間的一舉一動全都給我問清楚，然後稟報給我。」

夏長明點了點頭道：「我這就去查。」

胡小天安排之後，起身準備前往皇宮，他有必要將這兩天發生的事情向七七做個稟報，可是剛剛換好衣服，卻聽到通報大雍長公主薛靈君登門拜訪。

胡小天想了想，讓人將薛靈君請到花廳，雖然還沒見到薛靈君，可他卻猜到薛靈君已經沉不住氣了。

胡小天風度翩翩地走入花廳，這次他並沒有讓薛靈君等待太久的時間，微笑道：「君姐來了，巧得很，若是再晚來一刻，我就去宮裡了。」

薛靈君不知他說的是真話假話，一雙明澈的眸子流露出風情萬種的柔光，嬌滴滴道：「你心中就這麼討厭我？我一來你就想走？」

胡小天大笑起來：「君姐誤會我的意思了。」他招呼薛靈君坐下，其實對薛靈君的目的已經清楚，可仍裝出糊塗的樣子道：「君姐今日前來不知有何吩咐？」

薛靈君道：「難道人家沒事就不能過來串串門，說說話？來到你們大康出使就得大門不出二門不邁，在驛館裡囚犯一樣待著嗎？」

胡小天聽出她的言外之意，微笑道：「君姐好大的怨氣，小弟在貴方驛館外佈置兵馬也是為了貴國使團的安全著想，畢竟此前發生了黑胡公主被劫走的事情，論到姿色論到風情，還是論到在我心中的地位，君姐顯然都要比那位黑胡小公主重要得多，所以小弟才會加強安防措施，君姐不會因為這件事而誤會了我的好意吧？」

薛靈君暗歎這廝舌燦蓮花，死的都能被他說活了，反正都是他的道理，幽然歎了口氣道：「你若是當真這麼想，也不會進入我方驛館中搜查了。」她向胡小天湊近了一些，小聲道：「那枯井中的東西究竟是怎麼回事？」

胡小天微笑道：「君姐問我，我還想問您呢，不過我倒是不信君姐會做出劫持黑胡公主破壞和談的事情。」

薛靈君坐直了身子，臉上的笑容倏然收斂道：「我自然不會做這種事情，定然是有人想要誣陷於我。」

胡小天道：「我也相信君姐，這次必然是有人想往您的頭上扣屎盆子。」

薛靈君聽他這麼說，總覺得有些不入耳，有些厭惡地皺了皺眉頭。抽出錦帕擦了擦額頭道：「都說秋老虎厲害，今兒我算是見識到了，對了，我聽說黑胡公主已經被解救出來了？」

胡小天笑著點了點頭道：「君姐的消息還真是靈通，如果沒有解救出來，黑胡使團又怎會甘心離去？」

薛靈君道：「這麼說，完顏烈新和永陽公主都沒有來得及會面吧？」

胡小天知道她在旁敲側擊從自己這裡詢問消息，笑瞇瞇點了點頭道：「不瞞君姐，黑胡方面將西瑪公主失蹤的事情歸咎到我方的身上，認為我方沒有合作的誠意，所以憤而離去，這下君姐滿意了。」

薛靈君呵呵笑道：「此言差矣，你們兩國的事情，與我又有什麼關係？」

胡小天道：「黑胡若是當真和大康達成攻守盟約，最難過的應該是大雍吧？」

薛靈君咬了咬嘴唇，擺在明面上的事情由不得她否認，她淡然道：「只要稍有遠見者都不會選擇與胡人結盟，縱觀歷史，胡人向來做事背信棄義，陽奉陰違，若是大康當真選擇了和黑胡結盟，就是背離了中原列國，就算聯手將大雍滅掉，黑胡下一個吞併的必將是你們。」

胡小天微笑道：「這種事情很難說，鷸蚌相爭漁翁得利，只要把握好時機，焉知大康不可以將你們兩國一舉拿下？」

薛靈君冷笑道：「螳螂捕蟬黃雀在後，別忘了你們的身後還有天香國。」現在誰的情況都不樂觀，這也是薛靈君敢於和胡小天討價還價據理力爭的原因。

胡小天笑著點了點頭：「所以說以和為貴，你好我好，大家都好，何必爭來鬥去，非要打個頭破血流。」

薛靈君幽幽道：「難道你忘了，我此次出使的目的就是為了和平而來，我可是拿足了誠意。」

胡小天道：「你知不知道黑胡公主究竟是被何人所劫持？」

「難道是黑胡人自導自演的一齣戲？」薛靈君心中暗自冷笑，胡小天先將矛頭指向自己，等到黑胡使團走了，又倒打一耙，將罪名指向黑胡，此子可真是陰險。

胡小天搖了搖頭，話鋒一轉：「君姐可有燕王的消息？」

薛靈君微微一怔，胡小天這樣說，難道意味著二哥和這件事有關？她緩緩搖了搖頭道：「已經很久沒有他的消息了，他謀害母后，意圖顛覆朝廷，早已為大雍所不容，不知此時逃到了哪裡？」

胡小天道：「他應該人在黑胡。」

薛靈君也聽說過這樣的說法，而且最早傳出這消息還是她和李沉舟商量之後的決定，他們要給燕王扣上裡通外國的帽子，讓他在大雍永世不得翻身。薛靈君歎了口氣道：「無論怎樣，他畢竟是我的二哥，在我心底還是希望他好好活著。」

胡小天道：「潛入天機局，盜走大康國寶，焚毀七巧玲瓏樓的，除了黑胡梵音寺高手之外，還有一個叫向山聰的人。」

薛靈君秀眉微顰，她對這個名字並不熟悉。

胡小天道：「你還記得渤海國發生的事情嗎？」

薛靈君點了點頭，她怎會不記得，當年正是薛道洪新君上位，他將矛頭指向燕王薛勝景和自己，利用聚寶齋的事情製造事端，如果不是胡小天出面，恐怕二哥在那次就已經栽了跟頭，而自己極有可能死在渤海，想起那段往事，薛靈君心中不由得感到一陣歉疚，無論她承認與否，自己都欠了胡小天一個天大的人情，而在渤海國的那段時間，也是他們兩人放下彼此間的戒備，合作無間的時候，薛靈君甚至為他心動過。

胡小天也在回憶，那時的薛靈君對自己並無歹意，那時的薛靈君比起現在也要可愛許多，他低聲道：「天下人都知道燕王創立了聚寶齋，可是少有人知道他的真正核心產業乃是燕熙堂，向山聰就是燕熙堂的掌櫃，也是燕王最得力的親信。」

薛靈君幽然歎了口氣道：「二哥的事情我知道的實在是太少了。」

胡小天微笑道：「人往往是這樣，自以為已經很瞭解別人，可通常只是他自己的錯覺，在渤海國的時候，我一度以為自己非常瞭解君姐了。」

薛靈君呵呵笑道：「一個女人若是被男人什麼都看透了，豈不是沒有了神秘感，也就失去了吸引力，你說對不對？」

胡小天發現薛靈君相當的自戀，任何事情總會不由自主扯到她自己的身上，他無意在這種話題上糾纏，繼續道：「有證據表明，劫持西瑪公主，潛入天機局七巧玲瓏樓，盜走大康國寶的人就是向山聰。」

薛靈君心中暗忖，胡小天根本就是在說所有一切的幕後主使乃是自己的二皇兄薛勝景，她眨了眨雙眸，輕聲道：「可不可以告訴我你們究竟丟了什麼寶貝？」

胡小天搖了搖頭道：「涉及到國家機密，不方便說。」

薛靈君道：「那就算了，我那個二哥素來喜好搜集奇珍異寶，看來現在仍然不改初衷。」

胡小天微笑道：「只怕不僅僅是搜集奇珍異寶那麼簡單，君姐，我曾經聽說過一個傳聞，說大雍當年之所以能夠開疆拓土，是因為有一股神秘力量相助，這些年來，這股神秘力量一直都在背後操縱。」

薛靈君道：「我怎麼沒聽說過？」

胡小天道：「只是傳聞罷了，或許根本沒有這回事，或許連君姐也不知道。」

薛靈君笑道：「你什麼時候也開始相信這些無憑無據的傳聞了？」

「空穴來風未必無因，君姐可能還沒真正體會到流言的可怕，」

薛靈君歎了口氣道：「天下間只怕沒有人比我更清楚流言的可怕了。」她的命運和流言就分不開關係，在人們的眼中，她是一個掃把星，她是一個人盡可夫的蕩婦，這些謠言毀掉了她的青春年華。

胡小天道：「其實我沒有想到君姐會主動登門來找我，新近有不少關於你我的流言。」

薛靈君呵呵笑道：「你都不怕，我又有什麼好怕？」

「我不怕是因為我身邊的人對我非常信任，她們相信我的品格和做派，可君姐身邊的人是否會對你深信不疑呢？」

薛靈君的內心如同重錘擊中，連心跳的節奏都為之改變，她知道胡小天在暗示自己什麼，李沉舟的性情多疑善妒，現在自己和胡小天的流言已經傳得滿城風雨，此事難保不會傳到李沉舟的耳朵裡，還不知道他會作何反應？

胡小天道：「君姐今天來找我是為了什麼？」

薛靈君驅散了內心中的不快，表情恢復了平靜：「黑胡使團既然已經走了，我想大雍和大康之間的合作應該不會存在什麼障礙了。」

胡小天微笑道：「關於締結盟約之事我已經請教過公主，她的回覆是，大康既不會幫助黑胡對付你們，也不會和你們結盟共同抗衡黑胡。」

薛靈君道：「公主的意思還是你的意思？」

胡小天笑道：「我的意思就是她的意思。」

薛靈君有些失望地搖了搖頭道：「看來我沒必要等到和永陽公主會面了。」

胡小天道：「君姐是不是想離開了？」

薛靈君道：「既然不可能有結果，又何必繼續等待？」

胡小天道：「你和李沉舟會有結果嗎？」

薛靈君臉色突然一變，冷冷道：「我的私事好像輪不到你來過問。」

胡小天微笑道：「只是有些好奇，我聽融心說，李沉舟這個人反覆無常，從來不懂得憐香惜玉，所以為君姐的未來感到擔心。」

「謝了！」

胡小天道：「其實我並未想到過君姐會跟他合作，以一個旁觀者的角度來看，你的選擇並不明智。」

薛靈君道：「你何時開始關心我的事情了？」

胡小天道：「大家畢竟朋友一場。」

薛靈君道：「殺父之仇，奪妻之恨，人間仇恨莫過於此，簡融心的事情他可不會輕易放下。」

胡小天哈哈大笑道：「融心已放下了，他李沉舟放不放下我才不會在乎，對了，君姐回到雍都不妨幫我轉告一聲，融心的殺父之仇，我早晚都會幫她清算。」

送走了薛靈君，胡小天來到王府西院，自從他將榮石從雲韶府救出之後，就暫時將他安置在這裡，為了防止意外，胡小天暫時封住了榮石的穴道，他現在根本無法正常使出武功，和一個普通人無異。

榮石很快就接受了現實，閑來讀書寫字，有些時候興致上來還會叫來管家胡佛陪他對弈。

胡小天見到榮石的時候，他正和胡佛對弈，看到胡小天來了，胡佛慌忙站起身來：「王爺！」臉上有些惶恐，畢竟陪榮石下棋乃是私下的事情，他也知道榮石目前是被軟禁在此。

胡小天擺了擺手，示意胡佛離去，微笑望著殘局道：「榮兄好厲害的棋藝。」

榮石淡然道：「藉以排遣寂寞罷了。」

胡小天在胡佛的位子上坐下，看了看殘局，然後撚起白子在上面落了一子。

榮石搖了搖頭道：「王爺的棋藝好像比不上你的武功，更比不上你的心計。」

胡小天笑了起來：「如果不在乎輸贏，又何必在乎棋藝？」他盯住榮石的雙目，仔細打量著他的面部輪廓。

榮石道：「王爺不肯殺我，又不肯放了我，留我在這裡到底想要做什麼？」

胡小天道：「榮兄認不認得天殘道長？」

榮石搖了搖頭，不知胡小天為何突然有此一問？

胡小天道：「那向山聰榮兄一定認識了？」

榮石依然搖了搖頭道：「如果不是你說，我都不知道誰是向山聰。」

胡小天道：「你師父找他幫忙救你，向山聰是無極觀的人，你有沒有聽說過無極觀？」

「從未聽說過！」

胡小天道：「榮兄的父母是否還健在？」

榮石道：「王爺對我的私事好像很感興趣。」

胡小天道：「因為我湊巧聽到了一些關於榮兄身世的事情。」

榮石的雙目陡然一亮，任何人都會對自己的身世感興趣，榮石從小就由師父養大，他也曾經問過自己的身世，每次詢問就會被師父無情責罰，榮石意識到問不出結果之後，就再也沒有問過。

胡小天道：「榮兄當年是被天殘道長送給了眉莊夫人，而天殘道長卻是從向山聰手裡得到的你。」

榮石喃喃道：「可是這兩個人我都不認得。」

胡小天道：「榮兄的生辰八字是不是這個？」他從衣袋中抽出一張紙遞了過去。

榮石接過那張紙定睛望去，當他看清上面的日期和時辰，不由得目瞪口呆，愕然道：「你……你怎麼會知道？」

胡小天其實也只是猜測，自從他在雲韶府聽到向山聰和眉莊兩人的對話，就意識到榮石的身分必然極不尋常，向山聰提到的天殘道長他曾經聽說過這個名字，苦思冥想方才想起，這個人曾經出現在簡洗河留給簡融心的遺書之中，簡洗河遺書中說，只要找齊兩幅《天人萬像圖》就可以拿著這兩幅圖去無極觀找到天殘道長，換回簡融心的大哥。而向山聰還說過，榮石本姓簡。胡小天將幾件事聯絡在一起，竟然推斷出榮石極有可能是簡融心失散的同胞兄長。

幸好簡融心將尋找同胞兄長的信物交給了胡小天，讓他代為尋找，胡小天從胎毛筆中找到了她兄長的生辰八字，寫下來讓榮石看，他本以為榮石也不清楚自己究竟是何時所生，卻想不到榮石竟然知道生辰八字，心中不由得大喜過望，生辰八字對上了，這件事越發接近事實真相了。

胡小天道：「我受一位知己的委託尋找她的親人，因為聽到榮兄的事情，不由得聯想到了這件事，於是才寫下生辰八字給你看。」

榮石的內心不由得激動起來，這世上應該不會有那麼湊巧的事情，難道自己當真是胡小天要找的那個人，如果自己當真是，那麼自己在這世上還有親人？不知父母當年為何要將自己交給別人？他抑制住內心的激動，低聲道：「單憑一個生辰八字證明不了什麼，這世上同年同月同日生的人實在太多，就算同名同姓也證明不了什麼。」

胡小天道：「榮兄是否還有其他的線索？」

榮石搖了搖頭，過了一會兒他似乎想起了什麼，低聲道：「有件東西我自幼帶在身上，不知是否和我的身世有關。」

胡小天道：「什麼東西？」

榮石心中猶豫究竟要不要說出來，畢竟他不清楚胡小天到底是什麼目的。

胡小天又取出了一樣東西，輕輕放在棋盤之上，卻是一隻斑竹製成的胎毛筆，榮石看到那胎毛筆，感覺雙目一熱，內心湧出一股難言的感受，他撩開衣擺，從腰間取下了一支胎毛筆，和胡小天拿出的那支幾乎一模一樣。

胡小天幾乎第一眼就認定這兩支胎毛筆必然是來自於同一個胎兒的身上。

榮石確信兩支胎毛筆果然一模一樣之後，雙手都禁不住顫抖了起來，他低聲道：「這……你……你是從哪裡得來的？」

胡小天道：「真是想不到！」他緩緩站起身來，踱了兩步，目光凝望正北的方向，心中默念，融心，我終於幫你找到了大哥，果然是皇天不負有心人，茫茫人海竟然讓他遇到了簡融心的同胞兄長。

胡小天道：「你本姓簡，乃是大雍大學士簡洗河的大兒子。」

榮石已經淚眼模糊，突如其來的消息讓他竟然有些無所適從了，他甚至不知道自己應該是高興還是悲傷。在此之前他已對找到家人失去希望徹底死心，卻想不到突然得到了自己身世的消息，更讓他想不到的是，告訴他這個秘密的竟是胡小天。

榮石道：「簡大學士……他……他不是已經死了？」

胡小天點了點頭道：「不錯。」榮石歎了口氣，雖然得知了生父的消息，可是簡洗河卻已經死了，也就意味著自己今生今世還是不可能跟他見面的，所以知不知道又有什麼分別。

胡小天猜到了他的心意，低聲道：「簡大學士雖然去世了，可是他還有一個女兒，她叫簡融心，如今是我的妻子。」

榮石內心劇震，抬頭望著胡小天，目光中充滿了不可思議的神情，胡小天是簡融心的丈夫，自己是簡融心的哥哥，榮石，自己的本名應該是簡融石，自己竟然成了胡小天的大舅子。

胡小天微笑道：「衝著融心，我還應當稱你一聲大哥呢。」

榮石的唇角露出一絲苦笑，一時間他感覺整個世界全都改變了，一直對立的胡小天竟然成了自己的妹夫，他都不知應該如何面對。靜默了好一會兒，榮石方才慢慢消化了自己身世的秘密，低聲道：「我……簡大學士他是怎麼死的？」

胡小天道：「此事說來話長，等見到融心之後，她自然會向你詳細說明。」胡小天雖然知道簡洗河遇害的詳情，可是並不適合現在告訴榮石，他也不是最合適的人選，簡融心親口告訴她的兄長才是最好的選擇，更何況榮石得悉身世之後，必然會打聽父親遇害的詳情，鎖定殺父仇人在李沉舟身上並不是什麼難事，胡小天才懶得讓他以為自己故意利用他來對付李沉舟。

榮石點了點頭：「我師父……」

胡小天道：「她的事情我並不清楚，不過有件事我可以確定，當年你是被人強行帶走，簡大學士這些年來一直都在尋找你的下落。」

榮石道：「可否安排我和融心見上一面？」

胡小天道：「可以，不過你須得答應我一個條件。」

榮石點了點頭。

胡小天道：「你不可以將自己的身世洩露出去，我擔心有人得知此事之後或許會對融心不利。」

榮石道：「你放心吧，此事我會守口如瓶。」

胡小天心中暗歎，當年榮石之所以會被帶走，是有人利用他來要脅簡洗河，讓簡洗河盜取敬德皇背後的紋身，若非陰差陽錯，自己也不會得到天人萬像圖，不過簡洗河私藏的天人萬像圖只是其中的一部分，還有一部分應該被燕王薛勝景盜走了，若是找齊兩幅天人萬像圖，是不是就能夠找到無極洞？

七七的心情不錯，看到胡小天來到面前，她笑道：「你總算捨得過來見我了，這兩天都去哪兒風流快活了？」

胡小天笑道：「沒有你在身邊，我一個人跟誰去風流快活？」

「滾！」

「是！」胡小天轉身作勢要走。

七七又道：「給我滾回來！」

胡小天笑瞇瞇轉過身來：「我好歹也是鎮海王，給點面子好不好。」

七七道：「臉都不要了還要什麼面子？我聽說有人已經找到了黑胡公主而且給黑胡使團送了回去，看來我丟失的東西已經找回來了。」

胡小天歎了口氣道：「哪有那麼容易。」他這才將自己這段時間的遭遇一一向七七說了一遍。

七七聽完不禁勃然大怒：「這些黑胡人好大的膽子，竟敢損壞伯母的陵墓，我馬上派人將他們全都抓回來。」

胡小天看到她對母親的陵墓如此在意心中也是一暖，這妮子分明是愛屋及烏，他低聲道：「此事跟黑胡使團無關，應該是梵音寺所為。」

七七道：「照你這麼說，兩顆頭骨豈不是全都落在了薛勝景的手裡，此人如此陰險狡詐，還不知要鬧出什麼事端，需要儘快將頭骨找回來才好。」

胡小天道：「我記得你說過那頭骨除了你之外，無人能夠領悟其中的秘密。」

七七過去的確這樣想，可是自從見過姬飛花之後，她的信念就開始動搖，或許胡小天說的才對，這世上並不只有自己才能讀懂其中的秘密。她咬了咬櫻唇道：「總之要儘快拿回來。」

胡小天道：「塞翁失馬安知非福，經過這件事，洪北漠終於肯跟我攜手合作了。」

七七道：「他的話你也肯相信？」

胡小天道：「形勢所迫，他若是不跟我聯手，恐怕此前的努力會付諸東流。」

七七道：「你們兩人合作，豈不是狼狽為奸？」

胡小天哈哈大笑，笑過之後道：「今天薛靈君去找我，重提兩國聯盟之事，我已經代你回絕了。」

七七瞪了他一眼，這廝倒是會為自己做主，輕聲道：「薛靈君又有什麼資格代表大雍？反正我三日之後就會見她。」

「只怕她不會再來見你了，目前大雍使團已經開始整理行裝，看起來應該就要離開了。」

七七道：「走了也好，我也懶得見她。」

胡小天道：「我也要走了。」

「什麼？」七七愕然道。

胡小天道：「總是待在這裡，我上哪兒幫你找回頭骨？」

七七雖然知道胡小天的確應該離去，可心中難免有些不捨，或許只有到了分別的時候才能夠發覺自己對他的情意，輕聲道：「你準備去哪裡？」

胡小天道：「去找回頭骨啊？」

七七歎了口氣，咬了咬櫻唇，過了一會兒抬起雙眸望著胡小天道：「我還是信不過你。」

胡小天萬萬沒想到她會說這句話，不由得笑了起來：「你擔心我離開之後一去不復返嗎？」

七七道：「不排除這種可能。」

胡小天道：「若是信不過我，你跟著我一起走就是。」

七七搖了搖頭道：「你明知不可能。」

胡小天向前走了一步靠近七七，七七的芳心中沒來由一陣慌亂，胡小天伸出臂膀，勾住她的纖腰，將她的嬌軀緊貼在自己胸前。

七七紅著俏臉啐道：「大膽狂徒，你不怕我將你凌遲處死。」

胡小天道：「怕你不捨得。」低頭在她嬌豔欲滴的櫻唇之上痛吻了一記，然後放開七七道：「我有個提議，咱們重修於好如何？」

七七有些難為情地皺起了鼻翼：「都不知你在說什麼。」

胡小天道：「不如咱們重新訂下婚約，彼此間多點信任。」

七七呸了一聲道：「你當我什麼？當初你想解除婚約就解除婚約，現在你卻說又要重新訂下婚約，你是個有婦之夫，在天下人面前，我還有什麼面子？」

胡小天笑道：「你不肯就算了。」

七七卻道：「除非你讓龍曦月親自來跟我說。」

胡小天意味深長地望著七七道：「你該不是動了想讓曦月當人質的念頭吧？」

七七毫不示弱道：「你不是說我們需要相互信任，你不敢讓龍曦月來見我，就證明你心中有鬼，根本不相信我。」

胡小天道：「就算我肯對她說，曦月也未必肯來。」心中卻明白，只要龍曦月聽說這件事，她必然肯來康都的，這妮子心底善良，只要是為了自己好，任何事情她都願意去做。

七七微笑道：「你怎麼知道她不肯來？此時她已經在路上了，至多三日，她就會抵達康都。」

這下論到胡小天驚奇了，他都不知道龍曦月前來康都的事情，將信將疑道：「你騙我？」

七七道：「看來你還是不瞭解我的這位姑姑，在你公開身分之後，她就托人送信給我，要我好好待你，為你說了不少的好話，我看她如此誠心誠意，於是就順便提了一句請她過來的話，想不到她就答應了，她還讓我不要告訴你，說是要給你一個驚喜。」

胡小天的額頭已經開始冒汗了，看來這件事應該是真的，曦月啊曦月，這事兒你辦得可有些糊塗，這麼大的事情怎麼可以瞞著我？七七這妮子又豈是那麼好對付的，她反覆無常，萬一生出對你不利的想法豈不是麻煩。

七七有些鄙夷地望著胡小天道：「你還不如龍曦月坦蕩！」

胡小天呵呵笑道：「看來你還有不少的事情瞞著我呢。」

七七道：「每個女人都應該有自己的秘密。」

胡小天離開紫蘭宮的時候，看到尹箏鬼鬼祟祟向自己使眼色，於是走了過去，微笑道：「小尹子，是不是有什麼事情？」

尹箏忙不迭地點頭，低聲道：「王爺難道沒聽說宮裡發生的事情？」

胡小天道：「什麼事情？」這兩天他一直忙於追查七巧玲瓏樓被盜的事情，自然無暇顧及其他，不過剛才見到七七也沒聽說有什麼了不得的事情。

尹箏神神秘秘道：「宮裡死人了，一個宮女一個太監。」

「什麼時候的事情？」

尹箏道：「昨兒清晨發現的，兩人的屍體赤條條漂浮在瑤池的水面上，說是殉情死的。」

胡小天不禁皺了皺眉頭道：「荒唐，太監和宮女為何要殉情？」

尹箏道：「小的也是聽別人這麼說，究竟怎麼回事我也不清楚，不過那太監王爺應當是認識的，他叫福貴，權公公活著的時候，也是權公公身邊的紅人。」

胡小天聽到福貴的名字不由得一怔，福貴他是熟悉的，過去曾經追隨權德安，後來也因這層關係得到提拔，去御馬監任職，不過胡小天此後跟他的交集很少，如果不是尹箏提起，他幾乎忘記了這個人。他低聲道：「公主知不知道？」

尹箏搖了搖頭道：「慕容統領說這件事還是不要驚動公主殿下了，小的總覺得還是告訴王爺的好。」

胡小天微微一笑，拍了拍尹箏的肩膀：「你做得很好。」

皇宮裡死個把兩個人並不算什麼大事，慕容展選擇隱瞞不報也實屬正常，不可能每件事都要驚動七七，或者他出於其他的考慮，想要等到查出結果再上報。

離開紫蘭宮之後，胡小天順路去了司苑局，因為即將離開康都的緣故，臨行前還是要跟史學東這位拜把兄弟道個別，順便問問這件發生在宮中的命案。

史學東聽到胡小天問起這件事，不由得歎了口氣道：「那福貴也算是我的老相識了，想不到就不明不白地死了，都說他是殉情。」

胡小天道：「這麼無聊的事情你也相信？他是個太監啊。」

史學東道：「不過也有可能，此前他就來找過我，說是想求一樣藥物。」

胡小天道：「什麼藥物？」

「黑虎鞭啊！」

提起黑虎鞭，胡小天不由得想起了劉玉章，當年自己剛剛進入皇宮之時，劉玉章就曾經保存著一根黑虎鞭，要說當時劉玉章對自己還真是不錯，自己還一度以為他被姬飛花所殺，當時還立志為劉玉章報仇，可後來方才知道劉玉章只是假死。那根黑虎鞭雖然對自己起不到任何的作用，可劉玉章能將這麼重要的東西送給自己，由此可見他對自己的情義。

因為那根黑虎鞭還引發出了一場血案，老太監榮寶興就是因為盜取黑虎鞭而被姬飛花剷除，當然這背後真正的原因還是權力作祟。

至於那根黑虎鞭其實也沒有那麼神奇的藥效，胡小天也專門詢問過，就算太監吃下去也不可能重新變成男人，後來他將那根黑虎鞭帶出皇宮收藏，如今就在鳳儀山莊的府庫內，混雜在數十根虎鞭之中，如果不是事先知道位置，單從外表上是分不出來的。

胡小天道：「什麼時候的事情？」

史學東仔細想了想，低聲道：「大概一個月前吧，我記得藥庫之中沒有這樣東西。」他每年都會盤庫，對藥庫裡面的收藏還是相當清楚的，其實以史學東的脾性，若是有黑虎鞭在，他早就吃下去了，無論有沒有用，總得嘗試一下，這太監的日子實在比不得過去做男人的時候風流快活。

胡小天道：「走，帶我去藥庫之中看看。」

史學東點了點頭，帶著胡小天來到藥庫外面，藥庫門外的銅鎖鎖得好好的，因為司苑局藥庫大都存放一些皇宮藥庫篩選下來的藥材，所以並不受重視，其中有不少藥材都已經過期變質，司苑局按季度盤庫，每年進行四次清理，說起來史學東也有兩個多月沒來了。

打開藥庫的大門，裡面一股黴味兒撲面而來，史學東一手掩著鼻子，一手打著燈籠，甕聲甕氣道：「好臭，這裡面的東西又該清理了。」

胡小天走入藥庫之中，他過去在司苑局負責的時候，曾經多次來到藥庫，所以對這裡的佈置非常熟悉，雖然過去了那麼多年，可是藥庫中的佈置大致沒有改變，胡小天輕車熟路地來到了那一排擺放虎鞭的架子前方，史學東打著燈籠為他照亮，卻見那架子上擺著不少的木匣，胡小天隨便拿出了一個，打開一看裡面空空如也，史學東訕訕笑道：「我也聽說這裡面可能有黑虎鞭，於是就弄了幾根泡酒，可惜全無效果。」

胡小天笑了起來，低聲道：「雖說吃什麼補什麼，可吃下去的是虎鞭，你以為當真可以長出一根東西？」

史學東道：「就算長出一根虎鞭也是好的。」

胡小天搖了搖頭，吸了口氣，皺了皺鼻子，繼續向前方走去，史學東緊跟在他的身後，來到東北角的木架前方，胡小天低頭望去，卻見地上有一灘液體，史學東躬身嗅了嗅，騷臭的味道差點讓他吐了出來，他扭過頭去，大口大口呼出胸中的濁氣，叫苦不迭道：「好噁心，哪個王八蛋跑到這裡撒尿？老子抓住他非要把他亂棍打死。」

胡小天蹲了下去，從腰間抽出一副鹿皮手套，戴上之後，從木架下捏出一樣東西。史學東眨了眨眼，看到那黑乎乎拇指粗細的東西，愕然道：「虎鞭……」說完後又意識到沒有那麼袖珍的虎鞭，借著燈光仔細再看，方才辨認出胡小天捏著的根本不是什麼虎鞭，而是一根手指，因為過去了不少時間，那根手指已經腐爛發黑。

史學東此時再也忍不住，轉身嘔吐起來。

胡小天道：「有人死在了這裡，然後兇手想用化骨水將他的屍體融個乾淨，只可惜仍然還是疏忽了，留下了這根手指。」

第六章

七寶琉璃塔

七寶琉璃塔中收藏著另外一顆天命者的頭骨，
後來七寶琉璃塔倒掉，原址之上建起了宜蘭宮，
也就是天香國太后龍宣嬌婚前所住的宮室，
至於那顆頭骨，後來被龍宣嬌發現並偷偷帶去了天香國。
七七從未見過七寶琉璃塔，何以她會認定這座塔就是七寶琉璃塔？

史學東吐得膽汁都出來了，一邊擦嘴一邊道：「你快把那玩意兒扔掉。」

胡小天道：「最近司苑局有沒有什麼人失蹤？」

史學東經他一問方才想起了什麼，點了點頭道：「有，小鄧子，他在一月之前不辭而別，留下了一封信，據說是受不了宮中的清苦。」

胡小天道：「你看看，這是不是小鄧子？」

史學東哭喪著臉望著胡小天，除了那根手指之外，屍體全都化成了一灘水，哪裡能夠辨認出死者是誰？

胡小天也知道他沒有這個本事，將那根僅剩的手指扔到那灘黃水之中，不一會兒功夫就化了個乾乾淨淨。

史學東看到眼前一幕，雖然還是想吐，卻吐不出來了。

胡小天道：「這司苑局藥庫中的鑰匙共有幾把？」

史學東道：「鑰匙還是從你手裡接過來的，只有這一把，而且從未變過。」他停頓了一下，以為胡小天是在懷疑自己，慌忙表白道：「我發誓，我跟這裡的事情沒有任何關係。」

胡小天心中暗忖，史學東沒做過，自己沒做過，外面的房門鎖得死死的，難道這藥庫還有其他的通道可以進入？望著地上的那灘黃水，胡小天不由得陷入沉思之中，根據史學東所說，這死去的很可能就是小鄧子，小鄧子也是司苑局的老人了，他因何要到這裡來？難道他偷偷配了藥庫的鑰匙？

史學東也想到了這一層，他搖頭道：「司苑局的鑰匙我從來都是隨身攜帶，從未離身。」

胡小天忽然想起了一件事，低聲道：「你把燈滅了！」

「什麼？」

史學東本來都被嚇得夠嗆，現在聽說胡小天要讓他將燈給滅了，不由得更加害怕，顫聲道：「咱們還是走吧，這裡……實在是太……太陰森了……」

胡小天不容置疑道：「照我說的做！」

史學東沒奈何只能將燈籠吹熄了，湊近胡小天身邊，生怕被他給丟下。

整個藥庫陷入一片黑暗之中，胡小天舉目四顧，很快他就有所發現，在他發現那根斷指不遠處的地方有微弱的藍光閃爍，剛才因為目力受到燈光的干擾，所以忽略了這一細節，那藍光非常微弱，甚至比不上螢火蟲的光芒，也只有胡小天超級強勁的目力方才可以發現。

移開木架，胡小天小心撿起那顆發光的東西，卻是一顆綠豆大小的藍色寶石。

史學東嚇得牙關打顫，他負責司苑局這麼多年，也未曾發現過任何的寶物。

胡小天道：「小鄧子應該是發現了什麼，他想帶著寶物離開，卻沒有料到遇到了一位不速之客，對方將他殺死……」胡小天又借著微光閃爍找到了一顆寶石。

他仔細搜索著發現寶石的地方，終於在一排木架下方找到了一顆玉扳指，史學東馬上從中判斷出了小鄧子的身分，低聲道：「沒錯，死者就是小鄧子，這玉扳指是我給他的。」

胡小天點了點頭，伸出手指叩了叩下方的地磚，發出空空的聲音，他示意史學東重新將燈籠點燃，然後撬開地磚，撬開四塊相連的地磚之後，發現下方現出一面凌亂的浮雕，卻是一個圖形鎖，胡小天搖了搖頭，他可沒有解開圖形鎖的本事，浮雕應該是龍的圖案，上方鱗甲就是用藍色的小寶石一個個鑲嵌而成，想必是小鄧子在無意中發現了這個地方，他沒本事打開圖形鎖，於是將上面的寶石一顆顆摳下來，想攜寶逃走，卻不料招來了殺身之禍。

史學東顫聲道：「這下面……下面是什麼？」

胡小天搖了搖頭，他怎麼知道？低聲向史學東道：「咱們先離開這裡，這件事你不得向任何人透露。」

史學東連連點頭，將藥庫的鑰匙取下來遞給了胡小天道：「鑰匙都給你，我……我……打死我都不敢來了。」

胡小天暗笑這廝膽小，思來想去有本事解開這圖形鎖的只能是七七了，他低聲道：「你現在就去紫蘭宮，將公主殿下請來，就說我喝醉了。」

史學東道：「她……她若是不肯來呢？」

胡小天向他勾了勾手指，附在他耳邊低聲說了句什麼，史學東愕然張大了嘴巴道：「這也行？」

胡小天道：「你只管去，一切有我來擔待。」

七七果然應約而來，她來到司苑局的時候，胡小天正在葡萄架下好端端地坐著喝茶，不由得瞪了史學東一眼道：「史學東，你不是說他喝多了嗎？」

史學東頭搖得跟撥浪鼓似的：「不干我事，是王爺讓我這麼說的。」

胡小天使了個眼色，史學東慌忙逃了。

七七氣呼呼在胡小天對面坐下，冷哼一聲道：「你膽子果然是越來越大了，居然攛掇一個太監來騙我。」

胡小天微微一笑道：「喝醉是假，可是到處喊著喜歡你是真，你若是不信，我當著你的面叫上幾聲好不好？」

七七瞪了他一眼道：「怕了你，你不要臉，我還顧惜顏面呢，說！為何還賴在皇宮裡？」

胡小天道：「只是想起了咱們當年的一些事，你還記得在司苑局酒窖發生的事情嗎？」

七七咬了咬櫻唇，俏臉微微一熱，她自然記得。難道這廝這麼晚將自己請到這裡，就是為了要跟自己花前月下，談情說愛？還是他知道龍曦月就要來到康都和自己相會，擔心自己會對龍曦月不利，所以才發動感情攻勢用來迷惑自己？

胡小天道：「原來這司苑局果然大有文章，除了酒窖之外，還有一個地方藏有秘密。」

七七這才知道他將自己請來的主要目的，低聲道：「哪裡？」

胡小天遣散眾人，和七七兩人進入藥庫，帶著她來到剛剛發現圖形鎖的地方，七七只看了一眼就判斷出：「這是雙龍出海鎖，藥庫之中果然有秘密。」

胡小天道：「你能不能夠解開？」

七七沒有說話，雙手已經開始重新排列圖案，一盞茶的功夫，原本凌亂的圖形已經被重新排列成為雙龍出海的圖案，圖形的部分發出一聲吱吱嘎嘎的聲響，緩緩向下方沉降，露出一個黑魆魆的洞口。

胡小天向七七看了一眼：「不如我一個人下去？」

七七道：「你當我會害怕？要去一起去。」

胡小天點了點頭，用帶來的火把照亮下方，這地洞並不太深，他先跳了下去，確信裡面的空氣能夠提供正常呼吸，這才向七七招了招手，七七縱身一躍，胡小天單臂將她的嬌軀接住，七七俏臉一熱，這廝有趁機揩油之嫌，這麼點高度，自己還不在話下，她從胡小天的臂膀中掙脫開來，小聲道：「這裡到底是什麼地方？」

胡小天搖了搖頭道：「不清楚，不過最早發現這裡的應該是劉玉章，他對宮裡的這些事情瞭若指掌。」心中對劉玉章暗自嘆服，這老太監隱藏實在太深，當年自己都未曾想到過他會有如此深不可測的心機。

兩人沿著地下通道走了半里餘地，前方現出一道石門，門上仍然是圖形鎖，對七七來說這些圖形鎖根本不算障礙，輕易就將之解開。

兩道石門緩緩向兩旁移動，前方豁然開朗，一道石橋橫跨地下河之上，河水湍急，河床在橋面下方十餘丈，石橋的盡頭卻聳立著一座寶塔，寶塔之上光芒閃爍，竟然鑲滿了夜明珠，七七目瞪口呆地望著前方的景象，過了許久方才喃喃道：「七寶琉璃塔，原來那七寶琉璃塔始終藏在這裡。」

胡小天內心一驚，他也聽說過七寶琉璃塔的名字，據說七寶琉璃塔中收藏著另外一顆天命者的頭骨，不過後來七寶琉璃塔倒掉，原址之上建起了宜蘭宮，也就是天香國太后龍宣嬌婚前所住的宮室，至於那顆頭骨，後來被龍宣嬌發現並偷偷帶去了天香國。不過七七從未見過七寶琉璃塔，何以她會認定這座塔就是七寶琉璃塔？

七七並未向胡小天解釋，她舉步向石橋走去，胡小天緊隨其後，七七叮囑他道：「注意橋面花紋，跟著我的腳步走，千萬不可走錯一步，否則橋面會坍塌。」

胡小天感歎道：「到底是什麼人修建了這座地下工程？」

七七道：「應當是兵聖諸葛運春，我看他必然是從天命者那裡領悟到了一些東西。」有了她引路，兩人很快就來到七寶琉璃塔前方，七七並沒有急於進入塔內，而是先圍繞著塔身轉了一圈，重新回到塔門前方，秀眉顰起道：「這道鎖我從未見過，不知如何破解。」

胡小天心中大失所望，沒想到他們來到七寶琉璃塔外卻不得其門而入。可轉念一想，就算進去也沒什麼意義，畢竟裡面保存的頭骨已經被胡不為聯手龍宣嬌盜走，只是他們兩個究竟用什麼辦法將頭骨盜走？龍宣嬌應該沒那個本事，難道是胡不為能夠破解機關進入其中？好像也沒有這個可能。

七七盯著這座七寶琉璃塔，看了許久，還是歎了口氣道：「算了，如果弄錯了，這裡就會整個崩塌，你我就會葬身於此。」

胡小天道：「你還記不記得司苑局酒窖的密道？」

七七點了點頭道：「自然記得。」

胡小天道：「一條密道通往藏書閣，一條密道通往瑤池，一條密道通往紫蘭宮。」

七七咬牙切齒道：「你在司苑局當家作主的時候，利用密道跟龍曦月私下來往許久了吧？」

胡小天見她在這種時候仍然放不下嫉妒心，不由得笑了起來：「若說私下來往，還是你我之間，那龍靈勝境不就是我陪你找到的？」

七七橫了他一眼，收起了嫉妒心，回到眼前的事情中來：「如果我沒記錯，在你之前應當是劉玉章當家做主吧？」

胡小天點了點頭道：「不錯，正是他。」

七七道：「他在司苑局當家作主那麼多年，沒理由不知道這其中的奧妙。」

胡小天道：「我來到司苑局之前劉玉章就在這裡任職二十餘年了。」其實他和七七想到一起，劉玉章必然對酒窖、藥庫下方的密道是知情的。

七七道：「據我所知，這七寶琉璃塔內的頭骨早已被人盜走，最有機會做成這件事的人應該是劉玉章。」

胡小天道：「頭骨應該是被龍宣嬌趁著遠嫁之機帶出皇宮的。」

七七美眸一亮，沉聲道：「也就是說劉玉章和龍宣嬌很可能是同一陣營。」

胡小天抬頭仰望前方的七寶琉璃塔，低聲道：「也可能還有一個人。」

「誰？」

胡小天道：「胡不為！」直到今天親眼見到七寶琉璃塔，胡小天方才知道極有可能是劉玉章當年幫助龍宣嬌將頭骨帶出宮去，劉玉章之所以繼續留在皇宮內，或許他的目的就是為了繼續找尋那顆藏在龍靈勝境中的頭骨。現在回頭想想，劉玉章當年對自己那麼好也並非是沒有原因的，正如他所說，他欠胡不為一個人情，可能背後的真正原因並非如此，但是劉玉章和胡不為之間的關係必然非同一般。

七七道：「你是說劉玉章和胡不為是一夥的！不過劉玉章早已被姬飛花所殺，這件事想要考證只有去問胡不為了。」

胡小天抿了抿嘴唇，輕聲道：「其實劉玉章並沒有死去。」

七七秀眉顰起：「什麼？」

胡小天道：「當年他用瞞天過海的方法假死騙過眾人的耳目，逃出皇宮。」

七七喃喃道：「又是一個假死的，姬飛花如此，劉玉章居然也是如此。」

胡小天甚至懷疑劉玉章又回到了皇宮之中，不然何以解釋小鄧子被殺之事，殺死小鄧子的人必然對這裡的環境極其熟悉。如果當真是劉玉章，那麼他為何又要回來？難道這裡還隱藏著什麼秘密？

七七不知為何心底有些害怕，她甚至連一刻都不願在這裡待下去，小聲道：「咱們走吧，我不喜歡這個地方。」

胡小天點了點頭，陪著七七離開了藥庫，一路之上七七都未曾說話，胡小天將她送到司苑局門外，本想跟她道別，卻想不到七七又提出讓他將自己送回紫蘭宮。

借著月光，胡小天看到七七的俏臉蒼白如紙，向來堅毅的雙眸中透露著一絲惶恐，胡小天心中暗忖，這小妮子或許沒有對自己說實話，不知她害怕什麼？

一直將七七送到紫蘭宮，七七似乎平復了下來，輕聲道：「你回去吧！」

胡小天道：「要不要我留下陪你？」他絕沒有想占這妮子便宜的意思，的確是看她今晚的狀態有些擔心。

七七搖搖頭道：「不必了，我想一個人靜一靜，仔細考慮一下上面的密鎖。」

胡小天向她笑了笑，轉身準備離去，卻聽七七叫他道：「小天……」

胡小天停下腳步，轉過身去，以為七七改變了主意要將自己留下。

七七咬了咬櫻唇道：「你也小心一些。」

胡小天認為七七必然有事情瞞著自己，離開紫蘭宮，重新回到了司苑局，卻看到有大內侍衛守住司苑局的大門，胡小天心中微微一怔，想不到這會兒功夫，這邊就出了事情。

他走過去查看情況，正看到慕容展從裡面出來，後面跟著史學東陪著笑臉向他連連作揖。

慕容展看到胡小天停下了腳步，抱拳作揖道：「卑職慕容展見過王爺千歲！」

胡小天點了點頭，向史學東看了一眼道：「怎麼？司苑局裡面出了什麼事情？」他是明知故問，主要還是擔心藥庫的事情暴露。

慕容展淡然道：「也不是什麼大事，只是昨天宮裡死了兩個宮人，其中一個和史公公交情不錯，所以我才過來找史公公詢問一些情況。」他停頓了一下又道：「聽說公主殿下剛才也來過？」

胡小天點了點頭道：「不錯！」

史學東等人都很有眼色，看到慕容展和胡小天說話，全都識趣地退到了一邊。

胡小天道：「聽說死的是福貴，那小太監曾經是權公公身邊的紅人，跟我也有些交情的，不知怎麼突然就死了。」

慕容展向周圍看了看，確信其他人已經走遠，方才壓低聲音道：「不是自殺，是他殺，表面看毫髮無損，可是內臟和經脈全都碎裂了，乃是高手所為。」

胡小天心中一動，聯想起小鄧子的死，現在又輪到了福貴，他心中不由得暗想，難道是劉玉章所為？表面上仍然不露聲色道：「史學東都知道些什麼？」

慕容展搖了搖頭道：「他並不知道什麼，只是從福貴的房間裡發現了不少藥材，那些藥材都是來自於司苑局的藥庫。」

胡小天皺了皺眉頭，這件事史學東並沒有向他稟報，看來這廝在皇宮之中幹了不少監守自盜的事情。

慕容展道：「剛才史公公也向我解釋了，福貴的身體不好，請太醫給他開了一些方子，剛好有些藥物在外面買不到，所以他通過私人關係找到了史學東，從司苑局藥庫中找到了其中一些藥物。」

胡小天道：「一個小太監究竟會得罪什麼人？」

慕容展道：「興許是看到了什麼不該看到的事情，誰知道呢，這皇宮裡面莫名其妙的事情實在太多了。」他向胡小天告辭，率領手下人離去。

等到慕容展走遠了，胡小天重新來到司苑局，將史學東叫到房內，怒斥道：「你跟福貴的事情怎麼沒對我說？」

史學東嚇得臉色蒼白，顫聲道：「我剛才明明都跟你說了，他來找我求過黑虎鞭，可是我根本沒有，於是隨便給他弄了一根東西糊弄了過去。」

胡小天道：「你給了他什麼？」

史學東道：「鹿鞭啊！我也沒想到那混帳東西居然沒捨得吃，留下那麼一根證據，別人都知道那東西是從我這裡弄走的，這混帳真是害人啊！」

胡小天道：「走，咱們去藥庫裡面看看。」

史學東聽他說還要進去，不由得毛骨悚然，把頭搖得跟撥浪鼓似的：「不去，裡面臭死了，我剛剛吃了點東西，可不想再吐出來。」

胡小天冷冷望著他道：「你去還是不去？」

史學東哭喪著臉道：「去，你讓我去，我就去，誰讓我們是結拜兄弟。」

兩人重新回到藥庫，胡小天讓史學東帶著自己找到當初存放鹿鞭的地方，心中越想越是奇怪，福貴不會因為一根鹿鞭就招來殺身之禍吧？難道那鹿鞭之中藏有什麼秘密？

史學東打著燈籠站在胡小天身邊，自從他得知小鄧子死在了這裡，屍體被化骨水化掉，心中對藥庫已經害怕到了極點，如果不是胡小天逼他過來，他無論如何都不會再進來的，此時胡小天忽然道：「不必藏了，我看到你了！」

史學東嚇得打了一個激靈，聽胡小天的意思，除了他們兩個之外分明還有其他人躲在這裡，他竟然嚇得連燈籠都拿不住，失手落在了地上，燈籠熊熊燃燒起來：「有鬼……有鬼……」

胡小天狠狠瞪了這廝一眼，他只不過是故意這樣說，雖然他懷疑有人很可能藏身在暗處，可是憑著他超強的感知力卻沒有察覺到任何動靜。胡小天抬腳將燈籠踩滅，以免將藥庫引燃，傾耳聽去，還是沒有聽到任何聲息。

史學東哆哆嗦嗦道：「咱們走吧，咱們走吧……」

胡小天被他吵得不耐煩，正準備離去之時，卻聽到一個尖細的聲音道：「小胡子，想詐咱家嗎？」

胡小天周身的神經瞬間繃緊，他幾乎在第一時間已經判斷出這聲音正是來自劉玉章。因為對方是用傳音入密的方式對自己說話，所以史學東應該沒有聽到。

胡小天輕聲道：「你先出去，沒有我的允許，任何人不得進來！」

史學東如釋重負，轉身就逃。

胡小天來到藥庫的大門前將庫門掩住，不慌不忙轉過身來，目光搜尋著劉玉章所在的位置。

一道光芒於前方乍現，淡黃色的光芒下，一位白髮蒼蒼的老者出現在胡小天的視野之中，他笑容慈和，白面無鬚，不是劉玉章還有哪個？

胡小天雖然從姬飛花的口中早已得知劉玉章仍然活在這個世界上，可是直到今日方才親眼目睹他的真容，望著眼前的劉玉章，不由得想起昔日他們相處的種種情景，想起劉玉章對自己的諸般照顧和好處，也想起他瞞天過海，金蟬脫殼的深沉心機，這個曾經被自己一度視為親人的長者，其內心卻是深不可測，他的心中究竟藏有多少的秘密，他當年對自己究竟抱有怎樣的目的？

劉玉章微笑望著胡小天，目光中充滿了欣慰，猶如一位長輩望著自己的後輩，聲音溫暖而親切：「小天，你長大了。」

胡小天的唇角露出淡淡的笑意：「很高興看到您老還活著。」

劉玉章笑道：「你果然不同凡響，這世上多數人看到我都會感到害怕。」

胡小天道：「劉公公有什麼值得讓我害怕的地方？」

劉玉章呵呵笑了起來。

胡小天道：「小鄧子是您殺的？」

劉玉章點了點頭道：「他進來偷東西，剛巧被我遇到，按照皇宮的規矩，他已經犯了死罪，死有餘辜。」

胡小天道：「福貴也是死在你的手裡嘍？」

劉玉章道：「他找到了一個不該找到的地方，自尋死路又怨得誰來？」

胡小天笑了起來：「聽您老這麼一說，我有些擔心自己了。」

劉玉章微笑道：「你何必怕我，咱家又怎麼捨得傷害你？」

胡小天道：「也可能您老沒有殺死我的把握。」他一語道破劉玉章的真正心思。

劉玉章感歎道：「多年不見，你還是那麼聰明，可是難道沒有人跟你說過，這個世界上往往太聰明的人不會長命。」

胡小天道：「您老也很聰明，不一樣活得好好的。」

劉玉章笑瞇瞇點了點頭：「別忘了我是個太監，都不算是一個真正意義上的人！」

胡小天道：「每次來到這裡，總會不由自主想起昔日劉公公對我的諸般好處，能夠看到劉公公仍然好端端地活著，小天心中欣慰得很。」

劉玉章道：「咱家寧願相信你說的全都是實話，其實這個世界上沒有不透風的牆，以姬飛花的精明，咱家瞞不過他太久的時間。」

胡小天道：「劉公公做事往往都讓人出乎意料，我雖然猜到劉公公就藏身在皇宮之中，可是我卻並未算準劉公公居然會現身。」胡小天並沒有說謊，他根本沒有料到劉玉章敢現身面對自己，他推斷出可能有兩個原因，一是劉玉章的武功已臻化境，面對自己有恃無恐，還有另外一個可能就是，劉玉章有所圖，他有必要面對面跟自己談條件，又或者兩種可能兼而有之。

劉玉章道：「因為咱家相信你不會害我！」

胡小天意味深長道：「人總是會變的。」

劉玉章深有同感地點了點頭道：「其實剛才你們進入密道的時候，我就在暗處觀察著你們。」

胡小天內心一凜，七七剛才表現得有些慌張，難道她察覺到了劉玉章的存在？轉念一想這種可能性應該並不大，畢竟在武功方面自己超出七七太多，沒理由自己都沒有察覺到，她卻可以察覺得到，可為何七七會如此反常？難道劉玉章和七七擁有同樣的血統，同一種族之間會有心靈感應？自己並非天命者的後代，所以才會毫無察覺？

胡小天道：「劉公公早就知道酒窖和藥庫下面的秘密？」

劉玉章道：「酒窖算不得秘密，那些密道許多人都知道，只是當年咱家並未想到，原來進入龍靈勝境的入口竟然在瑤池水下。」

胡小天心中暗忖，若是讓你知道這個秘密，恐怕你早就將龍靈勝境裡面的頭骨據為己有了。他輕聲道：「這下面的可是七寶琉璃塔？」

劉玉章點了點頭。

胡小天道：「龍宣嬌當年帶走的那顆頭骨是你給她的？」

劉玉章反問道：「你以為她有那個本事嗎？」

胡小天道：「這麼說你早已進入了七寶琉璃塔？」

劉玉章微笑道：「那是自然！」

胡小天道：「既然你都已經進去過，還拿走了頭骨，卻為何又要去而復返？難道這七寶琉璃塔內還有其他的東西？」

劉玉章讚歎道：「聰明，這七寶琉璃塔下還有地宮，咱家雖然進入了塔內，可是卻沒辦法進入地宮，所以才會去而復返。」他倒是坦蕩，並未隱瞞自己的目的。

胡小天心中暗忖，劉玉章之所以肯對自己說出這個秘密，定然是他仍然無法進入七寶琉璃塔的地宮，所以才會跟自己說出實情，這老太監十有八九是想跟自己合作，否則他也不會現身。

胡小天道：「您老發現七寶琉璃塔這麼多年，為何現在才想起解開地宮的秘密？」

劉玉章歎了口氣道：「此事說來話長，當年咱家將頭骨交給了胡不為，他設法讓龍宣嬌將頭骨帶出宮去，那時候，咱家還不知道這七寶琉璃塔下藏有地宮。我留在這大康皇宮內，目的就是想要找到另外一顆頭骨，可是始終查無所獲，就在咱家即將放棄希望之時，這大康皇宮中來了一個女人。」說到這裡，劉玉章停頓下來，表情顯得極其糾結和迷惘。

胡小天低聲道：「可是凌嘉紫？」

劉玉章點了點頭道：「不錯，就是她！」

胡小天心中暗忖，凌嘉紫的出現絕非偶然，按照權德安的說法，七七乃是凌嘉紫孕育七年所生，如果七七和姬飛花是同父異母的姐妹，那麼楚源海的死很可能是凌嘉紫入宮的起因，她究竟扮演了怎樣的角色？她入宮是不是為了楚源海復仇？

劉玉章道：「這個女人很不簡單，短短的一年內，她竟然可以將龍宣恩父子弄得神魂顛倒，甚至連洪北漠、權德安這樣的人物都甘心為她所用。」

胡小天想起姬飛花此前對自己說過的事情，姬飛花入宮之初，劉玉章為了治癒身體的某種怪疾，每隔七天都要從姬飛花的身上取兩大碗血作為藥引，整整五年。後來因為凌嘉紫的干涉，姬飛花方才得以解脫。想起劉玉章對姬飛花所做的一切，胡小天從心底感到厭惡，這個面目慈和的老太監心腸居然如此歹毒。

只是胡小天在表面上並沒有流露出對劉玉章的任何厭惡，輕聲道：「你是不是也被她迷住了？」

劉玉章聽他居然用上了迷住這個詞兒，不由得桀桀笑了起來：「我若是個完整的男人，就一定會被她迷住，只可惜我不是……」他歎了口氣復又道：「以她的智慧和心機，當然不用委身皇家，龍宣恩和龍燁霖父子又怎會被她看在眼裡？咱家很快就發現她只是在利用太子妃的身分作掩護，其實背後另有目的。」

胡小天道：「什麼目的？是不是跟你一樣，也在尋找頭骨？」

劉玉章點了點頭道：「咱家得悉她的目的之後，於是故意接近她，假意透露給她一些消息。」

胡小天心中暗忖，凌嘉紫智慧高絕，應當不會輕易上了劉玉章的當。

果不其然劉玉章歎了口氣道：「咱家將七寶琉璃塔的秘密告訴了她，想要從她哪裡換取龍靈勝境的秘密，卻想不到這女人極其狡詐，從我這裡得到秘密之後卻不肯兌現承諾，非但如此，她還改變了七寶琉璃塔的機關，連咱家都進不去了。」

胡小天內心暗自好笑，劉玉章顯然被凌嘉紫算計，偷雞不成蝕把米，非但沒有得到龍靈勝境的秘密，反而連七寶琉璃塔的事情也被凌嘉紫知道了。他故意歎了口氣道：「你跟她的地位不同，她是太子妃，老皇帝又癡迷於她，你自然動不了她。」

劉玉章嘿嘿笑道：「別忘了咱家剛剛跟你說過的話，聰明的人往往都不長命。她雖然機關算盡，只可惜心比天高，命比紙薄，洪北漠、任天擎、龍宣恩這些人又有哪個是尋常人物？誰沒有自己的盤算？她再強終究還是一個女人，不巧遇到難產，卻不知所有人都在等待著這個機會。」

胡小天打心底倒吸了一口冷氣，如此說來凌嘉紫很可能不是難產而死，十有八九是這些人聯手將之害死。

劉玉章道：「當時的狀況非常危急，皇上請了鬼醫符刓過來救她。」

胡小天聽得全神貫注，他對當年發生的事情一直好奇，劉玉章看來是這一事件的親歷者，他應該知道凌嘉紫的真正死因。

劉玉章說到這裡卻突然停了下來，一雙深邃的眼睛盯住胡小天：「你跟鬼醫符刓到底什麼關係？」

胡小天啞然失笑，不僅僅是劉玉章，幾乎所有見識過鬼醫符刓醫術的人都會認為自己和他有關係，確切地說他和鬼醫符刓除了來自同一個世界以外，再沒有一丁點的關係，可說出來別人也不會相信，尤其是劉玉章這種多疑的老狐狸，胡小天感覺否認也沒什麼意思，索性點了點頭道：「他教過我醫術。」

劉玉章道：「撒謊！你通曉事理的時候，鬼醫符刓已經死了。」

胡小天呵呵笑了起來，從劉玉章的話中更能夠斷定他和胡不為相交匪淺，劉玉章雖然身在宮中，可是他對自己幼年時候的情況應該是非常清楚的。胡小天道：「誰說鬼醫符刓死了？他一直都好端端地活在這個世界上。」

劉玉章目光陰沉，雖將信將疑，卻並沒有感到任何驚奇：「你見過他？」

胡小天點了點頭道：「一年之前還曾經在雍都見過，他去大雍敬德皇的墓中想要盜取《天人萬像圖》，剛好被我遇到。」

劉玉章道：「《天人萬像圖》？簡直荒唐，只不過是他用來騙人的把戲。」

胡小天仔細觀察著劉玉章的表情，看來他應該並不知道其中的內情，按照秦雨瞳的說法，《天人萬像圖》是可以改變天命者混血後代的身體結構的，可以讓他們克服先天存在的弱點，讓他們更好地存活下去，據胡小天所知，秦雨瞳、姬飛花應該都是這樣的血統，至於玄天館主任天擎、燕王薛勝景也有可能，正是這個緣故，《天人萬像圖》對他們這些人彌足珍貴，對其他人卻是沒有任何用處。

所以任天擎、薛勝景才會想盡一切辦法得到《天人萬像圖》，至於劉玉章反倒並不在意，就算他得到《天人萬像圖》也沒什麼用處。胡小天提出天人萬像圖的事情還有一個目的，就是以此試探劉玉章是否為天命者的後代，同時也可以判斷出他和薛勝景、任天擎這些人是否為同一陣營。

胡小天道：「你大概不知道《天人萬像圖》的真正作用。」

劉玉章不屑道：「又有什麼稀奇？」

胡小天道：「你既然知道天命者的事情，就應當知道天命者在這個世界上留下了一些後代，而他們的這些後代都存在著或多或少的缺陷。」

劉玉章哈哈笑道：「天命者？天命者又如何？還不是一樣死在普通人的手裡？如果他們當真是天命所歸，為何會落到被凌遲處死的下場？凌嘉紫也是天命者，她一樣改變不了自己的命運，最終還是難逃一死！」

胡小天道：「是你們害死了她？」

劉玉章緩緩搖了搖頭道：「天作孽猶可恕，自作孽不可活，凌嘉紫自視太高，以為自己高高在上，我們這些人在她的眼中甚至連螻蟻都算不上，然而她卻忽略了一件事，惡虎鬥不過群狼，更何況任何老虎都會有打盹兒的時候。」

胡小天心中暗忖，劉玉章雖然沒有直接承認害死了凌嘉紫，可是他的這番話也等於間接承認了這個事實，若是讓七七知道她母親的真正死因，還不知道她會作何感想？不過從劉玉章的話中不難聽出，當時參與謀害凌嘉紫的絕非他一個。看來當年凌嘉紫在世的時候，洪北漠、劉玉章、任天擎、權德安、甚至包括老皇帝龍宣恩在內，全都被她掌控，只是這件事又讓人感到非常的困惑，如果凌嘉紫當真那麼厲害，為何大康的歷史上沒有書寫下濃墨重彩的一筆？甚至所有的臣民都以為她只是一個抑鬱而終的可憐太子妃呢？

胡小天道：「劉公公還真是能夠沉得住氣，為了龍靈勝境內的那顆頭骨居然又臥薪嚐膽了那麼多年，只是最後為何突然就走了？」這正是胡小天想不透的地方，劉玉章那麼多年都忍了，為何在沒有達成目的的情況下突然放棄？

劉玉章歎了口氣，雙目之中湧出怨毒之色：「還不是因為姬飛花那個賤人！」

胡小天道：「劉公公的武功應該不次於她吧？」

劉玉章呵呵笑道：「武功並不能解決一切，如果可以，那麼現在的皇帝應當是天下第一高手才對！誰也不要忽略了權力和謀略的重要，就算你擁有了一切，卻仍然不可能時時刻刻都處在警惕之中，萬一你疏忽的時候，或許就是你性命結束的時候。」他停頓了一下又道：「姬飛花的事情是我疏忽了，我本以為他活不過二十歲，可是卻沒有料到凌嘉紫給她那麼多的好處，等我意識到需要將之剷除的時候，她的羽翼已經漸漸豐滿。」

胡小天想起劉玉章當年以姬飛花的鮮血做藥引的事情，輕聲道：「聽說她剛剛入宮的時候，本來是跟著劉公公。」

劉玉章道：「你聽誰說的？是不是她自己啊？」

胡小天微笑望著劉玉章。

劉玉章道：「我知道她還活著，我也知道你跟她一起在天香國曾經潛入清玄觀，還從蘇玉瑾的手中奪得了一顆頭骨對不對？」

胡小天笑瞇瞇點了點頭，劉玉章的話更證明他和胡不為之間的密切關係，否則他又怎麼可能對這件事知道得那麼清楚。

劉玉章道：「姬飛花很不簡單，竟然從頭骨中領悟到了天道之力，只可惜她仍然逃不過命數！」

胡小天心中一沉，劉玉章的話似乎在暗示著什麼。

劉玉章道：「七寶玲瓏塔，龍靈勝境，你知不知道這皇宮地下的兩座秘境究竟是何人所建？」

胡小天道：「都說是兵聖諸葛運春。」

劉玉章點了點頭道：「這兩座秘境事實上已經超越了這個世界的工藝和智慧，諸葛運春雖然學究天人，可他畢竟是出生於這個世界上，他的智慧終究還是要受到限制，他是如何設計出這遠超世人想像和認知的地下建築？」

胡小天愣了一下，這一點他卻從未想過，難道諸葛運春也是天命者？可又似乎沒有可能，根據壁畫上所繪，當年天命者落入紫霞湖的時候，諸葛運春已經是大康丞相，是他親自主持將兩名背負的天命者斬首。

劉玉章道：「頭骨之中固然遺留了不少的資訊，可是那些資訊卻非常人能夠領悟，諸葛運春建設這兩座地下建築所採用的工藝和科技已經遠遠超出了這個時代，他自然不是天命者，也沒有從頭骨中領悟對方資訊的能力，所以剩下的唯一可能性就是他接受過指點。」

胡小天雙目圓睜，充滿驚奇道：「你是說這兩名天命者指點過諸葛運春。」

劉玉章道：「當年諸葛運春雖非直接擒獲這兩名天命者的人，卻是奉命審訊他們的人，按照正常的做法，想要斬草除根不留後患，那麼不但要將天命者凌遲處死，還要將他們挫骨揚灰，可是諸葛運春卻留下了兩顆頭骨，這顯然有違常理。」

胡小天低聲道：「看來是他們之間達成了協議，對方傳給他一些東西，作為交換，他答應保留對方的頭骨。」

劉玉章微笑道：「開始的時候，我也那麼認為，認為天命者提出一個讓諸葛運春無法拒絕的條件，保留頭骨，用來留給後人，可是後來我卻發現事情並非那麼簡單，那七寶琉璃塔的地宮內一定還深藏著秘密。」

胡小天道：「諸葛運春乃是一代良相，對大康忠心不二，他應該不會做出危害大康的事情。」

劉玉章道：「永遠不要低估一個人的好奇心和求知欲，諸葛運春喜好星相術數，而天命者懂得的東西正是他夢寐以求的，或許他從未想過要去危害大康社稷，可是他卻被天命者利用，我查過他死去的時間，剛好在建成七寶琉璃塔之後的七日，難道僅僅是巧合嗎？」

胡小天道：「或許只是巧合。」

劉玉章道：「人的智慧終有窮盡，諸葛運春建成這兩座建築，雖然從中窺探到一個全新的世界，可是卻也因精疲力竭而死，是兩名天命者故意為之。」

胡小天暗歎，如果劉玉章的推測屬實，這兩個外星人也夠陰險了。

劉玉章道：「天命者雖然死了，可是諸葛運春卻按照他們的計畫建成了這兩座地下建築，將他們的頭骨分別存放於兩座建築之中。我曾經查閱過諸葛運春生前所寫的文章，從中可以看出些許的端倪，諸葛運春是抱著極大遺憾死去的，他本是聰明絕頂之人，等到死前已經意識到自己被兩名天命者利用，於是他想要補償一切，只可惜他建成的這兩座地下建築，自己卻無法進入。」

胡小天道：「你不是已進入七寶琉璃塔？那龍靈勝境的機關也沒那麼複雜。」

劉玉章微笑道：「所有人都以為頭骨中存在巨大秘密的時候，誰又能夠想到兩顆頭骨其實只不過是敲門磚，只是用來打開七寶琉璃塔地宮的鑰匙呢？」

胡小天笑道：「鑰匙？沒見過那麼大腦袋的鑰匙。」

劉玉章道：「天命者的智慧遠遠超越我們，就連諸葛運春這樣的智者都會被他們蒙蔽，更何況普通人。」

胡小天點了點頭：「這兩名天命者雖然聰明，可他們終究還是沒有逃脫被斬殺的命運，對了，龍靈勝境中有壁畫，當年來到這個世界上的天命者應該不止他們兩個，他們的同伴為何沒有來救他們？」

劉玉章微笑道：「或許是不能，或許是不敢，或許是不願！」

胡小天心中一怔，過去他也曾經想過，如果自忖能力不夠，那些外星人應當不會選擇飛蛾撲火主動尋死，不敢是因為心中害怕，只顧著保全自己，至於不願，那就是天命者的內部也有矛盾，或許對方巴不得這兩名天命者去死，這個可能胡小天卻從來都沒有想過。

胡小天道：「你又是誰？」

劉玉章笑了起來：「你的問題還真不少。」

胡小天道：「你不是天命者，應該也不是他們的後代，難道你……你是越空計畫中的某位？」胡小天的目光驟然變得明亮起來。

劉玉章道：「你居然知道越空計畫，看來徐老夫人跟你說了不少的事情。」

胡小天心中已基本能夠斷定劉玉章就是越空計畫五名成員中的一個，不由得暗自感歎，剛來到這個世上本以為自己是單獨一個，卻想不到這時空太小，到哪兒都能遇上老鄉，別的不說，單單是越空計畫五名成員中就有三個被他給遇上了。他笑道：「我雖見過徐老太太一次，可是她卻沒跟我說過什麼，越空計畫是我從鬼醫符刓那裡聽說。」

劉玉章剛才聽胡小天說鬼醫符刓仍活在這世上還將信將疑，現在聽他提到越空計畫，心中已經基本上沒有了疑慮，低聲道：「鬼醫符刓果然活在這個世界上？」

胡小天道：「活得好端端的，而且還擁有了一票能幹的手下。」

劉玉章陰惻惻道：「還有你這個能幹的徒弟。」

胡小天道：「他雖然認我做徒弟，可我卻不認他當師父，他對我只不過是利用罷了。」其實他跟鬼醫符刓壓根沒有半點兒關係，之所以這樣說無非是為了迷惑劉玉章罷了。

劉玉章道：「他居然藏了那麼多年。」

胡小天道：「詐死不僅僅您老一個人會。」

劉玉章道：「他還跟你說了什麼？」

胡小天道：「說當年越空計畫一共有五人參與，可是因為降落的地點發生了偏差，所以不巧落在了戰場之上，最後只有他一個人僥倖活了下來。」他說這番話的時候目光始終盯著劉玉章。

劉玉章不屑道：「他仍然那麼喜歡撒謊。」

胡小天道：「看來您和徐老太太一樣都是其中的一員。」

劉玉章道：「鬼醫符刓扶植你應當也花費了不少心血吧？」

胡小天知道劉玉章是在懷疑自己和鬼醫符刓的關係，他笑了起來：「我跟他還不如跟你親近呢。」

劉玉章道：「小子，不要以為我不知道你的來歷。」

胡小天道：「你是聽胡不為說的吧？你也不要以為他所說的就一定是事實真相，我可不是像他一樣的火種！」

劉玉章饒有興致地望著胡小天，這小子居然連火種都知道，看來鬼醫符刓告訴了他太多的事情，劉玉章卻沒有料到這件事乃是徐老太太告訴胡小天的。

胡小天道：「你想要什麼？權力？金錢？還是女人？」其實他心底已經將這三種可能盡數否定，劉玉章是個太監，當然不會對女人產生興趣，至於金錢，劉玉章只要想要，應該輕易就能夠做到富甲天下，權力？他當年一度深得皇上寵幸，卻在得寵之時急流勇退，與世無爭隱居深宮，想必也不是貪權之人，難道他當真抱著崇高的理想而來？為了人類尋找新的家園，為了拯救全人類？胡小天看到許久劉玉章都沒有回應自己，方才道：「還是跟鬼醫符刓一樣，為了拯救人類？」

劉玉章緩緩搖了搖頭：「人都是會變的，當初參加越空計畫的五人全都抱著崇高的理想，懷著拯救人類的美好願景，甘心付出自己的青春和生命，然而現實卻是殘酷的。」他的目光變得虛無而飄渺，記憶彷彿在瞬間被拉回到過去。

胡小天道：「你們為何選擇分開？」

劉玉章道：「在死亡面前，人的本性會暴露無遺，只要有活著的可能，沒有人想死，當一個人決定犧牲自己去成全隊友的時候，卻發現自己其實早已被人背叛，他想將生的機會留給別人，而別人卻早已達成了共識要讓他去死，那該是一種怎樣的悲哀？」他的臉上籠罩著悲愴之色。

胡小天心中暗忖，難道劉玉章被他的同伴背叛？看樣子應該是這樣。如果真的如此，那麼他和徐老太太、鬼醫符刓應當是勢不兩立的仇人了，可他卻又為何去幫助胡不為？這其中究竟又存在怎樣的隱情？

劉玉章道：「時空旅行並非所有人想像中的那樣短暫，瞬息之間就可以來到一個全然不同的世界，這其中要經歷黑暗、孤獨、恐怖、彷徨，在別人眼中瞬間的事情，對越空者來說卻極其漫長，我們甚至每個人都後悔自己的抉擇，我們變得相互猜疑，若非領隊的執著和堅持，這支越控小隊只怕在中途就已經毀滅。」

胡小天靜靜傾聽，他雖然沒有這樣的經歷，可是他能夠體會到劉玉章所說的那種感覺。

劉玉章道：「越空計畫沒有出現差錯，我們也沒有很不幸地落在戰場之中，我們來到的是一個美麗而夢幻的世界，這裡的一草一木，這裡的生命都像極了我們過去生存的地方，我們為自己的發現而欣喜，同時我們也認清了一個事實，我們有來無回，因為儀器的徹底損壞，甚至無法將我們所在的時空地標傳回過去的世界。」

胡小天最早還是從鬼醫符刓那裡聽到越空計畫的事，後來在徐老太太那裡又得到了不少資訊，現在劉玉章又提起越空計畫，整件事在他心中開始變得明朗起來。

劉玉章道：「雖然回不去，可畢竟我們還活著，這已經是上天的莫大恩賜，更何況他們還帶來了人類的希望。」

胡小天道：「火種？」

劉玉章點了點頭：「不錯!火種，火種不滅，薪火相傳，就算過去的世界不可避免地毀滅，他們仍然可以憑藉這些火種在這裡開闢一個屬於自己的全新世界。」

胡小天心中暗歎，其實越空計畫就是一個殖民計畫，人類要利用這兩萬顆冷凍的受精卵去佔領新世界，無論這個世界是不是本就有主人。

劉玉章道：「可是在火種使用上，五人意見並不一致，其中一人堅持認為這個世界本來就有自己的主人，我們只是誤入其中的過客，不該抱有成為這裡主人，主宰世界的想法，他的意見和我們相左，受到其他四人的一致反對，然而這個人卻又極其固執，竟然趁著其他隊友不備，想毀掉火種，他在展開行動之時被我們發現，爭鬥中被同伴誤殺，然而終究他還是造成了很大的損失。」

胡小天抿了抿嘴唇，這個被殺的人究竟是誰？不過從劉玉章的描述來看，這應該是個好人，他的決定無疑也是正確的，選擇不去打擾這個世界人類的生活，不去改變這個世界的規則才是道德的。

劉玉章道：「他們之間的這場紛爭卻引起了一些人的注意，他們本以為自己在這個世界上根本沒有對手，卻想不到這世界上早有了一批比起他們掌握更高科技的天命者，當兩批人發現彼此存在的時候，一場戰鬥在所難免。」他的表情變得悲憤起來。

胡小天暗忖這場戰鬥必然是極其慘烈的。

劉玉章道：「雙方都沒有太多人，可是他們的實力卻在我們之上，為了保護同伴，領隊選擇了主動犧牲，引開了天命者，將生的機會讓給了其他人，所有人都認為領隊已經死了，可是他卻並未死去，只是被天命者俘虜，遭受了常人無法想像的折磨。」劉玉章說這番話的時候不由自主攥緊了雙拳，痛苦和仇恨在他的胸膛中熊熊燃燒。

胡小天已經猜到了他的身分，劉玉章必然就是越空小隊的領隊，當年那個犧牲自己，營救隊友的人。

劉玉章低聲道：「他以為自己終將死在天命者的手下，天可憐見，或許是上天覺得他命不該絕，給了他一次逃生之機。」

第七章

隱藏於平凡之下

胡小天幾乎可以斷定，梁大壯和香琴這兩個看似平凡的人物，
其實全都是深藏不露的高手，他們究竟來自何方？
為何隱藏如此之深，他們的最終目的到底是什麼？

劉玉章的表情充滿了怨毒和憤怒，以他的武功修為，提及這件往事仍然激起他如此之大的情緒波動，足可見此事對他的影響，也證明直到今日他都未能將這件往事放下。他深深吸了一口氣，藉以平復內心中激動的情緒。

胡小天安慰他道：「其實人的本性都是自私的，生死關頭選擇保全自己倒也無可厚非。」心中暗忖，這劉玉章的心胸也未免狹隘了一些，當初明明是他自己做出決定主動犧牲，既然做出了選擇又何必抱怨？

劉玉章緩緩搖了搖頭道：「死並不可怕，肉體上遭受折磨也不可怕，最怕的卻是，一個人甘心為別人付出，為他人犧牲，可是到頭來卻發現，自己早已被人背叛……」他的聲音戛然而止。

胡小天心中暗忖，這個背叛劉玉章的人究竟是誰？照他剛才所說，越空小隊的五人，有一人已經被他們剷除？鬼醫符刓的可能性不大，若是鬼醫符刓，想必劉玉章早已出手對付他，難道是徐老太太？人世間最難過去的是情關，難道他也不能免俗，栽在了情這個關口上？

徐老太太曾經說過，越空者的五個人中，每人掌握的技能不同，一人負責警戒，擅長各種武器格鬥，野外生存，一人精通醫術，擅長各種急救康復，一人是天文物理學家，精通天文地理地質勘探，一人擅長各種器械的製造，和各種交通工具的駕駛，還有一人是遺傳學家。最先死去的是天文學家，徐老太太應該不會在這件事上撒謊，也就是說想要破壞火種，死於他們內部紛爭的那個，然後死去的是格鬥和野外生存專家，從時間排序，對照劉玉章剛剛的話來看，應該就是劉玉章本人，也是越空小隊的統領者，徐老太太一定是以為他死了。醫療專家是鬼醫符刓，遺傳學家是徐老太太，還有一個人呢？器械製造和交通駕駛專家為何每個人都沒有提起過？究竟是他已經死了，還是每個人都不願意提起他的名字？

胡小天輕聲道：「誰背叛了他？」

劉玉章呵呵冷笑了一聲，他低聲道：「今天咱家已經說得夠多了。」

胡小天聽他在關鍵時刻停住，心中難免失望，可是這種事情想必涉及到對方的隱私，除非是劉玉章主動提起，自己再追問也是無用，他輕聲道：「您跟胡不為是什麼關係？」

劉玉章微笑道：「沒什麼關係，就像我跟你，相互利用的關係。」

胡小天道：「你知不知道他真正的身分？」

劉玉章道：「他不是你父親嗎？」

胡小天道：「火種沒有繁衍生息的能力！」

劉玉章兩道花白的眉毛擰起，他也早已察覺到了這件事，只是這句話從胡小天的口中說出，他才更加確定了這個事實，他低聲道：「我本以為胡不為會是一個特例，看來你也不是他的兒子。不對？當年徐鳳儀明明懷胎十月將你生下……」盯住胡小天的雙目，他瞬間明白了一件事，重重點了點頭道：「你也是一顆火種，有人將火種種在了徐鳳儀的體內。」

胡小天心中暗忖，只怕你永遠也想不到我不僅僅是一顆火種那麼簡單，他盯住劉玉章道：「劉公公到底想要什麼？」

劉玉章道：「報仇！」

這個答案並不意外，胡小天道：「你要殺背叛你的人？」

劉玉章道：「我要讓一切對不起我的人悔不當初！」他的聲音充滿怨毒，彷若字字泣血，每一個呼吸都透著刻骨銘心的怨恨。

胡小天忽然明白，劉玉章要對付的不僅僅是越空小組的同伴，還有當年俘虜並折磨他的天命者。

胡小天道：「你來找我又是為了什麼？」

劉玉章道：「我跟你無怨無仇，我不想要什麼江山社稷，更不要什麼金錢美人，我想要的，正是你不需要的，你需要的恰恰是我並不看重的。」

胡小天道：「您老的意思是，你我有合作的可能。」

劉玉章緩緩點了點頭道：「七寶琉璃塔的地宮裡面應該隱藏著天命者最大的秘密，我查閱了能夠找到的關於諸葛運春的一切資料，幾乎能夠斷定那對頭骨只不過是用來開啟地宮的鑰匙，除非有人能夠領悟到兩顆頭骨的秘密，方才有開啟地宮的可能。」

胡小天道：「我曾經帶七七來過，她也打不開七寶琉璃塔。」

劉玉章道：「凌嘉紫的那身本領這妮子至多只得到了三成，更何況她還年輕，有些深植在她記憶深處的秘密尚未復甦，每年的七月七日，也是這座七寶琉璃塔最為璀璨輝煌的時候，它似乎能夠感受到天地星辰之精華，綻放出一年之中最為燦爛的光芒，凌嘉紫給她起名七七，想必和這座寶塔有些關係。」

胡小天點了點頭，七七這個名字還真是意味深長，權德安說七七乃是凌嘉紫懷孕七年所生，現在劉玉章又說和寶塔天相有關，看來凌嘉紫的心思夠縝密。

劉玉章道：「我費了很大的功夫卻查不出凌嘉紫的來路，不過有一點我能夠斷定，她和無極觀有關。」

胡小天道：「她是否進入了七寶琉璃塔的地宮？」

劉玉章道：「我也不甚清楚，她或許進入，或許無法進入，只是在原有的基礎上又加了一層禁錮，那件事過後不久她就已經死去。」

胡小天道：「你想讓我幫忙說服七七來解開七寶琉璃塔？」

劉玉章緩緩搖了搖頭道：「我記得凌嘉紫曾經說過一句話，若想開啟地宮，必須要找到那兩顆頭骨，由這句話看來，她應該是無法開啟的，她做不到的事情，七七肯定也做不到，可是加上姬飛花，這件事或許就能夠解決。」

胡小天充滿警惕地望著劉玉章，老太監將姬飛花捲進來的目的是什麼？究竟是想開啟地宮還是其他？姬飛花幼年時曾經被他當成藥引，焉知他不會傷害姬飛花？他淡然笑道：「我何處去找她？」

劉玉章桀桀笑道：「和你在鳳儀山莊聯手斬殺黑胡高手的不是她嗎？你若是找不到她，別人更加找不到她，你若是說服不了她，別人更加說不動她！」

胡小天內心劇震，劉玉章說這番話如同親眼目睹，看來自己和姬飛花聯手退敵的時候他就在現場，劉玉章的武功深不可測，竟然能夠同時躲開他和姬飛花的耳目。他低聲道：「那晚你一直都在現場嗎？」

劉玉章道：「那顆玄光雷乃是無極觀之物，當晚伏擊你們的黑胡五大高手，都和無極觀有著千絲萬縷的聯繫，你和姬飛花也算是有些本事，竟然聯手幹掉了他們四個，不過可惜還是讓一人逃離。」

胡小天道：「這麼說，你一定掌握了向山聰的下落？」

劉玉章陰惻惻笑道：「兩顆頭骨都被人從眼皮底下帶走，你們終究沒有咱家想像中厲害。」

胡小天面皮發燒，劉玉章說的是實情，在頭骨的事情上自己的確栽了跟頭。

劉玉章道：「不過塞翁失馬安知非福，如果頭骨不丟，焉能找到追查無極觀的線索？」

胡小天目光一亮，驚喜道：「你跟蹤他們了？」

劉玉章道：「連你們都察覺不到咱家的行蹤，更何況區區一個向山聰。」

胡小天正想詢問，可話到唇邊又咽了回去，天下間哪有那麼便宜的事情，劉玉章又豈會那麼容易將消息告訴自己，這老太監必然是不見兔子不撒鷹。

劉玉章道：「不如咱們合作，你想辦法讓姬飛花和七七聯手打開地宮的大門，我幫你找到那兩顆頭骨？」

胡小天道：「只怕沒那麼容易。」

劉玉章道：「我自然不會心急，我聽凌嘉紫說過，每年的七月初七才是打開地宮大門的絕好時機，今年七月剛剛過去，想要等待下次時機還需一年，你有一年的時間去準備，害怕搞不定兩個女人？」

胡小天道：「聽起來我還是沒什麼好處。」他又開始提條件了。

劉玉章笑道：「你得天下，你得美人，我只想報仇。」

胡小天道：「騙我，你真正想扶植的那個人是胡不為吧？」

劉玉章道：「他只是表面風光，捧得越高摔得越重，他之所以能有今時今日，全都靠咱家對他的支持，咱家可以讓他飛上雲端，一樣可以讓他跌落凡塵。」

胡小天道：「說得真是輕鬆啊！」

劉玉章道：「胡不為有太多的秘密被咱家握在手裡，我剛才不是跟你說過，擊敗一個人未必要憑藉武功，更多的時候是要靠這裡。」他指了指自己花白的頭顱。

胡小天抿了抿嘴唇：「最後一個問題，背叛你的那個人是不是徐老太太？」

離開藥庫，已經是凌晨時分，抬頭望去，月朗星稀，皇宮靜得連一根針落地的聲音都聽得到，胡小天仰起頭靜靜凝望著夜空，過了一會兒方才將目光投向右前方，其實他早就留意到不遠處的那盞燈光。

燈籠掛在樹梢上，樹下坐著一個人，雙手抄在袖口裡，嘴巴大張著，鼾聲正濃，不是史學東還有哪個？原來這廝始終都在外面守著，胡小天看到他的睡態，心中又是好笑同時又是有些感動，想想自己的結拜兄弟，如今剩下的唯一沒有背叛過自己的也就是史學東了。

他來到史學東身邊，輕輕拍了拍他的肩膀道：「大哥，該回去了。」

史學東霍然驚醒，嚇得瞪大了雙眼，看到是胡小天，這才放下心來，鬆了口氣道：「兄弟你回來了，回來就好，回來就好。」目光向藥庫的方向看了看道：「那邊……」

胡小天道：「你只需記得，以後千萬不要再去那個地方。」

史學東連連點頭，其實根本不需要胡小天交代，他也絕不敢踏足藥庫半步。

龍曦月如期而至，她和七七約定在康都相見之事如果不是七七點破，胡小天還被蒙在鼓裡，當然龍曦月的出發點絕不僅僅是為了給他一個驚喜那麼簡單，擔心胡小天不肯讓自己冒險，這才是龍曦月隱瞞他的主要原因。她此番之所以能夠躲開他人的注目，卻是因為自己丐幫幫主的身分，藉口丐幫內部召開大會，外人自然不好過問。

當然龍曦月此番前來也非孤身一人，還有她的師父喬方正。

小夫妻久別重逢，彼此之間目光之中已經難掩相思之情，其餘眾人也識趣得很，沒說幾句話就紛紛告退，留給他們兩夫妻單獨相處的空間。

胡小天望著龍曦月，故意板起面孔沒有流露出絲毫的笑意。

龍曦月看到他如此表情，知道自己犯錯，怯生生來到他的面前，十指糾纏，低頭認錯道：「人家錯了嘛。」

胡小天看到她可憐兮兮的樣子心中愛極，可表面上卻仍然裝腔作勢道：「你錯在哪裡？」

「不該瞞著你來康都。」

胡小天道：「既然錯了，那你說應當如何責罰？」

「下不為例好不好？」

「嗯？」胡小天瞪大了雙眼，向來乖巧的公主居然也學會了忽悠自己。

龍曦月可憐巴巴道：「那……那讓你打一頓好了。」

胡小天心中暗笑，咬牙切齒道：「這可是你說的！」

龍曦月知道他不忍心打自己：「你打哪兒？」

胡小天的目光向她的豐臀瞥了一眼道：「自然是打屁股，狠狠打，打到你記住為止。」

龍曦月咬了咬櫻唇，俏臉卻已經紅了，非但沒有被他的氣勢嚇退，反而向前走了一步，湊近胡小天的面孔，吹氣若蘭道：「不許用你那根大棒子……啊！」嬌呼聲中已經被胡小天攔腰抱起，胡小天終於忍不住笑：「想怎麼打自然我說了算！」

龍曦月小貓一樣縮在他的懷中，雙手攬住他的脖子，嬌滴滴道：「人家犯了錯，你想怎樣懲罰，就怎樣懲罰……」

如果說這也算得上是懲罰，那麼龍曦月寧願被胡小天這樣懲罰一輩子，數度懲罰之後，嬌軀已經是慵懶無力，靜靜靠在胡小天的懷中，嬌聲道：「不成了，人家只是犯了一點點的小錯，你居然就這樣嚴懲不貸，簡直是鐵面無私。」

胡小天笑瞇瞇攬住她，感受著她細膩肌膚和自己親密無間的接觸，輕聲道：「為何一定要來呢？」

龍曦月咬了咬櫻唇道：「我和她其實一直都有書信往來，我知道她內心深處始終都是喜歡你的，正是因為在意，才會表現出如此恨你，這就是愛之深恨之切。」

胡小天呵呵笑了起來。

龍曦月啐道：「笑什麼？總是取笑人家。」

胡小天道：「並非是取笑你，而是我跟她之間已經達成了聯手的協定，你冒著風險跑這一趟並無特別的意義。」

龍曦月道：「她的性情我最瞭解，你雖然跟她達成了協定，可這也並非是第一次，很難說以後不會再有反覆，你們之間的事情，我看得清楚。」

胡小天微笑道：「當局者迷旁觀者清？」

龍曦月認真地點了點頭道：「你們之間的事情必須要有個人站出來幫忙解決，其實你和七七過去曾有婚約，現在既然已經放下了仇恨，為何不可舊事重提？」

胡小天道：「在她心中始終是江山更加重要一些，你以為她會輕易放下權力和野心？」

龍曦月道：「她過去只是一個小孩子，現在才長大了，人隨著年齡的增長，心思會變化。」

胡小天歎了口氣，站起身來，穿上了衣服，龍曦月躺在床上靜靜望著他的身影，美眸中充滿了深情。柔聲道：「若是她介意身分，我可以不要任何的名份，只要能夠陪在你身邊，已經是我最大的幸福。」

胡小天的身軀靜止在原地，他的內心被龍曦月的深情和無私感動著，過了一會兒方才道：「你知不知道，我本準備離開，而七七提出要留你在康都。」

龍曦月溫婉笑道：「我來這裡正打算長住一段時間。」

胡小天緩緩轉過身去，虎目盯住龍曦月道：「難道你不清楚她真正的目的是要以你為質嗎？」

龍曦月道：「她跟你之間欠缺信任，不僅僅是她不信任你，你同樣不信任她，在這樣基礎上的合作是蒼白而脆弱的，我雖然不懂什麼國家大事，可是我卻知道，你們的這種合作禁不起任何的風浪，只要遇到意外的狀況，或許就會面臨崩塌之危，我留在康都長住，等於是你對她表現出的誠意，難道你還擔心她會對我不利？拋開你的因素不談，我畢竟是她的姑姑，就算她當真可以做到冷酷無情，我現在的武功也可以自保。」

胡小天倒不是擔心龍曦月的安危，七七膽子再大也不敢觸及自己的底線，她提出留龍曦月在康都長住的目的無非是想增添一份保障，想以此讓胡小天表現出更多的誠意。

龍曦月所說的也全都是實情，現在的她也不是手無縛雞之力的柔弱女子，她在武功方面有著超人一等的悟性，其真實的武功水準已經躋身一流高手的行列，更何況她還是丐幫幫主，其背後有天下第一大幫派丐幫作為後盾，現在身邊就有喬方正這樣的高手。

胡小天點了點頭道：「你留在康都也可以，不可在宮中留宿，必須住在王府之中，我將宗唐和梁英豪留在這裡幫你。」

龍曦月笑著搖了搖頭道：「不用，今年九月初九丐幫三年一度的大會就要在康都召開，你欺負我們丐幫無人啊！」

胡小天笑道：「難不成你想將咱們的家變成乞丐窩？」

龍曦月嬌俏可人地吐了吐舌道：「沒辦法，誰讓你娶了一個女乞丐頭兒。」

胡小天來到床邊展開臂膀，再度將龍曦月擁入懷中。

龍曦月小聲道：「什麼時候離開？」

胡小天道：「我在等一個人的消息，還有，在我離開之前，還有一件事情沒有解決。」

翌日清晨，胡小天在龍曦月的陪同下前往鳳儀山莊拜祭母親，徐鳳儀屍骨消失不見的事情他並未向外張揚，只是讓梁英豪帶人將這裡修整好，此次回來的時候，一切已經恢復了原貌。

拜祭過後，眾人前往鳳儀山莊休息，胡小天叫上夏長明和梁英豪兩人巡視山莊的修復情況。

來到鳳儀樓上，舉目四望，看到山莊已經基本恢復了原貌，胡小天道：「英豪，進度很快啊！」

梁英豪笑道：「除了那座大坑之外，其他的地方損毀並不嚴重。」

胡小天道：「我近期會離開康都。」

「回東梁郡嗎？」兩人同時問道。

胡小天笑了笑道：「應該會回去一趟，不過還有其他的事情要做。」目光落在梁英豪的身上：「英豪，我想你和宗大哥留在康都保護曦月。」

梁英豪鄭重點頭道：「主公放心，屬下必全力以赴，絕不讓王妃娘娘遇到任何危險。」

胡小天道：「危險談不上，只是她心性善良，我擔心她的善心會被人利用。」他望向夏長明道：「長明，你準備一下，咱們這次可能會走得很遠。」

夏長明點了點頭，胡小天決定的事情，他從來都不會問為什麼。他想起了一件事道：「對了，主公，您讓我查的事情，有些眉目了。」

胡小天眉峰一動：「梁大壯的事情？」

夏長明點了點頭道：「他最近時常前往一家名為卿紅閣的地方。」聽這名字就知道是煙花柳巷，想不到梁大壯居然還有這種愛好。

胡小天道：「有沒有查清卿紅閣的來歷？」

夏長明道：「我不敢跟得太近，不過梁大壯離開之後，我帶了一名畫師進入其中，讓他繪下了老闆的樣子。」他將一幅畫像遞給了胡小天。

胡小天展開一看，眉頭不由得皺了起來，沉聲道：「香琴？」

夏長明表情愕然，沒想到這上面的人胡小天居然認識，他的第一個想法自然是原來主公也去過這家窯子。

胡小天笑了笑解釋道：「這個香琴最早我在西川夔州環彩閣認識的，她應當是出身於五仙教，記得第一次她還將梁大壯痛毆了一頓呢……」說到這裡胡小天臉上的笑容卻突然消失了，他忽然意識到當年在夔州環彩閣的時候，梁大壯和香琴就應當相識，至於被毆打的事情只不過是兩人配合演出的一場戲罷了。此事夕顏應該知情，可是秦雨瞳返回北方去救治夕顏已有一段時間，到現在卻仍然沒有喜訊傳來。

胡小天幾乎可以斷定，梁大壯和香琴這兩個看似平凡的人物，其實全都是深藏不露的高手，他們究竟來自何方？為何隱藏如此之深，他們的最終目的到底是什麼？

胡小天跟龍曦月說過的那句話，他在離開前需要解決一件事，就是梁大壯，他早已發現梁大壯有問題，可是一直以來梁大壯並沒有任何危害自己的舉動，所以胡小天也不急於將他拆穿，逼他現形。然而龍曦月選擇留在康都，胡小天不可能將這個隱患留在這裡，他要在臨行之前將之清除掉，更何況在黑胡高手圍攻自己之後，胡小天對母親遺體的失蹤，玄光雷的出現都存在著深深的疑慮，他懷疑鳳儀山莊的內部出了問題，而梁大壯則是疑點最大的一個。胡小天認為這廝極有可能是胡不為安放在自己身邊的一顆釘子，當然也不排除這廝是金陵徐家陣營的可能。

回到所住的院落，正看到龍曦月在和梁大壯說話，看起來談得頗為高興，兩人不時發出笑聲，看到胡小天回來，梁大壯趕緊停下說話，來到胡小天身邊笑眯眯道：「少爺，您回來了。」

胡小天點了點頭道：「談什麼這麼高興？」

龍曦月笑道：「大壯跟我說起你過去的事情。」

胡小天心想我過去在尚書府的時候不就是個傻子嗎？瞪了梁大壯一眼，梁大壯知道他想到哪裡去了，慌忙解釋道：「少爺，我說的都是跟您去青雲上任的事。」

胡小天道：「有什麼好說的，每到關鍵時刻你都是不管我的死活，只顧著自己逃命，天下間還有你這樣的跟班。」

梁大壯陪著笑道：「還是少爺心大，換成別人早就將我亂棍趕出門外了，也就是您才能容忍我到現在。」

胡小天笑道：「你畢竟跟了我那麼久，沒有功勞也有苦勞，說句心裡話，早就想把你趕走，可真要是把你給趕走了，身邊又少了個人罵，思前想後還是將你留了下來。」

梁大壯不失時機地表達忠心道：「只要少爺不嫌棄，大壯甘心一輩子留在少爺身邊被您罵！」

胡小天道：「你能說出這句話，也不枉你我主僕一場。」

梁大壯道：「少爺，大壯雖沒什麼本事，做事又蠢笨，膽子又小，可是大壯對少爺向來忠心耿耿，大壯甚至願意為少爺去死……當然，能不死最好還是別死。」

龍曦月笑了起來，輕聲道：「小天，你就別逼他了，大壯都不會說話了。」

胡小天道：「不會說就別說，你還待在這裡做什麼？」

梁大壯似乎這才反應過來，向兩人告退離去，方才走了一步，胡小天又將他叫了過來，叮囑道：「大壯，今兒我們就不回去了，你回去一趟，幫我將這東西交給宗唐。」

梁大壯接過胡小天遞來的布囊，點頭應承道：「我這就過去。」

龍曦月道：「什麼急事兒非要他趕過去？」

胡小天笑道：「也沒什麼急事，我這兩天要回東梁郡，讓宗大哥提前準備一些東西。」他又補充道：「對了，你回去到青牛堂去一趟，葆葆姑娘的藥物快用完了，你按照過去的方子將藥物買回來。」

梁大壯連連點頭，口中道：「少爺又要走嗎？」

胡小天瞪了他一眼道：「不該你管的事情你最好別問。」

梁大壯離去之後，胡小天擁住龍曦月的香肩，和她一起回到房內，低聲道：「都跟他聊了什麼？」

龍曦月輕聲道：「按照你的意思，故意洩露一些行程給他。」

胡小天點了點頭道：「以他的頭腦未必會拆那封信，十有八九會按兵不動。」

龍曦月道：「可看他的樣子應該不會有問題。」

胡小天道：「人不能只看表面，你啊就是太善良。」

龍曦月嗔道：「轉著彎兒說我傻是不是？」

胡小天微笑道：「女人傻點才可愛，太精明的女人往往都會孤獨終老。」

龍曦月道：「那我就老老實實做你的傻丫頭，不過若是梁大壯這次沒有任何的異常行動，你是不是就可以消除對他的懷疑了呢？」

胡小天搖了搖頭道：「這次我一定要讓他露出馬腳。」

梁大壯百忙之中還是抽空去了卿紅閣一趟，在這一帶像卿紅閣這樣的地方很多，而且卿紅閣也非什麼高檔地方，裡面也沒有什麼紅牌名伶，全都是一些庸脂俗粉，做的也是下層人物的生意，真正有身分有地位的人是不屑於去這種地方的。

可對梁大壯來說並沒有什麼特別，身為一個普通家丁，這地方正是他適合光顧的地方，而且他也是個正常的男人，作為男人，來這種地方解決一下自身的問題也是天經地義的事情。

雖然如此，梁大壯還是非常小心謹慎，完成了胡小天交代給他的任務，直到夜幕降臨方才出門繞了幾個彎兒，確信無人跟蹤，方才來到了卿紅閣，極其低調的翻了春紅的牌子。

春紅就是香琴，即便是在卿紅閣，她的姿色也屬於無人光顧的那一類，作為女人她天生屬於安全性極高的那一種。如果不是梁大壯偶然光顧，前來卿紅閣的客人幾乎無人正眼看她，雖然她才是這裡的幕後老闆。

外人是不知道內情的，在外人看來，誰翻了春紅的牌子就是口味獨特，說好聽點可以是蘿蔔白菜各有所愛。

走入春紅的房間，梁大壯深深舒了一口氣，臉上謙卑獻媚的笑容頃刻間消失得無影無蹤，肥胖的身軀也變得挺拔了許多，小眼睛中隱藏的精華迸射出來，整個人籠罩上一層莫測高深的氣勢。

香琴坐在燭光下，胖出酒窩的雙手不停玩弄著手中的粉紅色錦帕，銀盆大臉上也沒有任何的笑意，有些奇怪地望著梁大壯道：「怎麼突然就來了？」

梁大壯歎了口氣，轉身將房門插好，躲開窗口的位置坐下，壓低聲音道：「他應該是懷疑我了。」

香琴切了一聲，不屑道：「他不是早就懷疑你了嗎？」

梁大壯道：「以後我不能再來了。」

香琴道：「你那麼怕他？」

梁大壯道：「他的手段越來越狠，應該和洪北漠達成了攻守聯盟，而且……」

「而且什麼？」

梁大壯道：「龍曦月回來了，還會在康都長住。」

香琴道：「這算不上什麼新聞。」鎮海王妃抵達康都的事情已經是人盡皆知。

梁大壯道：「你只看到表面，沒有看到背後的博弈，龍曦月這次來是當人質的，胡小天即將離開康都。」

香琴道：「以他的性情，豈肯讓龍曦月去冒險？」

梁大壯道：「有兩種可能，一是他相信自己擁有足夠的能力可以保障龍曦月的安全，還有一種可能就是他和永陽公主故布疑陣，讓外人以為他們之間還有裂痕，我擔心他們已經達成了共識，如果他們再加上洪北漠能夠通力合作，恐怕沒有人敢忽視這樣一支力量。」

香琴似乎對這番話並沒有多少興趣，懶洋洋道：「胡小大要去什麼地方？」

梁大壯道：「據說是東梁郡，不過我懷疑他應該是去追蹤頭骨了。」

香琴點了點頭道：「看來他已經查到了頭骨的下落。」

梁大壯抿了抿嘴唇，似乎有話要說，卻欲言又止，靜默了一會兒，終忍不住道：「他們決戰那晚的玄天雷，是不是你所放？」

香琴白了他一眼道：「為何會想到我？」

梁大壯道：「你為何要殺他？」停頓了一下又道：「老太太為何要殺他？」

香琴道：「那件事跟我無關！」

梁大壯搖了搖頭道：「自從胡小天這次回來，我就發現你們做事的方法有了很大的變化，是不是老太太已經改變了計畫？若是改變了，為何不跟我說明白？」

香琴歎了口氣道：「你這人總是疑心太重，我對你怎樣你又不是不知道？難道你擔心我會害你嗎？」

梁大壯呵呵冷笑道：「大家為老太太做事的目的無非是為了活著，為了活著連尊嚴都能不要，更何況其他？」他對香琴的這番話根本是一句都不信。

香琴道：「太晚了，你該回去了，你不該來，若是讓胡小天發覺你我之間的聯繫，後果你應該知道。」

梁大壯道：「你還沒給我一個解釋，老太太只是讓我盯住胡小天，從未說過要殺他，為何那天在鳳儀山莊會突然改變了主意？」

香琴怒道：「都說過跟我無關，你又何必追問不停？」

梁大壯道：「知道胡小天和卜布瑪約見的人並不多，擁有玄光雷的人更是屈指可數，我沒有做過，還有誰？」他雙目死死盯住香琴，顯然已經認定那場爆炸就是香琴所為。

香琴道：「老太太的性情你應當知道，她不想讓別人知道的事你最好別問。」

梁大壯道：「我要見她，我要親口問問她到底是怎麼回事？」

香琴冷冷道：「你的使命是盯住胡小天，而不是其他。」

梁大壯搖了搖頭道：「回不去了，我再回去必然會露出破綻，今晚離開，我就沒打算回去。」

香琴怒道：「你敢抗命？」

梁大壯沉聲道：「你們既然已經決定要殺他，我留下來已經沒有任何意義，是想讓我跟他陪葬嗎？老太太竟然如此絕情！」

香琴道：「我沒必要跟你解釋！」

梁大壯點了點頭：「好，我給你三天的時間，如果不能給我一個合理的解釋，我會向胡小天交代一切。」

香琴怒道：「你敢！」

梁大壯道：「我的性情你應當知道。」

一個冷酷的聲音從帷幔後響起：「那你只剩下死路一條了。」

梁大壯內心劇震，他並未覺察到帷幔後還有人藏在後面，一個身穿灰色斗篷的女人緩步走出，她面無表情，一雙陰冷的眸子充滿殺機，梁大壯從未見過這個女人，他向香琴看了看。

香琴卻歎了口氣：「你不該說這種話的。」她向右側移動，很巧妙地封住了梁大壯的退路。

梁大壯此時反倒平靜了下來，靜靜望著那灰衣女人道：「你是誰？」

灰衣女人伸出右手，她的肌膚白得嚇人，一絲一毫的血色都沒有，展開右手，掌心中躺著一隻已經死去的黑吻雀，輕聲道：「都說你做事警惕，可是你被這隻鳥兒追蹤卻渾然不覺。」

梁大壯不由得吸了一口冷氣，他真正意識到自己已經回不去了，胡小天的手下能人輩出，夏長明就擅長驅馭鳥獸，這隻鳥兒十有八九是受他驅使。

香琴道：「還不見過護法長老？」她的目光中流露出些許的不忍，看來她並不想看著梁大壯這麼被滅口，所以她主動出言提醒。

梁大壯道：「是我失察了。」

灰衣女人冷笑道：「失察還是想要出賣我們？只怕你已將人引到這裡來了。」

梁大壯有些惶恐地向周圍望去。

他聽到外面傳來呼啦啦的聲音，那聲音由遠而近，香琴想要湊近窗戶的縫隙向外望去，周圍的格窗卻在同時發出蓬的一聲巨響，四道黑色的洪流從天而降，數以萬計的鳥兒衝入了房內。

香琴的臉色驟變，她一拳擊出，無形拳風在虛空中迎面撞向鳥群前來的方向，又於虛空中引爆，血漿和羽毛四處飄揚，灰衣女人冷哼一聲道：「上面！」她雙足一頓，身軀筆直向上飛起，在屋頂撞開了一個大洞，身軀上升的勢頭仍然不見絲毫減緩，於空中螺旋上升，在她的高度向下俯視，只見數萬鳥兒將他們剛才所在的小樓包圍，鳥群瘋狂衝向室內，有若烏雲壓境。

梁大壯第二個反應了過來，從那灰衣女人破出的洞口衝了出去，香琴最後一個跟上。三人都明白鳥群的攻擊絕非偶然，而是有人在暗中操縱，從屋頂離開小樓之後，馬上分頭逃離。

香琴選擇正南的方向，她的身法非常奇怪，有若一個肉球一般騰飛而起，落在地上然後重重一彈，緊接著彈起更高，她雖然是一個女人，卻是一身橫練功夫，以身軀撞開蜂擁而至的鳥群，所到之處無不披靡，幾個起落已經逃離了卿紅閣，進入前方窄巷。可是鳥兒並未放棄對她的追擊，遠遠望去香琴的身後猶如拖著一條長長的黑色尾巴。

香琴一邊拍打攻擊她的鳥兒，一邊辨明方向，尋找可以躲開鳥群攻擊的藏身之所，就在此時，感到前方勁風颯然，舉目望去，卻見一個黑乎乎的東西旋轉著向自己的面門飛來。

香琴情急之中，一拳迎擊出去，正撞在那東西之上，噹的一聲悶響，震得她手臂發麻，這一拳卻是砸在了一柄大錘之上，雖然如此香琴這一拳也將大錘砸得向後彈射回去。

黑暗中響起一聲桀桀怪笑，熊天霸有若鐵塔般出現在小巷盡頭，右手一張將大錘抓住，一雙怪眼一翻，盯住香琴，大吼道：「呔！胖娘們！好大的力氣啊！」

香琴心中暗暗叫苦，來人竟然是胡小天手下的第一猛士，她剛才雖然一拳將對方的大鐵錘擊回，可是到現在都被震得手臂痠麻，自己的力量顯然要在對方之下。她處變不驚，臉上充滿鄙夷道：「黑猴子，好男不跟女鬥，更何況你手上還拿著兵器，你還要不要臉？」

梁大壯根本不敢逗留，如果不是鳥群突然來襲，或許那灰衣女人和香琴已經聯手對付他，他心中明白自己必然已經暴露，胡小天那裡是回不去了，同時也要躲開香琴和那灰衣女人，這些人全都會對自己不利。

梁大壯的身軀雖然肥胖，可是行動異常靈活，竟然能夠在群鳥瘋狂的攻擊中找到縫隙，見縫插針，以驚人的速度向北方逃逸。他的身法竟然要比同樣肥胖的香琴更加的利索，沒多久就已經擺脫鳥群，看到前方鱗次櫛比的民居，梁大壯心中大感安慰，自己終究還是命大，今晚若是能夠成功逃過此劫，以後也只能隱姓埋名，可自己又能活到什麼時候？梁大壯想到這裡心頭不由得一窒，他也知道自己不該多想，只有先將眼前這一關過去才是最現實的事情。

梁大壯感到周圍漸漸變得寂靜，已經沒有鳥兒的聒噪，轉身望去，周圍已經沒有一隻鳥兒，這才稍稍放下心來，可是頭頂似乎有陰雲籠罩，他抬頭望去，卻見一道身影從空中俯衝而下，直奔他而來。

梁大壯向前跨出一步，抓起一旁的石墩，向空中那道身影投去，石墩經他大力投出，宛如出膛炮彈，破空發出呼呼聲響，空中那道身影看到石墩來襲，不慌不忙，於空中一個盤旋，靈巧躲開攻向自己的石墩，然後從梁大壯的頭頂越過，輕飄飄攔住他的去路，微笑道：「梁大壯，你好大的膽子，連我你都敢打！」

梁大壯望著胡小天，即便是知道自己已經暴露仍然保持著十足的鎮定，笑瞇瞇望著胡小天道：「少爺，這麼晚了，您怎麼還不回去休息？」

胡小天笑道：「你還真是關心我。」雖然早就知道梁大壯有問題，可今晚將他抓了個現形，終於到了圖窮匕見的時候。

梁大壯歎了口氣道：「少爺想殺我嗎？」

胡小天道：「我若是想殺你，何必留你到現在？」

梁大壯道：「少爺什麼時候發現的？」

胡小天道：「有幾年了。」

「少爺的城府真是夠深啊！」

胡小天道：「也是被逼無奈！」

梁大壯道：「少爺會放了我嗎？」

胡小天反問道：「如果是你，你會怎樣對待一個背叛你的人？」

梁大壯搖了搖頭道：「你我之間談不上背叛，從一開始我就沒有對你盡忠，周默和蕭天穆也是一樣。」

胡小天緩緩點了點頭，梁大壯的這句話的確沒有說錯，他們從接近自己開始就抱有目的，自然談不上背叛。

「老太太派你來的？」

梁大壯點了點頭道：「我的使命本不是為了監視你，而是胡不為，你的崛起純屬意外，連老太太都沒有想到。」

胡小天微笑道：「看來許多事情你都已經清楚，竟然蒙蔽了我那麼多年。」

梁大壯道：「最後還免不了被你發現，其實此前我就察覺到你開始懷疑我，但是心中仍然抱有一絲僥倖，我早就該走的。」

胡小天道：「只怕你身不由己吧？」

梁大壯歎了口氣：「是，身不由己！若是這樣走了，老太太又豈肯放過我。」

胡小天道：「香琴也是徐氏的人？」

梁大壯道：「你想知道為何不自己去問？我知道的並不多，你從我這裡肯定得不到想要的答案。」他的雙手緩緩負在身後，揚起頭顱道：「要殺要剮悉聽尊便，你我畢竟主僕一場，我不是你的對手，只求你給我留一具全屍，讓人給我一卷草席，別讓我曝屍荒野。」

胡小天歎了口氣道：「梁大壯，你還真是精明，不過我原本就沒有想殺你的打算，你走吧！」

梁大壯微微一怔，他沒想到胡小天這麼容易就放過了自己，可轉念一想，自己就算逃脫得了胡小天的追殺，可後面還有徐氏呢，天下之大，自己又能逃到哪兒？

香琴的激將法對熊天霸似乎起到了作用，熊天霸道：「你說的的確在理，要不我分給你一把大錘，咱們每人一把公平比試！」

香琴笑道：「這才像話，好歹有點男子氣概。」

熊天霸揚起手臂，猛然將大錘扔了過去，他可不是要將大錘主動交到香琴的手裡，這記飛錘比起剛才更加勢大力沉，激將法對他壓根沒有起到任何作用。

香琴看到那只飛旋而來的大錘，這次根本不敢硬接，怒罵道：「你好不要臉！」一身軀向一旁騰躍，躲過大錘，熊天霸卻帶著另外一隻大錘衝了上來，大笑道：「我三叔說了，重要的是贏，臉要不要都無所謂。」

胡小天若是聽到熊孩子的這番話只怕要一腳將這廝踹飛出去，他可沒那麼說過，他只是說過臨敵對戰之時最重要的是贏，後半句可是熊天霸的原創。

香琴看到熊天霸衝來，只能向後繼續退去，熊天霸一錘轟擊在圍牆之上，蓬的一聲煙塵四起，大片圍牆坍塌。面對猛虎般的熊天霸，香琴只能連連後退，躲避鋒芒，一邊撤退一邊尋找逃跑時機，總算退出小巷，正準備奪路而逃的時候，卻感覺身後有些異樣，她不敢回頭，借著月光向地下望去，卻見地面之上一道拖長的身影就在自己身旁，內心中頓時惶恐萬分。

熊天霸殺得興起，大叫道：「三叔，您千萬別插手，這胖娘們是我的！」

胡小天啞然失笑，香琴此時已明白身後是胡小天到來，她心中黯然，以自己的武功對付熊天霸已經沒有任何取勝的可能，現在又加上一個更加厲害的胡小天。看來今晚，自己註定無法逃脫了，想到這裡，她居然不再逃避，停下腳步站在那裡。

此時熊天霸的大錘已攜裹狂風擊向她的面門，若是擊中難免腦漿迸裂的下場。

香琴頃刻間一張面孔全然失去了血色，幾乎以為自己就要必死無疑。感覺狂風將她的髮髻吹亂，割得面孔劇痛，卻聽胡小天威嚴的聲音喝道：「住手！」

飛鳥攻擊的主要目標還是集中在那灰衣女人的身上，灰衣女人衝破飛鳥的封鎖，徑直向東南方向逃去，她的輕功遠勝梁大壯和香琴，幾個起落已經消失在夜色之中。

灰衣女人逃離卿紅閣的範圍，方才回身凝望，遮在斗篷陰影中的雙目蒙上一層深深的憂鬱。轉身準備繼續逃離之時，卻看到前方多了一道人影。

對方身穿紅色勁裝，黑色長袍宛如旗幟般在夜風中招展，臉上帶著銀色面具，月光之下寒光閃爍，深邃的目光透過面具的孔洞盯住了灰衣女人，輕聲道：「國師別來無恙？」

灰衣女人緩緩抬起頭來，月光照亮她被陰影遮住的面孔，她面部的輪廓依舊僵硬，她顯然詫異，對方並沒有看到自己真正的面目，究竟是如何認出了自己？她也同樣認出了對方，冷冷道：「姬飛花！你還沒死？」

姬飛花道：「天下人都以為蘇玉瑾出身於五仙教，卻想不到她真正的身分卻是金陵徐氏的護法。」

原來這灰衣女人竟然是天香國國師蘇玉瑾，她也是慕容展的妻子，慕容飛煙的生母。

蘇玉瑾呵呵笑道：「想不到名滿天下的姬飛花竟淪落到成為別人的走狗！」

姬飛花道：「出賣丈夫，犧牲女兒，你這種人又怎配為人妻為人母？」

蘇玉瑾點了點頭道：「去死吧！」她尖叫一聲，陡然向姬飛花撲了過去，人在中途，雙手一抖，數十柄透明飛刀宛如漫天花雨般向姬飛花籠罩而去。

姬飛花右臂順時針劃弧線，時間彷彿在頃刻間變慢，飛刀飛行的速度明顯慢了下來，開始猶如電影中的慢動作，然後竟然全部趨於停滯，姬飛花的手掌有若蘭花般開放，然後驟然收縮，數十柄飛刀隨著她的動作，彷若被一根根無形的細線牽引向中心回縮，然後相互碰撞碎裂，又化為無數細小的碎片，刀鋒碎裂形成的碎片又被姬飛花的內力激發，以驚人的速度向蘇玉瑾反射而去。

蘇玉瑾雙眸圓睜，左手伸展，一個烏黑色飛盤大小的盾牌在她的掌前出現，以這面小盾牌為中心，光芒剎那擴展，青色光芒籠罩住了她的全身，飛刀的碎片猶如雨滴般密集拍打在光盾之上，旋即就化為無形。

姬飛花左足蹬地，身軀凌空而起，伴隨著身體驟然俯衝，潔白無瑕的右拳狠狠擊打在光盾之上，她的這一拳幾乎擁有開山裂石的力量，砸在光盾之上，光盾青光暴漲，蘇玉瑾雙足雖沒有脫離地面，卻被這強大的力量震得向後方滑行出十餘丈。

姬飛花一拳攻完又是一拳跟上，根本不給對方任何喘息之機，若無光盾的防護，蘇玉瑾只怕早已落敗。她已經退出了陰影，來到了月光之下，月光如水，籠罩在兩人的身上，而這時，姬飛花方才緩緩抽出了光劍，綠色的光刃和月光融匯在一起，呈現出一種充滿生命顏色的翠綠。

第八章

犧牲的背後

慕容展感覺胡小天替他說出了心中的話，
究竟是什麼讓她可以犧牲女兒的一切，
還有犧牲自己，犧牲一個家？
這些年來他背負了多少的委屈和不解，
她是否知道一個父親被女兒仇恨的滋味？

姬飛花抽劍的速度雖然緩慢，可是抽劍揮劍的過程卻如同絲緞般光華，找不到任何淤滯的地方，蘇玉瑾在苦苦抵禦住姬飛花接連的重拳攻擊之後，突然感覺壓力一輕，很多時候減輕壓力未必是件好事，姬飛花留給對手緩衝的同時，更重要的是調整自己進攻的方式和節奏，出拳和出劍之間明顯的時間間隔已經積蓄了前所未有的宏大力量。光劍化為一條綠色長龍，咆哮狂嘯肆虐衝撞在光盾之上，光盾上青白色的光芒和光劍綠色的光芒混雜在一起，迸發出更加強烈奪目的光線，幾乎可與日月爭輝。

姬飛花的雙眼靜靜捕捉著這兩道光芒，不見絲毫的變化。

蘇玉瑾用光盾擋住了兩者衝撞發出的強光，她雖然擋得住光芒卻擋不住對方劍身上傳來的博大力量，胸口如同被人重擊了一拳，然後她就踉踉蹌蹌向後退去，光盾平整的光芒猶如被攪碎的池水，光影變幻扭曲，然而一道更加凌厲的綠色劍芒又在光影尚未平復之時攻擊而至，姬飛花的出招並無太多花招，看似普普通通的一劍，只有一個道理，那就是奪命！

蘇玉瑾發現以光盾應對姬飛花並非明智之舉，高手應對之時看不到對方的出招實乃大忌，而姬飛花的實力卻又達到了極其恐怖的地步，她已經領悟了天道之力，面對她，自己根本沒有任何的取勝之機。

光劍的速度雖然驚人，可是卻沒有發出任何聲息，姬飛花的目光中充滿了強大的自信，她堅信自己的這一劍可以擊穿對方的光盾，斬殺對方的生命。

蘇玉瑾的內心陷入難以言喻的驚恐之中，她竟然感受不到對方出劍的方向和位置，唯有最大限度地利用光盾掩護住自己的身體。

蘇玉瑾聽不到光劍運行的聲音，可是姬飛花卻聽到了破刃之聲，雖然細微，但是仍然清晰映入她的耳廓之中，姬飛花皺了皺眉頭，劍身中途弧形折返，以反手劍擋住身後偷襲而來的一劍，同時她的左拳重擊在光影波動未平的光盾之上，這一拳砸得蘇玉瑾幾乎坐在地上，沉悶的胸口又承受了一次重擊，噗的一聲噴出一口血霧，此時她方才意識到姬飛花是用左拳完成了攻擊，如果落在光盾之上的是光劍，恐怕她現在已經命喪當場。

姬飛花反手劍擋住了對方的突襲，然後向側方滑動一步，雙目斜睨這個於自己身後發動突襲的劍客。

對方身穿黑色侍衛服，月光之下，肌膚蒼白如紙，頭髮也是一塵不染的白色，兩道白眉之下是一雙死魚般陰沉的眼睛，輕薄的嘴唇緊緊抿在一起，蒼白的雙手在月光的映襯下泛出病態的顏色，然而他的手指穩健有力，細窄的長劍牢牢握在右手之中，不見任何的顫抖。

蘇玉瑾的瞳孔因這不速之客的到來而驟然收縮，她緊緊咬住嘴唇，雙目中流露出複雜難言的神情。

姬飛花輕聲歎了口氣，在康都，在現在，能夠捨生忘死現身營救蘇玉瑾的也只有他。

慕容展的聲音不夾雜絲毫的感情波動：「走！」依然是過去惜字如金的風格。

姬飛花道：「你以為救得了她？」

慕容展沒有說話，只是微微抬起了長劍，細窄的劍鋒變得異常明亮，這是內力凝聚到極致的徵象。

蘇玉瑾望著慕容展，眼角餘光卻在尋找逃離的機會，可是她的心馬上又沉落了下去，一個爽朗的聲音從她的身後響起：「慕容統領，你站的位置好像不對啊！」

慕容展灰白色的瞳孔漠然望著胡小天，他的站位沒有任何的問題，在他的印象中自己和胡小天好像從來都沒有站在過一起。即便是他此前曾經一度動過這樣的心思，可很快現實又將他推到了胡小天的對立面，也許他們註定是敵人。

蘇玉瑾的胸膛劇烈起伏著，或許是因為剛才的爭鬥太過激烈，或許是因為內心的情緒太過起伏，可是這並沒有影響到她的頭腦和意識。她輕聲道：「胡小天，放我走！」

慕容展的內心猶如被針刺了一下，雖然細微可痛感卻是極其清晰的，他沒有聽錯，蘇玉瑾說的是我而不是我們。

胡小天微笑道：「給我一個理由！」雖然他已經料到蘇玉瑾可能會怎樣說，可是他仍然希望蘇玉瑾親口說出來。

蘇玉瑾道：「如果你有生之年還想見到飛煙，如果你還想她活在這個世上。」

慕容展手中的劍尖微微顫抖了一下，稍閃即逝，仍然被姬飛花犀利的目光捕捉到，她能夠體會到慕容展此刻內心的波動。

胡小天道：「你不配做她的母親。」

蘇玉瑾道：「那是我的事情！你讓開！」她厲聲喝道。

胡小天卻並沒有移動腳步，姬飛花的目光靜靜望著胡小天，從她的目光中，胡小天明白了她的暗示，她是在示意自己給對方讓開道路，姬飛花明白慕容飛煙在胡小天心中的地位。

胡小天道：「如果我讓開，以後你肯定還會用飛煙的性命來要脅我，我想知道，究竟是什麼人什麼事能夠驅使你犧牲自己女兒的生命和幸福？」

慕容展感覺胡小天替他說出了心中的話，究竟是什麼讓她可以犧牲女兒的一切，還有犧牲自己，犧牲一個家？這些年來他背負了多少的委屈和不解，她是否知道一個父親被女兒仇恨的滋味？

蘇玉瑾緩緩搖了搖頭道：「原來你並不在乎她的死活，我沒有說錯，你根本就沒有在乎過她！」

胡小天淡然笑道：「我們之間的事你沒資格評判，我不會放你走，一個漠視親情的人永不可能信守承諾。」他的目光盯住了遠處的慕容展：「你還想救她嗎？」

蘇玉瑾也回過頭去，雖然生死懸於一線，她同樣想知道答案。

慕容展點了點頭，灰白色的瞳孔中流露出前所未有的柔情，就算胡小天和姬飛花這兩名旁觀者也能夠感受到他內心中對蘇玉瑾仍然有愛。

慕容展輕聲道：「當年的事情我始終都想向你解釋，我並沒有棄你而去，那樣的狀況下，我根本沒有行動的能力，是有人救走了我。」

蘇玉瑾淡淡一笑：「過去了那麼多年，你又何必再提，我都忘記了。」

慕容展道：「我忘不了，你過去不是這個樣子……」

蘇玉瑾道：「我是什麼樣子？連我自己都不記得，你又怎會記得？」

慕容展道：「你早就知道我娘是誰對不對？」

蘇玉瑾愣了一下，並沒有說話。

胡小天心中暗歎，要說這些事情還是自己對慕容展說的，自己也是無心，可沒想破壞他兩口子的感情。

慕容展道：「你當年嫁給我，只是為了完成別人交給你的使命是不是？」

蘇玉瑾終於還是點了點頭道：「是！」

慕容展的雙目中浮現出深深的悲哀，直至今日他方才知道自己的婚姻只不過源於一場精心設計，蘇玉瑾選擇嫁給他，卻是因為他所處的位置。嫁給他的真正目的是要替徐氏將他更好地控制在手中，當年的中毒也是一場設計，這場設計恐怕連蘇玉瑾自己都沒有想到，她也會被徐氏犧牲，影婆婆，也就是自己的母親在暗中相救，想要幫助自己擺脫徐氏的控制，可是她的力量和徐氏相比實在太微不足道了。

慕容展道：「放過飛煙，還她自由！」

蘇玉瑾呵呵笑道：「果然是一個好父親，只可惜你連自己的命運都無法掌控，又怎能管得了她？」

慕容展手中的細劍緩緩垂落了下去：「你說得對，我連自己的命運都無法掌控，又有什麼資格去管別人？」看他的樣子竟然是要放棄營救蘇玉瑾了。

蘇玉瑾咬了咬嘴唇道：「虛偽，你根本就是貪生怕死之輩。」

姬飛花輕聲道：「死也要看值不值得！」

蘇玉瑾冷冷道：「你們休想從我這裡得到什麼。」

胡小天道：「我並不想從你這裡得到什麼，只是準備將你暫扣一段時間，也只有這樣才能保證飛煙能夠平安回來，你的死活由她決定。」

蘇玉瑾望向慕容展，慕容展的目光卻望著夜空中的明月，我本將心向明月，奈何明月照溝渠。

蘇玉瑾緩緩搖了搖頭道：「你們誰都攔不住我！」她的右手中藍光閃爍，卻是一顆藍色圓球，胡小天勃然色變，玄光雷！此前在鳳儀山莊就曾經遭遇過，如果不是姬飛花及時做出反應，他們恐怕都已經灰飛湮滅，此物威力奇大。

姬飛花內心雖然一震，可是表面上卻沒有任何的變化，輕聲道：「如果你不怕死，不妨放手一搏。」

蘇玉瑾的目光中呈現出些許的猶豫，沒有人不怕死，更何況她還沒有被逼到必死無疑的絕路上，對方只是要擒獲她而不是要殺她。

胡小天道：「放飛煙離開，我就還你自由。」

蘇玉瑾的目光漸漸軟化了下去，就在此時一道紅色的光束從她的身後投射過來，即便是胡小天、姬飛花、慕容展這三大高手都無法做出及時的反應，他們看到那道光束的時候，光束已經洞穿了蘇玉瑾的後心。

蘇玉瑾的目光充滿了震駭和不解，她的手垂落了下去，那顆玄光雷緩緩墜落，胡小天眼疾手快，衝上前去一把將玄光雷抓住，還好玄光雷並未啟動，與此同時，那道紅光射向他，姬飛花一把將他推開，紅光擦著她的左肩掠過。姬飛花肩頭感到一陣燒灼的痛楚，還好只是傷及皮肉，她顧不上檢查傷勢，已經騰空向紅光射出的方向追去。

胡小天擔心姬飛花有所閃失，將那顆玄光雷塞入革囊之中，也緊隨姬飛花的身影追逐而去。

慕容展第一時間來到了蘇玉瑾的身邊，抱起她的身軀，握住她迅速變得冰冷的手，蘇玉瑾的嘴唇開合著卻說不出話來，望著慕容展，雙目中交織著無數難以言明的複雜神情。

慕容展灰白色的雙目濕潤了，他緊緊攥住蘇玉瑾的手，感覺蘇玉瑾也在用盡全身的力量抓住他，就像一個溺水的人抓住一根救命的稻草，雖然她明白，這根稻草根本無法挽救自己的生命。

慕容展知道她有話想要說，低聲道：「你什麼都不用說，我從來都沒有怪過你。你放心，就算付出再大的代價，我也會將女兒帶回來。」

蘇玉瑾的頭緩緩垂落了下去，到死她都未曾說出一句話，夜風中慕容展緊緊擁住蘇玉瑾漸漸變冷的身軀，清冷的月光映照著他毫無表情的面孔，整個人仿若一尊凝固的雕像。

胡小天和姬飛花並沒有追到伏擊者，根據他們的目測判斷，對方展開暗殺的地方距離蘇玉瑾所在的位置要有一里以上，胡小天暗自心驚，以他和姬飛花目前的武功，若是兩人聯手放眼天下也沒什麼好怕，可是武功再高終究還是有所限制，此前的玄光雷已經讓他們險死還生，今晚射殺蘇玉瑾的武器更是威力強大。胡小天雖然沒有親眼看到是什麼武器，可也能夠推斷出應該是類似於狙擊步槍之類的東西，而且是光束殺人，比起傳統的狙擊步槍還要先進許多。

兩人返回原地的時候，發現慕容展已經帶著蘇玉瑾的屍體走了。姬飛花搖了搖頭，她的心情也不輕鬆。胡小天望著她的左肩，關切道：「你有沒有受傷？」

「沒事！」

胡小天道：「應該是徐氏出手了！」

姬飛花點了點頭，忽然想起了一件事：「去看看其他人有沒有事。」

胡小天也跟她想到了同一處，慌忙去和熊天霸和夏長明會合，還好兩人都沒有遇到危險，已經制住香琴，在約定地點等候胡小天的到來，姬飛花並未現身，確信其他人沒事之後就悄然離去。

胡小天讓人將香琴連夜帶往王府審問。

在這樣的情況下和胡小天相逢，香琴仍然沒有任何的懼色，微笑道：「胡小天，你從我這裡得不到任何的東西，何必白費唇舌？」

胡小天點了點頭道：「剛才有一個人說了跟你同樣的話，可是她已經死了！」

香琴一怔：「你是說梁大壯……」她對梁大壯的關心顯然要超出蘇玉瑾許多。

胡小天淡然一笑道：「蘇玉瑾！」

香琴歎了口氣道：「你的手段果然夠狠！」

胡小天道：「人不是我殺的，有人擔心她會暴露秘密，所以在她開口之前提前消除了隱患。」

香琴垂下頭去，目光盯住自己的足尖，生怕胡小天從自己的眼中察覺到自己內心的惶恐。

胡小天道：「過去我一直都以為你和夕顏來自於五仙教，現在方才知道，你的背景居然如此複雜。」

香琴道：「落在你的手裡我無話好說，要殺就殺何必廢話。」

胡小天道：「你放心，我並沒有指望從你這裡得到什麼，你現在似乎沒有了選擇，就算我放了你，徐氏也不會放過你。」

香琴道：「你以為他們會放過你？」

胡小天道：「我給你一個選擇，說出你知道的一切，我放了你。」

香琴搖了搖頭道：「我並不知道什麼，開始我的任務是監控五仙教。」

「老太太究竟想要什麼？」

香琴抬起頭望著胡小天一字一句道：「我從未見過她！」

胡小天並沒有對香琴嚴加逼問，正如他所說，他根本沒有指望從香琴那裡得到什麼，香琴和梁大壯雖然潛伏很深，但是在徐氏中並不是核心人物，身為護法的蘇玉瑾應該可以觸及徐氏核心，但是她已經被清除掉，原因不難想像，或是因為她知道太多關於徐氏的秘密，或是她對徐氏來說已經失去了存在的價值。誅殺蘇玉瑾之後就能夠成功斬斷胡小天追查下去的線索，香琴和梁大壯顯然不具備這樣的價值。

進入秋日的康都突然下起了雨來，這多少有些反常，過去這個時候往往都是風和日麗天高雲淡，這樣的天氣讓人平添了幾分愁緒，胡小天並沒有儘快離開康都，因為他還在等待，他和劉玉章已經約好在離開康都前還會有一次會面，他本以為很快就能夠和老太監見面，卻想不到一等就是七天，劉玉章宛如石沉大海杳無音訊。

劉玉章沒來，胡小天不得不繼續等待，這段時間龍曦月和七七約見頻繁，她信守對胡小天的承諾，從不在皇宮中留宿，反倒是七七來到鎮海王府陪著她住了兩晚，全然不管外人的閒話。

胡小天並未打擾她們姑侄敘舊，這兩天忙於籌畫自己的計畫，順便整理一下思路，搞清徐氏的真正動機，劉玉章的動機他已經明瞭，劉玉章對徐老太太怨恨極深，他經營一切的目的就是為了復仇，甚至置對方於死地都不足以平復他心頭的仇恨，所以他才會潛心經營那麼多年，甚至不惜在暗中幫助胡不為，他的目的絕不是以德報怨，而是要將徐氏高高捧起，將他們捧上雲端之際然後狠狠摔下。

洪北漠數十年從未改變過他的初衷，他所做的一切就是為了修復那艘隱藏在皇陵中的飛船，從現在看來他和徐氏應該是沒有聯繫的，至少在表面上看，洪北漠目前擁有和徐氏一較短長的能力，可是他在修復的過程中遇到了瓶頸，因為止步不前而不得不選擇和七七合作。

薛勝景和任天擎應是同一類人，他們和神秘的無極觀密切相關，他們身上或多或少都流淌著天命者的血，他們需要天人萬像圖來改善自身的不足，在執行命令的同時，同時也滋生出自身的野心，在他們的背後必然還有一支強大的力量在操縱。

還有一個人無法忽視，那就是鬼醫符刓，他在這其中究竟充當著怎樣的角色？他到底是獨來獨往？還是隸屬於某個陣營？自從雍都一別，鬼醫符刓突然人間蒸發，胡小天隱隱覺得他的失蹤和徐老太太的出現可能有著某種聯繫。

胡小天正想得入神，管家胡佛過來稟報，卻是周睿淵那邊請胡小天過府一趟，說是有要事相商。

幾日不見，周睿淵明顯蒼老了許多，原本斑白的雙鬢如今已經全白。看到胡小天到來，慌忙起身道：「參見王爺千歲……」

胡小天上前握住他的手臂道：「伯父何須如此客氣？」看到周睿淵的狀態如此不好，心中不由得感到有些奇怪，卻不知這段時間究竟發生了什麼事情，周睿淵為何會蒼老得如此厲害？關切道：「伯父身體還好嗎？」

周睿淵點了點頭道：「還好，還好……」言畢又歎了口氣。

胡小天看出他一定有事，恭敬道：「伯父有什麼需要只管對小侄明言。」

周睿淵道：「這些年來我一直都活在懊悔之中，連我自己都認為雨瞳的娘親是因為我的糊塗含恨而死，直到最近我翻閱當初她留給我的那些信，方才發現，原來一切早有明示，只是我過於愚昧，一直都疏忽了。」

胡小天安慰他道：「伯父，事情已經過去了那麼多年，您也不必難過了。」

周睿淵道：「我從她的遺物中找到了這樣東西，你幫我交給雨瞳。」他從袖中取出一根髮簪，粗看並無異常，可是仔細一看，這髮簪上的銘文非常奇怪，胡小天此前曾經在天人萬像圖上見過這樣的文字，心中不由得一動，伸手將髮簪接過。

周睿淵道：「如果不是根據她信中的指引，我也不會將這根髮簪輕易找到，她既然收藏得如此用心，想必應當是極其重要。」

胡小天道：「伯父放心，我返回東梁郡之後一定親手交給雨瞳。」

周睿淵道：「很好，很好。」

胡小天又道：「其實您完全可以親手交給她。」

周睿淵搖了搖頭道：「這些年來雖然我始終都在期待著她能夠原諒我，可是真正到了有可能化解隔閡的時候，心中卻又害怕起來，連我都不知道為什麼。」他的唇角露出一絲苦澀的笑意。

胡小天道：「伯父是否記得當年楚源海的案子？」

周睿淵點了點頭道：「當年楚源海的案子轟動一時，我自然知道。」

胡小天道：「他究竟是一個怎樣的人？」

周睿淵道：「博古通今智慧出眾，內政經營乃是我有生所見最厲害的人物。」

他的表情變得有些迷惘，開始回憶這塵封多年的事情：「其實他的貪腐案是當時皇上一手操辦的，此前並無任何的徵兆，大家都非常困惑，因為在此之前楚源海做事一直克己奉公，為大康立下汗馬之功，皇上對他也是極其的寵信，可是一夜之間什麼都變了。」

胡小天早已瞭解其中內幕，楚源海落到被抄家滅門的地步並非因為貪腐，而是因為他是楚扶風的兒子，他認為父親被龍宣恩所害，所以臥薪嚐膽進入大康朝堂，意圖為楚扶風復仇，可是真正的兇手卻是徐老太太，楚源海應該是發現了真相，準備出手對付徐氏的時候，卻被徐老太太提前察覺，搶先動手將之剷除，當初在胡小天大婚的時候，徐老太太曾經當面承認了這件事，可外人應該是不知道內情的。

胡小天道：「楚源海認不認得凌嘉紫？」

周睿淵聽到凌嘉紫的名字微微一怔，他皺起眉頭道：「應該沒有可能，楚源海死後六七年凌嘉紫方才成為太子妃，就算他認識，那時候凌嘉紫也應當只是一個小姑娘吧。」

胡小天心中暗歎，凌嘉紫並非常人，她的實際年齡和外表並不相符，權德安曾說，七七乃是凌嘉紫懷胎七年所生，就意味著凌嘉紫成為太子妃之前就已經懷孕，根據胡小天目前掌控的情況，普通人和天命者結合，孕期也和常人無異，七七的父親應當就是天命者。胡小天之所以將疑點鎖定在楚源海的身上，是因為凌嘉紫曾經救過並培養了姬飛花。而她懷孕之時，楚源海並未遇害，仍然是大康的戶部尚書。

胡小天道：「楚源海當時被判凌遲嗎？」

周睿淵搖了搖頭道：「他是被秘密處決，據說是凌遲處死，連屍骨都餵了獒犬，皇上恨他背叛自己，親自監斬。」

胡小天暗忖，不知楚源海的身體結構和正常人有何不同？龍宣恩既然監斬，他對這一切應當是相當清楚的。

周睿淵道：「你為何突然想起問這件事？」

胡小天笑了笑道：「沒什麼，只是對當年的事情有些好奇，對了，我曾經在雲廟見到凌嘉紫的畫像，還是老皇帝親自畫的。」

周睿淵咳嗽了幾聲，臉上流露出尷尬之色，其實龍宣恩迷戀凌嘉紫的事情在大康朝內並不是秘密，昔日那幫老臣子全都以此事為大康之恥，羞於提起也不敢提起，可是宮闈之事外人也不清楚。還好這樣的風言風語還沒有來得及傳出，凌嘉紫就因難產死去，此事也就漸漸平息了下去，如果不是胡小天提起，周睿淵幾乎都忘了這件事，他淡然笑道：「你想多了吧！」

這可怪不得胡小天想多，老公公為兒媳婦畫像原本就不太正常，當然胡小天現在已經明白了其中的玄機，龍宣恩應當只是凌嘉紫利用的一顆棋子罷了，以凌嘉紫的能力自然不會讓龍宣恩占到什麼便宜。胡小天道：「只是對凌嘉紫這個人產生了一些興趣。」

周睿淵道：「對她我並不瞭解，只是雨曈的母親生前和她交好。」

胡小天心中暗歎，周睿淵直到現在也不知道秦瑟的真正身分，如果他知道秦瑟乃是天命者的後代不知會作何感想？秦瑟之死很可能和凌嘉紫有直接的關係，只是這些事情，周睿淵應當並不知情。

胡小天當然也不會將實情坦然相告，對周睿淵來說還是當一個普通人更好，天命者的事情對他而言可謂是玄之又玄。

辭別周睿淵帶著他送給自己的髮簪離去，回到鎮海王府，聽說七七和龍曦月兩人出門上香去了，仔細一想，今天居然已經到了九月初一。也不知劉玉章在搞什麼花樣，為何至今仍然沒有現身和自己相見。

熊天霸從遠處大步流星走了過來，看到胡小天，他歎了口氣：「三叔好！」

胡小天瞪了他一眼道：「好端端地歎什麼氣？」

熊天霸道：「最近每天都在王府待著，快要悶死了。」

胡小天道：「你想回去啊？」

熊天霸忙不迭地點頭道：「出來那麼久了，在這邊也沒什麼事情做，再說我也想熊大熊二熊三牠們了。」他口中提到的名字是他的三隻黑熊。

胡小天不禁莞爾，點了點頭道：「這麼趕著走，明兒你就和長明先回去。」

熊天霸驚喜道：「真的？」

胡小天點了點頭道：「我何必騙你！」

熊天霸咧著大嘴道：「我這就去告訴夏大哥。」他轉身就跑，看來在康都的確是待膩了，差點和迎面走來的宗唐撞個滿懷，又被宗唐罵了兩句。宗唐來到胡小天身邊，笑道：「這熊孩子還是那個毛糙樣兒，他找你做什麼？」

胡小天將剛才的事情告訴了宗唐，宗唐點了點頭道：「回去也好，他性子野，在哪兒也待不久，這陣子沒少惹事。」

胡小天道：「這兩天我也要回去了，宗大哥和英豪恐怕要多留一陣子了。」

宗唐笑道：「你這話可說了好幾天了，我還以為你前幾天就會走，是不是還有事情沒辦完？」

胡小天歎了口氣道：「是遇到了點問題，不過我想應該不會太久。」

此時胡佛進來送信，胡小天展開一看，卻見上面寫著——靜水茶樓，故人恭候，落款沒有人名，而是畫了一座七層寶塔，胡小天心中大喜，劉玉章終於找上門來了，看來離開康都的時機已經成熟。

靜水茶樓在康都並沒有什麼名氣，坐落在一片普普通通的民宅之中，白底黑字的簾旗上，繡著一個大大的茶字。若說和其他茶樓最大的分別就是靜水茶樓獨樹一幟的平台，平台有半邊探伸到門前彎彎曲曲的望孔溪上，陽光很好，秋高氣爽，僅有的兩朵白雲慵懶地漂浮在深藍的天空中，只有低頭俯視溪水的時候方才可以清晰看到白雲在流動。

因為是午後剛過的緣故，這裡並沒有什麼客人，空蕩蕩的平台上只坐著一個孤零零的老頭兒，鬚髮皆白，他向胡小天看了一眼，唇角露出一絲諱莫如深的笑意。

胡小天從這熟悉的笑容中辨認出他就是劉玉章，笑了笑走了過去，在劉玉章的對面坐下，輕聲道：「鬍子不錯！」

劉玉章有些尷尬地乾咳了一聲，這廝簡直就是哪壺不開提哪壺，就算鬍子不錯也是假的，這廝是在提醒自己是個太監嗎？劉玉章當然不會生氣，枯瘦的手指撚起一杯茶輕輕放在胡小天的面前：「請用茶！」

胡小天端起那杯茶聞了聞茶香，抿了一口，然後將挺拔的身軀以一個極其慵懶的姿勢窩在了籐椅裡，明亮的雙目也瞇了起來，就像一隻貪睡的貓：「我還以為你不會再來找我了。」

劉玉章呵呵笑了起來：「為什麼？」

胡小天道：「你們這些人都很奇怪！」這並不是真正的原因，此前鬼醫符刓就是如此，莫名其妙地出現然後莫名其妙地失蹤。

劉玉章道：「看來你還是沉不住氣，有些事我得去落實查證。」

胡小天道：「查得怎樣了？」

劉玉章道：「我過來就是想告訴你，三個月後，咱們梵音寺見面。」

胡小天皺了皺眉頭道：「你是說他們將頭骨送去了梵音寺？」

劉玉章道：「十有八九。」

胡小天呵呵笑道：「如果您老掌握的情報有誤，我豈不是要白跑一趟？」

劉玉章搖了搖頭道：「不會白跑，搶回頭骨只是我們其中一個目的，我們還需順藤摸瓜，探察無極觀乃至無極洞的秘密。」

胡小天道：「你以為每個人的好奇心都像你這般強烈？」

劉玉章道：「我已經查到胡不為和薛勝景已經達成了聯盟，若是黑胡和天香國聯手，首先危及的就是中原版圖。」

胡小天皺了皺眉頭，這對他而言可不是什麼好消息。他低聲道：「徐老太太也有一統天下的野心嗎？」

劉玉章道：「她要的可不是天下。」

胡小天敏銳察覺到劉玉章話中的含義，胡不為和薛勝景聯盟的事情徐老太太應該並不知情，他低聲道：「她想要什麼？」

劉玉章微笑道：「人內心中最大的欲望就是掌控欲，認為一切都在自己的掌握之中，希望控制事情如自己的願望中發展，然而事與願違，須知這世上唯有人才是最複雜的動物，每個人都有自主的意識，他們會在時間的推移中發生心態上的變化，有人滋生出野心，有人滋生出懈怠和疲倦，而有人還會滋生出仇恨。」

胡小天心中暗忖，看來胡不為早已在為自己的大業做盤算，劉玉章之所以幫他，最終的目的卻是要幫助胡不為羽翼豐滿擺脫徐老太太的控制，他不由得想到了楚源海和洪北漠，他們不也是同樣脫離徐老太太的控制嗎？不過兩人的下場卻是全然不同的。

劉玉章道：「報復一個人的正確方法不是讓她死，而是讓她失去活下去的希望和信念。」

胡小天心中暗歎劉玉章對徐老太太可謂是仇恨似海，能讓一個人隱忍數十年埋頭佈局來復仇，這會是怎樣刻骨銘心的仇恨。

劉玉章道：「你心中是不是很看不起我？」

胡小天搖了搖頭道：「沒有，我想你必然有你這樣做的原因。」可恨之人必有可憐之處，劉玉章肯定在徐老太太那裡吃了大虧。

劉玉章道：「你只需記住，他們多數人都想毀掉這個世界，唯有我只想著毀掉徐氏，所謂越空計畫，只不過是殖民計畫的一個美好說辭罷了，一旦這個世界的時空座標被洩露出去，那麼這裡將不復寧靜。」

胡小天深有同感地點了點頭。

劉玉章道：「我選擇跟你合作不僅僅是因為你才有打開地宮的本事，還有一個更重要的原因，我無意改變這裡的一切，我活著的目的就是復仇！」

胡小天心中暗忖，地宮中到底有什麼？劉玉章報復徐老太太為何要開啟地宮？這兩件事又存在著怎樣的聯繫？

劉玉章道：「記住，三個月後我在黑胡孤鷹堡等你！」

胡小天臨行之前去見了七七，七七不等他說話已經猜到了他前來的目的，輕聲道：「準備回去了？」

胡小天點了點頭道：「回去也待不太久，我得到消息，頭骨可能被送往梵音寺，我準備前往梵音寺奪回頭骨。」

七七咬了咬櫻唇，站起身來緩步來到他的面前，美眸望著胡小天的面孔，流露出幾許掩飾不住的柔情，小聲道：「可不可以不去？」

胡小天道：「有些隱患必須清除，那頭骨落在他人的手中還不知會製造怎樣的麻煩。」

七七明白胡小天這番話的意思，這個世界上並不只是她能夠感悟到頭骨中的秘密，正如胡小天所言，如果頭骨中隱藏的資訊和秘密被他人解讀，後果不堪設想，只是她也不知道頭骨其實還是解開七寶琉璃塔地宮的鑰匙：「你要小心！」

胡小天微笑點頭道：「對自己好一點，對曦月好一點。」

七七總覺得他後半句才是重點，心中忍不住想要跟他理論，可一想到離別在即，又打消了念頭：「你什麼時候回來？」

胡小天道：「不會太久！」他和劉玉章有約，在找回頭骨之後下一步行動就是打開地宮，初步的日子就定在明年的七月初七。他伸出手去，輕輕撫摸七七的俏臉，七七握住他的大手，將俏臉抵在他的掌心。

胡小天道：「你務必記住，我沒有回來之前，不可以再去七寶玲瓏塔。」

七七點了點頭。

回到王府的時候，龍曦月正在葆葆房內陪她說著話，在門外聽到她們的歡聲笑語，胡小天心中升起一陣暖意，他明白曦月為何堅持要來康都，雖然一開始他認為龍曦月的舉動只是並無太大意義的冒險，可是現在發現，龍曦月的此行對於穩定大局有著至關重要的作用。

龍曦月雖然善良，可是並不意味著她缺乏智慧，她的大局觀並不比自己差多少，她以柔克剛的能力還在自己之上。自己之所以能夠放下包袱，輕裝上陣，要多虧了龍曦月此番來京協調，胡小天感動欣慰之餘，又佩服自己挑老婆的眼力。

在門外偷聽了一會兒，聽到二女居然聊起了養兒育女的事，胡小天不由得臉皮發燒，不育已經成為了他的一個心結，如果自己當真無法讓這一個個美人兒懷孕，該是此生最大的遺憾了，胡小天打消了進去的念頭，轉過身去，卻見博軒樓上立著一個身影，居高臨下望著自己，他對這身影極其熟悉，一眼就看出那是姬飛花。

姬飛花向他點了點頭，轉身向遠方飛掠而去，胡小天騰空而起，緊隨姬飛花的腳步，來到鎮海王府東南的寶屏樓上，姬飛花在屋脊上坐下，表情一如既往的孤傲冷漠，她從腰間取下一個酒囊，擰開木塞，仰首飲了一口，將酒囊扔給了胡小天。

胡小天接過，咕嘟咕嘟接連灌了幾大口，可不是顯擺，而是剛剛聽到龍曦月和葆葆的談話，葆葆都做好了養好身體為自己生兒育女的準備，借酒澆愁愁更愁。

姬飛花看出他有心事，淡然道：「你不開心？」

胡小天道：「馬上就要離開康都，總會有些失落。」

「捨不得龍曦月，還是捨不得龍七七？」

胡小天笑了起來：「捨不得你！」

姬飛花伸手從他那裡拿過酒囊，飲了一口重新遞還給他，長身而起，月光包裹著她桀驁不馴的背影，胡小天望著她的背影卻從心底生出一種憐意，他似乎能夠感受到姬飛花內心深處的孤獨和寂寞，有種想要將她擁入懷中盡情呵護的強烈願望。

「見過劉玉章了？」

胡小天點了點頭道：「他和我約定，三個月後在黑胡孤鷹堡相見，一同去梵音寺找回頭骨。」在他的心底深處是期望姬飛花和自己結伴同行的，可是他又覺得可能性不大，姬飛花和劉玉章積怨太深，兩人合作的可能微乎其微。

姬飛花道：「到時候我也過去！」

胡小天心中喜出望外，他和劉玉章，如今再加上姬飛花，他們三人聯手，放眼天下，又有誰人能敵？他主動邀約道：「不如明天你和我一起返回東梁郡？」

姬飛花搖了搖頭道：「我還有其他事要做！」

第九章

感情缺陷

薛靈君走下舷梯，
看到迎接她的人群中竟然有李沉舟的身影，
她幾乎無法相信自己的眼睛，
用力眨了眨雙目，確信是李沉舟無疑，
李沉舟的唇角雖然帶著淡淡的笑意，
可是他的目光卻極其的陰沉。

胡小天道：「劉玉章跟我聯手的目的，是想讓我說服你和七七，隱藏在皇宮中的七寶琉璃塔地宮，只有你們兩人聯手才有可能將之開啟。」面對姬飛花他並沒有任何的隱瞞。

姬飛花皺了皺眉頭，輕聲道：「他有沒有告訴你地宮中到底有什麼？」

胡小天搖了搖頭道：「不清楚，總之非常重要。」

姬飛花道：「劉玉章這個人狡詐陰險，跟他合作可要小心了。」

胡小天笑道：「每個人都有弱點，他也不會例外。」

姬飛花望著胡小天，輕聲道：「不知他說了什麼，居然會取信於你。」

胡小天道：「他想報仇！」

姬飛花的目光一黯，自己何嘗不想報仇，仔細想想在這世上除了報仇，似乎自己已經沒有其他可做的事，這又是一種怎樣的悲哀？

胡小天道：「你知道他想對付誰嗎？」

姬飛花淡然道：「無論是誰我都不感興趣！」

胡小天望著姬飛花的背影，忽然鼓足勇氣向她走了過去，不等他走近，卻聽姬飛花道：「我該走了！」

胡小天愕然道：「這就走？」

姬飛花道：「又不是一去不返，三個月後你我還會在黑胡相見。」

胡小天想起了一件事：「對了，你等等！」

姬飛花停下腳步，卻見胡小天解開長袍，她雖然見慣風浪也不知這廝想幹什麼？愕然道：「你做什麼？」

胡小天道：「這套翼甲乃是我從五仙教總壇所得，配合光劍積蓄的能量，一日之間可翱翔千里。」

姬飛花知道他的心意，內心湧起一股暖流，可是表情卻依舊漠然道：「我用不著，你留著就是！」她摘下光劍，想將光劍一併留給胡小天。

胡小天卻已經開始脫卸翼甲：「我有飛梟，現在天氣轉冷，夏長明已經派雪雕將飛梟幫我召回，更何況我身邊幫手眾多，你向來獨來獨往，雖然你武功高強，可是我始終放心不下。」

姬飛花冷冷道：「你什麼時候變得那麼婆婆媽媽？」

胡小天笑道：「當然也是為我自己考慮，從這裡前往黑胡孤鷹堡萬里之遙，就算有駿馬代步，日夜不停，也需一個多月方才能夠趕到，而且要在途中不出狀況的前提下，有了這套翼甲，你就能夠確保及時趕到孤鷹堡，不會放了我的鴿子。」

姬飛花一臉不屑的表情：「說來說去還是為了你自己。」她心中自然明白胡小天絕不是這樣想，他是發自內心地關心自己，可是自己又何須別人關心？若是別人對她如此，姬飛花說不定早就拂袖而去，可是胡小天這樣做，她心中卻為何暖融融一片，還隱隱有些酸澀。她擔心被胡小天看出自己的軟弱，點了點頭道：「好，我收下了，權當是陪你強闖梵音寺的定金！」

胡小天笑道：「好！那咱們就三個月以後相見。」

姬飛花將翼甲收好，輕聲道：「梵音寺雖然地處黑胡，可是其寺內臥虎藏龍高手如雲，真正的實力或許不在天龍寺之下，單靠咱們和劉玉章恐怕還是不成。」

胡小天道：「不如我再叫上幾個幫手。」

姬飛花搖了搖頭道：「你那些手下去了也只是白白送命，交給我吧，我看能不能請得動緣木大師。」

胡小天知道她跟緣木的淵源頗深，笑著點了點頭道：「緣木大師如能過去當然最好不過，對了，看看能不能將空見大師請過去，他若是能夠前去，必然可以橫掃梵音寺。」

姬飛花淡然道：「空見大師早已看破紅塵，這種事情他斷然不會參與的。」目光落在胡小天的臉上，歎了口氣道：「你雖然和永陽公主握手言和，可是她的性情反覆，終究存在相當的變數，我看最穩妥的辦法就是將她娶進門。」

胡小天呵呵笑了起來，姬飛花居然操心起自己的婚事，他意味深長道：「我想娶的還有很多，你能不能幫忙全都把她們說服呢？」

姬飛花道：「貪心不足蛇吞象，一個龍七七就夠你頭疼的了，你不怕娶了那麼多厲害的角色，後院每天都要失火？」

「紅紅火火的日子過得那才夠勁！」

姬飛花向王府的方向看了一眼道：「回去吧，別讓心上人等得太久。」

葆葆畢竟尚未痊癒，聊著聊著就進入了夢鄉，龍曦月為她蓋好了被子，溫婉一笑，起身準備離去，卻發現胡小天就站在自己身後，驚詫地差點沒叫出聲來。

胡小天掩住她的櫻唇，向她輕輕噓了一聲，兩人手挽手離開了葆葆的房間，又輕手輕腳將房門關好。

回到他們的臥室，兩人雙手相握，四目相對，剛剛重逢卻又要分離，心中的難捨之情溢於言表。胡小天道：「你要小心啊！」

龍曦月聽他這麼說，不禁格格笑了起來，鬆開他的雙手，雙臂搭在他的肩頭道：「小心什麼？小心七七？」

胡小天點了點頭道：「自然是她！」

龍曦月不無嗔怪道：「你這番話若是讓她聽到，她不知該有多傷心呢。」

胡小天道：「真傷心倒是好事。」

龍曦月道：「其實她心中一直都很在意你。」

胡小天笑道：「你還真是無私，拚命把我往外推，難道你心中就沒有一絲一毫的嫉妒？」

龍曦月道：「嫉妒什麼？你開心我就開心，更何況人家一個人根本就吃不消你……」俏臉因為嬌羞而紅了起來。

胡小天哈哈大笑，心中又得意起來。

龍曦月撲入他的懷中，俏臉埋在他的胸前，小聲道：「小天，你我結婚已經這麼久了，為何人家還沒有任何的動靜？」她畢竟面薄，問出這句話實在是不好意思，不過她可沒想是胡小天的毛病，而是懷疑自己，畢竟在當今的時代背景下，女人婚後無法受孕，基本上都歸咎到女人的身上。

胡小天難免又尷尬了，乾咳了一聲道：「這個嘛，不急，生孩子這種事，急不來的，只要積極操練，早晚都會種上的，一次不行咱們就兩次，兩次不成咱們就三次……」

龍曦月小聲道：「都不下百次了，可仍然還是……這個樣子……」

「呃……好事多磨，證明咱們磨得不夠深入！」

「討厭，人家跟你說正事！」

沒有十全十美的人生，不僅僅對胡小天如此。這世上的每個人都有自己的煩惱，薛靈君也有她的煩惱，雖然和李沉舟聯手掌控了大雍朝政，可是她並沒有感到幸福，反而煩惱變得越來越多，誠如胡小天所言，李沉舟在感情方面極其執著，執著到幾乎變態的地步，他要的不僅僅是佔有自己的身體，他要佔有她的全部，包括她的過去、現在和未來，薛靈君有種被禁錮的感覺，她變得小心謹慎，甚至不敢輕易跟別的男子說話，只要傳到李沉舟的耳朵裡，勢必會引起一場莫大的麻煩。

此次的大康之行雖然算不上成功，可也算不上失敗，雖然大康方面沒有答應和大雍聯盟，可他們同樣沒有和黑胡結盟，非但如此，黑胡使團還利用這次出使的機會盜走了大康國寶。

船隻駛過庸江就意味著抵達了大雍的境內，雖然這些年來，胡小天蠶食了大雍不少的土地，可是大雍的版圖仍然很大。薛靈君過去從來不相信什麼國運昌隆之類的話，她認為一個國家的興衰和統治者有著直接的關係，她並不認為自己的兄長薛勝康有多麼強大的能力，他的許多大政背後還有自己的影子，薛靈君甚至相信，如果由自己來主持朝政，大雍的狀況未必會比皇兄在的時候差。李沉舟雖然在感情上是個病態的人，可是他的眼光和能力是任何人都無法否定的，她和李沉舟的聯手本應該開創大雍前所未有的一個盛世，然而事與願違。大雍非但沒有出現預期的盛世，反而迅速下滑陷入到了一場泥潭之中，內憂外患，天災不斷。

黑胡的大軍壓境自不必說，北疆若無尉遲冲，只怕防線早已被破。尉遲冲在軍事上的重要地位決定了他在大雍朝內不可或缺的地位，李沉舟一度想要拉攏尉遲冲，可是尉遲冲應該看透了大雍內部的局勢，他選擇中立，絕不投入任何一方的陣營。隨著和黑胡戰役的拉長，尉遲沖的地位越發重要，他在軍中的聲威已經達到了頂點，這讓李沉舟又恨又怕，可現實卻讓他無計可施。

本來認為只是一個廢物的七皇子薛道銘，卻在隱忍一段時間後迅速獲得了大批臣民的支持，這一切源於那場突如其來瘟疫中的表現，事後傳出，薛道銘之所以能夠力挽狂瀾乃是拜胡小天所賜，消息雖然沒有被證實但是相當可信，只有大雍陷入內鬥，才最符合胡小天的利益。

原本的屬國渤海，如今已經徹底倒向胡小天的陣營，本來對立的胡小天和大康朝廷卻突然破冰，此番出使，薛靈君已經親眼見證了胡小天和永陽公主之間的握手言和，一個女人一旦愛上男人，那麼她的人生很可能會因此而發生改變。

薛靈君走下舷梯，卻意外看到迎接她的人群中竟然有李沉舟的身影，她幾乎無法相信自己的眼睛，用力眨了眨雙目，確信是李沉舟無疑，李沉舟的唇角雖然帶著淡淡的笑意，可是他的目光卻極其的陰沉。

李沉舟出現在泌陽水寨並不奇怪，畢竟他是三軍都督需要視察軍情，事實上北疆的兵力已完全被尉遲沖壟斷，外人很難插手，尉遲沖自從上次返回雍都屢屢遇刺，就痛定思痛，返回北疆之後，借著嚴整軍紀之名大幅增強對軍中的控制，清除不少異己，李沉舟對這種狀況卻也只能聽之任之，畢竟尉遲沖目前在大雍軍中的地位無人可以替代。於是李沉舟只能將目光轉向其他部分的軍隊，尤其是水師方面。

薛靈君沐浴更衣後，李沉舟前來拜會，她驅散侍女，坐在鏡前不慌不忙地梳理著長髮，望著鏡中李沉舟緩緩靠近了自己，輕聲道：「想不到你居然能來接我！」

李沉舟在距離她約有五尺處停下腳步，靜靜望著薛靈君的背影，聲音低沉道：「我剛好在這邊巡視水師，也未曾想到你會在此時到來。」

薛靈君望著鏡中的李沉舟笑了笑：「我本以為你專程為我而來，想不到只是巧合罷了！」

李沉舟道：「你不希望我來？」

薛靈君道：「你那麼忙，日理萬機，我可不敢奢望……」停頓了一下又道：「這次我沒能完成任務。」

李沉舟道：「只要黑胡未能和大康結盟，此次的行程就稱得上圓滿。」

薛靈君歎了口氣道：「我甚至都沒有和永陽公主見面。」

李沉舟道：「無所謂，反正你此次前往康都的目的也不是為了見她！」

薛靈君的手停頓了一下，然後用力梳理了一下潮濕的頭髮，頭皮感到針扎般的疼痛，卻是因為一時大力扯下了幾縷長髮。她意識到李沉舟剛才的那句話另有所指，輕聲道：「你覺得我去康都是為了見誰？」

李沉舟呵呵笑了一聲道：「有些事何必要說得那麼明白？」

薛靈君霍然轉過身，冷冷望著李沉舟道：「你是不是聽到了什麼風言風語？」

怎麼想！」

李沉舟道：「空穴來風未必無因！」

薛靈君歎了口氣，她緩緩站起身來：「外邊的人怎樣說我不在乎，我只在乎你怎麼想！」

「我在乎！」李沉舟緊緊攥起雙拳，雙目望著薛靈君，目光似乎隨時都要燃燒起來，他此刻的表情讓薛靈君從心底產生了一股寒意。

李沉舟緩緩逼近薛靈君道：「你和胡小天根本就是餘情未了！」

薛靈君搖了搖頭道：「本就無情哪有什麼餘情？沉舟，你不要相信那些無聊的傳言，那些消息根本就是有人故意散播，他們的用意就是要離間你我之間的關係，造成我們之間的隔閡。」

李沉舟呵呵冷笑道：「你在康都的一舉一動我都清楚，你何時找過胡小天，跟他聊了多久，甚至連你在明慶樓跟他共度一夜我都知道！」

薛靈君驚詫地瞪圓了雙目，愕然道：「哪有的事情？你竟然讓人跟蹤我？」

李沉舟道：「你心中若是沒鬼，又何必怕人跟蹤？」

薛靈君怒道：「我自然沒什麼好怕，我清清白白的又有何好怕？」

李沉舟冷笑道：「清白，你也配清白二字，這些年來跟你有過苟且之事的無恥之徒根本就數不勝數！」

薛靈君再也抑制不住心中的憤怒，揚起手掌照著李沉舟的面孔打去，卻被李沉舟一把抓住手腕，薛靈君厲聲喝道：「你放開我，別讓我這個蕩婦髒了你的手！」

李沉舟的怒火已經將雙目染紅：「我一心對你，你竟然還不知足！」

薛靈君怒道：「李沉舟，我早就受夠你了，我不是你的妻子，更不是你專屬的物品，我在外面做什麼事情，跟什麼人在一起無需你來過問，從今以後，你是你，我是我，你我之間再無半點瓜葛！」

「終於承認了？」

薛靈君痛苦地用力搖著頭，竭力掙脫李沉舟越來越緊的手掌，在感情方面李沉舟幾乎不可理喻，薛靈君怎麼都不明白，一個如此睿智之人竟然在感情上存在著那麼大的缺陷。

「你跟胡小天在康都是不是做過對不起我的事情？」

薛靈君怒道：「我沒有對不起你的地方，我跟他做什麼事無需向你交代……」

「賤人！」李沉舟忽然揚起手來狠狠給了薛靈君一記耳光，打得薛靈君的身體失去平衡撲倒在了地上，額頭不慎撞在梳粧檯的一角，鮮血汩汩流出。

看到薛靈君傷得如此之重，李沉舟激動的情緒方才冷靜了下來，他慌忙上前抱住薛靈君：「靈君……你……你有沒有事？我不是存心的……」

鮮血模糊了薛靈君的雙眼，她望著李沉舟，怒極反笑，呵呵笑了起來。

李沉舟反而被她的表情嚇住，伸出手指點中她的穴道幫她止血，緊張道：「我這就去叫郎中，我信你，我信你……」

「你信我什麼？」

李沉舟道：「我相信你跟他是清白的……」

薛靈君搖了搖頭道：「你沒猜錯，我跟他就是舊情復燃，我喜歡他。」

李沉舟的臉色刷地白了，他佯裝沒有聽到，低聲道：「我去叫郎中，你……你額頭受傷了。」

薛靈君卻清晰地認識到自己真正受傷的是內心，她終於理解為何簡融心要選擇離開李沉舟，她呵呵笑道：「你不想聽啊？你剛才不是很想知道？我告訴你，我是個蕩婦，一個蕩婦又怎能將心放在一個男人的身上，更何況這個男人根本就不行，你恨胡小天是不是？你嫉妒他，因為你根本就比不上他。」

李沉舟揚起了手掌。

薛靈君無畏地望著他：「除了打女人你還會什麼？你讓我噁心，我跟你在一起的時候從來就沒有滿足過！」

李沉舟爆發出一聲怒吼，他猛然將薛靈君推倒在了地上，拚命撕扯著她的長裙，薛靈君一動不動，死人一樣望著房頂，淚水卻沿著眼角不斷湧出。

李沉舟的瘋狂卻突然平息了下去，他的臉色前所未有的蒼白，搖搖晃晃站起身來，憤怒和嫉妒摧毀了他男人的所有自尊，甚至摧毀了他男人最基本的能力。

薛靈君意識到他發生了什麼，唇角露出一絲鄙夷的笑意。

弱者生活在欺騙之中，只有強者才會勇於面對現實。九月的庸江北岸已經有了秋的涼意，沙洲馬場雖然草色青青，可是小草已經開始在秋風中瑟縮。

胡小天抵達馬場的第一件事就是去探望夕顏，夕顏的狀況雖然穩定，可是她仍然未能甦醒過來，秦雨瞳對此也是一籌莫展，她已經將失心蠱從夕顏的體內完全清除，可是夕顏並沒有像預想中那樣覺醒。

「她的身體應該沒有任何問題，已經恢復了正常。」

胡小天詫異道：「既然恢復了正常，卻為何仍然沒有醒來？」

秦雨瞳輕聲歎了口氣道：「她的意志力非常強大，似乎有種潛意識在抗拒外界，她在抗拒甦醒！」

胡小天皺了皺眉頭，沉聲道：「這麼說是她自己不願醒來？」

秦雨瞳點了點頭道：「應該是這樣，我也不知道究竟是什麼緣故。」她歉然道：「對不起！」

胡小天道：「你無須自責，這件事跟你沒有關係。」他想起周睿淵的囑託，取出那支髮簪遞給了秦雨瞳，秦雨瞳接過髮簪，凝神關注了一會兒，黯然神傷。

胡小天安慰她道：「你若是想他，隨時都可以回京看他，我想他心中也一樣念著你。」

秦雨瞳歎了口氣道：「可能是分開太久，誤會太深，現在雖然一切都已經明瞭，可我仍然不知如何去面對他，給我一段時間接受這些事。」她搖了搖頭道：「還是說說咱們分開之後又發生了什麼事情？」

胡小天將兩人分手之後所發生的事情簡單說了一遍，秦雨瞳聽聞眉莊居然從他們逃生的通道離開，心中也是有所不甘，秀眉微蹙道：「那兩顆頭骨內藏太多的秘密，被薛勝景得到絕不是好事，還不知道會製造出怎樣的風浪。」

胡小天深有同感地點了點頭，若非如此，他也不會急於前往黑胡梵音寺找回頭骨，只是此行凶險重重，他不敢向秦雨瞳透露，畢竟秦雨瞳的武功還未能躋身頂尖高手之列，還是不要讓她隨同冒險的好，胡小天想起了一件事，沉聲道：「有件事頗為奇怪，我竟然對從五仙教找到的那顆頭骨有了感應。」

秦雨瞳道：「你見到了那顆頭骨？」

胡小天點了點頭道：「丟失之前曾經有緣接觸到。」

秦雨瞳道：「難道你也有天命者的血統？」

胡小天搖了搖頭道：「我以為可能是因為你的緣故。」

秦雨瞳愣了一下，旋即就明白了他的意思，紅著俏臉啐道：「胡說八道，跟我又有什麼關係？」

胡小天道：「天人萬像圖，咱們那啥之後，不但你的身體得到了完善，我也獲益匪淺。」

秦雨瞳雖然知道他說的可能是真的，可是在光天化日之下這廝就能說得如此直白，羞得她恨不能找個地縫兒鑽進去，螓首低垂，美眸望著自己的足尖，十指糾纏在一起，忸怩之極。

胡小天看到她嬌羞的神情越看越愛，如果不是大白天，如果身邊不是還有一個沉睡的夕顏，他肯定現在就要和秦雨瞳共赴巫山，坦誠相見。想起自己這些年勤耕不輟卻始終都沒有收穫的事情，胡小天暗忖，秦雨瞳醫術高超，見識非凡，說不定她會知道怎麼回事，正準備詢問，卻聽秦雨瞳道：「我有件事想跟你說呢……」

胡小天笑道：「我也有事想說，你先說。」

秦雨瞳咬了咬櫻唇，紅著臉，轉身看了夕顏一眼，小聲道：「咱們出去說。」

胡小天點了點頭，跟隨秦雨瞳來到了外面，抑制不住心中的好奇道：「什麼事情搞得如此神秘？」

秦雨瞳有些難為情地皺了皺眉頭道：「還不是你做的好事，人家……人家這個月……月事沒來，可能是有了……」她羞不自勝用力跺了跺腳。

驚喜來得實在太過突然，胡小天幾乎不能相信自己的耳朵，愣了好一會兒方才道：「什麼？你懷孕了？我的？」這廝也是樂昏了頭，話說得極其愚蠢。

秦雨曈本來羞不自勝，芳心中惶恐和驚喜參半，本以為從他這裡能夠得到安慰，卻想不到這廝說出了此等混帳話，不由得柳眉倒豎，勃然大怒道：「你混蛋，什麼意思？」

胡小天咧開大嘴笑道：「我不是這個意思，我是說，咱們只一次，想不到就有了……」他越說越錯。

秦雨曈氣得耳根都紅了，只恨不能一巴掌拍在這廝的臉上，轉身就走，頭也不回地離去了。

胡小天看到自己說錯話把秦雨曈給惹火了，趕緊上去追她，可沒走兩步，唐輕璇中途趕過來了，嬌滴滴叫道：「小天！」

胡小天只能停下腳步，都是自己的女人，必須一碗水端平了，總不能厚此薄彼，他笑道：「輕璇，我正找你呢，剛巧你就來了。」

唐輕璇嫵媚看了他一眼道：「撒謊，只怕你早已將我忘了。」

胡小天在她圓鼓鼓的胸前狠狠瞄了一眼道：「好像又大了許多。」

唐輕璇含羞道：「反正都是你的，有什麼好看。」

胡小天心中大樂，想起秦雨曈可能懷了身孕的事情更是神清氣爽，他姥姥滴，這次總算是揚眉吐氣了，不是老子的種子不行，是一直以來沒有遇到合適的土壤，只要遇到合適的土壤環境，一樣可以生根發芽。

唐輕璇道：「融心請你過去一趟呢。」

胡小天這才想起今次還帶了榮石一起過來，剛才榮石已經被熊天霸送到簡融心處和她兄妹相認，想必就是為了這件事，他樂呵呵點頭道：「好啊！」

唐輕璇道：「她讓我這就將你請過去。」

胡小天舉目四望，已經找不到秦雨瞳的影子了，心中難免失落，唐輕璇看出他的心思，柔聲道：「我爹已經讓人準備了接風洗塵宴，今晚大家全都會過來。」

胡小天點了點頭，想秦雨瞳向來聰明睿智，應該知道自己剛才只是昏了頭說錯了話，不至於當真生自己的氣。

簡融心和榮石已經兄妹相認，兄妹二人抱頭痛哭，榮石聽說父親的死因之後，對李沉舟恨之入骨，恨不能現在就前往大雍復仇。

胡小天抵達的時候，兩人的情緒已經平復，簡融心和他這麼久不見，美眸之中難掩思念之情，榮石也是極其聰明之人，看到妹子目光中的綿綿情意，再聯想起外面的傳言，已經明白他們兩人之間的關係，明白自己身分之後的榮石自然為妹妹的歸宿開心不已，胡小天乃是當世俊傑，人中龍鳳，妹妹能夠嫁給他自然是圓滿的歸宿，也可以說是苦盡甘來。

簡融心藉口去倒茶，和唐輕璇一起迴避。

胡小天和榮石重新坐在一起，兩人現在的關係已經明顯親近了一層，榮石充滿感激道：「多謝王爺為我們簡家所做的一切。」

胡小天哈哈大笑道：「榮兄客氣了，其實咱們已經是一家人，我應當叫你一聲大哥呢。」話說得夠明白了，我跟你妹妹雖然沒舉辦儀式，可事實上早已是你妹夫了，你跟我客氣個啥。

榮石笑了笑，心中倒沒有多想，只是為妹妹高興，他輕聲道：「那我就叫你一聲老弟，胡老弟，你可否將如何發現我爹留下遺言的事情詳細跟我說一遍。」剛才簡融心雖然跟他也說了，可對於其中的詳細情景自然羞於啟齒，總不能說父親留下了一樣東西讓她和胡小天意亂情迷，稀裡糊塗地成就了一樁姻緣。

胡小天點了點頭，他自然明白榮石想要搞清楚一切，於是他將前後經過詳細說了一遍，這廝的臉皮當然不一般，既然大舅子想問，不妨將詳情都說清楚，讓你明白我跟你妹妹之間的姻緣完全是你爹一手促成。

榮石若知道胡小天這麼不要臉，他根本就不會問明白，作為簡融心的兄長，聽到整件事的細節，也羞得滿臉通紅，不過他卻不得不承認胡小天和妹妹之間是上天註定的姻緣，老爹當年原本準備促成李沉舟和妹妹的安排居然變成了亂點鴛鴦譜。

聽胡小天說完之後，榮石乾咳了一聲，藉以化解尷尬，低聲道：「我只是不明白，為何李沉舟會如此絕情？」

胡小天道：「他是個變態，根本不是正常男人，所以性情扭曲，融心嫁入他家門之後蒙受了不少的委屈。」

榮石點了點頭，握緊雙拳道：「我一定要為我爹復仇。」

胡小天道：「大哥不用著急於一時，李沉舟現在的處境不妙，伯父當年之死雖然跟他有著直接的關係，可是大哥被從伯父身邊帶走，卻是燕王薛勝景在背後指使，他想要利用你要脅伯父做一些違心的事情。」

榮石黯然歎了一口氣道：「我這些年渾渾噩噩，認賊為父，助紂為虐，甚至連自己的親生父親都沒有見過一面。」想起死去的父親，榮石的眼眶不由得紅了。

胡小天安慰他道：「有些事怨不得你，你被人帶走的時候只不過是一個襁褓中的嬰兒，又怎能選擇自己的命運？」

榮石道：「他們利用我脅迫我爹的目的，就是要得到天人萬像圖？」

胡小天點了點頭道：「正是如此，天人萬象圖分為陰陽兩卷，全都以紋身的方式留存人間，陰卷紋在大雍敬德皇的身上，而陽卷則紋在蔣太后的身上，伯父當年應該是利用主持敬德皇的葬禮偷偷將陰卷的紋身盜出，根據他遺書上所說，只有將完整的天人萬像圖送到天殘道長的手中，才能換得父子重聚親人團圓，只可惜伯父終究沒有等到那個時候。」

榮石黯然垂淚道：「我爹這一生承受了太多的壓力和痛苦，我這個做兒子的真是不孝，竟然都無法為他分擔。」想起父親的慘死，他更是怒火填膺，咬牙切齒道：「不殺李沉舟我誓不為人！」

胡小天道：「李沉舟這個人雖然聰明，可是他的心理上存在著巨大的缺陷，更何況現在他在大雍國內的處境並不妙，想要除掉他也算不上難事。」

榮石道：「我最近聽說了許多他和長公主薛靈君的傳言……」停頓了一下，終於還是道：「其中也涉及到了你。」

胡小天微微一笑，自然明白他指的是什麼。

榮石道：「我才不信你會看上薛靈君那樣的女人，你一定是故意在利用這件事刺激李沉舟對不對？」

胡小天微笑道：「若非形勢所迫，我也不會出此下策。」

榮石卻道：「成大事者不拘小節，我妹子的事情也應當人白於天下了。」

胡小天雖然也曾經想過將簡融心和李沉舟分開的隱情向外散播，以此來羞辱李沉舟，可是他出於對簡融心的尊重還是沒有這樣做，他搖了搖頭道：「我不想刺激融心。」

榮石道：「李沉舟這賊子欺辱我妹子，殺害我父親，我決不饒他！」

胡小天道：「大哥還需冷靜。」

榮石道：「你放心吧，我不會衝動壞事，這些年五仙教所有對外的事情都是我在處理，我師父……她將所有外面的事情都放手給我。」

提起這件事胡小天不由得想起了仍在沉睡的夕顏，輕聲道：「大哥，我有一事相求。」於是將夕顏的事情向榮石道明。

榮石聽完歎了口氣道：「胡老弟，不是我不幫你，在這件事上我的確力有不逮，失心蠱可以清除，但是夕顏的狀況應該是胎息大法。」

「胎息大法？」

榮石點了點頭道：「胎息大法的人會進入如同胎兒一般的狀態之中，他們的自我意識封閉在一個單獨的空間內。」

胡小天道：「如何破解？」

榮石搖了搖頭道：「無法破解，除了她自已甦醒，因為胎息大法並非外人加諸於她的身上，而是完全源於她自身的修煉，胎息大法我也只是聽說，即便是師父也不懂得，唯有本門聖女才有資格修煉，不過胎息大法乃是種魔大法的基礎，只有修煉胎息大法成功之後，方才有資格更進一步。」

聽到種魔大法，胡小天自然而然地想到了須彌天，自從青雲一別已經過去兩年，記得兩人分離之時曾經定下三年之約，直到現在須彌天都未曾前來找過自己，卻不知她現在身在何方？如果須彌天在這裡，或許能夠輕易將夕顏喚醒。

胡小天心中不由得蒙上一層陰影，夕顏胎息大法大成之後，該不會是另外一個須彌天！

胡小天離去之前，總算得到和簡融心單獨相處之機，藉口問她一些事情，來到她的房間內，房門剛剛關上，向來矜持的簡融心就撲入他的懷中，主動送上香吻，她最大的心願就是完成父親遺願，找到自己的大哥，而今天所有心願都已達成了。

擁吻良久，兩人方才分開，彼此額頭相抵，胡小天微笑道：「別忘了你的話，若是找到大哥，以後就用一輩子來償還。」

簡融心嬌羞道：「只要你不趕我走，我永遠都不會離開你。」

胡小天撫摸她嬌嫩的俏臉道：「趕你走？我怎麼捨得？」

簡融心柔聲道：「你以後不可以欺負我。」跟李沉舟的那段婚姻已經成為她心頭的陰影。

胡小天哈哈笑道：「過去不捨得，現在是不捨得加上不敢，若是我有絲毫對不住你的地方，只怕我的大舅子就會拿著大刀殺上門來。」

簡融心也格格笑了起來，小聲道：「他才不會呢。」摟住胡小天的脖子道：「這世上我只愛你一個。」

胡小天心中大感安慰，知道簡融心終於放下了過去，勇敢表露對自己的愛意，他捏了捏簡融心吹彈得破的俏臉道：「唐伯父今晚接風宴你去不去？」

簡融心小聲道：「我不喜歡這些場面，你和大哥去就是，再說男人喝酒女人跟著做什麼？」

胡小天想想也對，點了點頭，壓低聲音道：「我晚上過來找你。」

簡融心當然明白他是什麼意思，俏臉緋紅，小聲道：「輕璇這兩天都在這裡陪我聊天呢。」

胡小天嬉皮笑臉道：「不妨事，大家都是自己人，一起就是！」

簡融心紅著俏臉道：「才不要，你快去吧！」她將胡小天推出門外。

外面傳來胡小天的聲音道：「別忘了啊，我是認真的！」

過了好久方才聽到簡融心宛如蚊蚋的聲音：「嗯！」

當晚唐文正擺下的這場接風洗塵宴，除了唐輕璇之外，簡融心、秦雨瞳全都缺席，誠如簡融心所說，她們並不喜歡拋頭露面。胡小天最為關心的還是秦雨瞳，今天因為秦雨瞳懷孕的突然驚喜把自己搞得有點頭腦發懵，說了幾句蠢話，結果把秦雨瞳給氣走了，必須要儘快找到伊人好好安慰一番。

所以胡小天的這場酒喝得也是心不在焉，早早就收場。

一個人來到秦雨瞳的住處，看到裡面亮著燈，心中不由得竊喜，躡手躡腳來到門外，整理了一下衣服，輕輕敲了敲房門，敲了半天不見回應，用力一推，房門應手而開，秦雨瞳卻不在房內。

胡小天有些詫異，轉身向四周望去，卻見身後不遠處的草丘之上一道倩影煢煢而立，不是秦雨瞳還有哪個？

秦雨瞳站在草丘之上靜靜望著空中的那闕明月，周身籠罩著一層青濛濛的光暈，宛若超凡脫俗的月宮仙子，一陣涼風襲來，她不禁打了個冷顫，此時有人為她披上了斗篷，然後又將她擁入溫暖的臂彎之中，秦雨瞳回身看到了胡小天。

胡小天笑道：「小心著涼，別凍著了咱們的寶寶。」

秦雨瞳瞪了他一眼道：「你不是不想承擔責任嗎？」

胡小天將她擁入懷中，大手自然而然地落在她的小腹之上，微笑道：「我是太高興了，而且這件事太突然，把我樂傻了，一時頭腦發熱，才說了那種混帳話。」

秦雨瞳也不是當真生他的氣，看他態度如此誠懇地過來道歉，心中自然原諒了他，嬌軀軟軟靠在他的懷中道：「我都不知道如何是好，若是肚子大起來，該如何面對大家？」

胡小天道：「冤有頭債有主，我搞大你的肚子，我自然承擔這個責任。」

秦雨瞳咬了咬櫻唇道：「我還當你要死不認帳呢。」

胡小天道：「開心都來不及，雨瞳，其實我……我也有難言之隱……」他這才將自己跟龍曦月成親這麼久始終沒能讓她懷孕的事情說了，當然為了避免秦雨瞳鄙視自己，他沒把唐輕璇、簡融心、維薩、霍勝男、須彌天的事情一併交代出來。

秦雨瞳道：「可能是天人萬像圖的緣故，咱們……那個的時候不是參照了天人萬像圖……」提起這件事，她羞得不敢看胡小天。

胡小天腦海中靈光閃現，如果癥結果真在此，那麼自己或許就能夠解決這個大麻煩，以後可以讓這些紅顏知己一個個的肚子都大起來。這廝笑道：「或許如此，雨瞳，不如咱們回去再操練操練，我都有些忘了。」

秦雨瞳大羞，一把將他推開道：「你莫要胡說八道，我現在這個樣子豈能陪你胡鬧，你就算不體恤我，也要顧及他……」

胡小天也只是說說，其實秦雨瞳懷孕他比任何人都要緊張，好不容易才有一顆種子生根發芽，自然金貴到了極點，他可不想為了滿足一時欲望而發生任何的閃失，笑著點了點頭道：「我只是說咱倆觀摩一下天人萬像圖，沒說做那種事。」

秦雨瞳紅著俏臉道：「有的是人陪你觀摩，總之你別找我。」

胡小天道：「那你乾脆就留在沙洲牧場養胎，等到生下咱們的寶貝兒子，以後再考慮別的事情。」

秦雨瞳搖了搖頭道：「我還是去東梁郡方便一些，那邊有方芳可以照顧我，而且我不想這件事被太多人知道。」

胡小天道：「我很丟人嗎？為何怕人知道？我是孩子他爹，這件事自然不怕別人知道。」

秦雨瞳嗔道：「你討厭死了，總之我就是不想被別人笑話。」

胡小天道：「這事兒總得讓人知道，我總不能這輩子都見不得光吧？」

秦雨瞳道：「人家都不知應該怎樣跟曦月說。」原來她的最大心結卻是這件事，她和龍曦月乃是閨中密友，過去她還一度反對過龍曦月和胡小天在一起，現在卻搶在龍曦月前頭懷上了胡小天的骨肉，要知道龍曦月才是胡小天明媒正娶的妻子，作為好友，她當然要顧及龍曦月的感受。

胡小天心中大感欣慰，自己的這些紅顏知己美麗的外表下都裝有一顆相互包容的心，這才是最為重要的，雖然龍曦月胸懷寬廣，可是秦雨瞳考慮得也不無道理，既然她做出了這樣的選擇，自己就應當尊重。

清晨到來，簡融心和唐輕璇粉腿交纏，香夢沉酣的時候，胡小天已經悄然抽身離去，感受沙洲草場的晨光，縱馬揚鞭在綠色的草場之上，這廝不由得高聲吟誦：「我輕輕地走了，正如我輕輕地來……」

遠處的地平線上，一輪紅豔豔的朝陽正在冉冉升起，一隊人馬正迎著他的方向而來，為首一人卻是諸葛觀棋，在他的左邊是趙武晟和展鵬，右邊是維薩和閻怒嬌，眾人看到胡小天全都齊聲歡呼起來。

胡小天哈哈大笑，他本想去東梁郡和眾人相會，卻想不到他們得到消息之後已經來了。

維薩和閻怒嬌跟胡小天見面之後，馬上就離去和秦雨瞳諸女相會，胡小天則和諸葛觀棋幾人在附近的高地迎著朝陽坐下。

趙武晟先將最近的狀況向胡小天做了一個簡略地彙報，在胡小天和朝廷的關係破冰之後，昔日和大康之間劍拔弩張的氣氛得到緩解，各個防線的壓力也減輕了許多，現在大雍自顧不暇，根本無力向他們施壓。

諸葛觀棋道：「忘記恭喜主公了，這次康都之行已經將危機化解，大康的首批糧食也已經運抵武興郡。」

胡小天點點頭道：「務必要做好糧食分派，任何環節都不容出現差錯。」

諸葛觀棋微笑道：「此事顏宣明負責，他的能力勝任此事綽綽有餘。」

胡小天點了點頭，顏宣明乃是內政高手，做事認真一絲不苟，由他來統管糧食的分派工作的確再合適不過。

趙武晟道：「主公，通往西川的道路即將打通，咱們的下一步應該怎麼做？」

胡小天道：「暫時不必打通，按兵不動才是上策。」他轉向諸葛觀棋道：「觀棋兄怎麼看？」

諸葛觀棋道：「而今天下的局勢陷入前所未有的混亂之中，越是如此，越是要平復心態，雖然說亂世出英雄，可誰能夠保持冷靜，誰能夠穩固陣腳埋頭發展，誰才會是最終的勝者，不以一時得失論英雄。」

胡小天笑道：「我們現在倒是沒有什麼後顧之憂。」

諸葛觀棋道：「有句話我想單獨問問主公。」

展鵬和趙武晟兩人會意，起身離開。

胡小天道：「觀棋兄什麼事情如此神秘？」

諸葛觀棋向胡小天深深一揖道：「這件事其實是主公的私事，屬下斗膽一問，主公和永陽公主是否已經破鏡重圓？」

胡小天笑而不語。

諸葛觀棋道：「主公若是不便說，也可以不說。」

胡小天道：「曦月去了康都，她的用意是要玉成我和永陽公主的事情。」

諸葛觀棋感歎道：「王妃娘娘深明大義，實乃社稷之福。」

胡小天道：「你也贊同她的做法嘍？」

諸葛觀棋道：「上兵伐謀，其次伐交，其次伐兵，其次攻城。自古以來不到別無他法的地步，都不會選擇戰爭。」

胡小天點點頭道：「我通過這種方式掌控大康，手段是不是不夠光明磊落？」

諸葛觀棋笑了起來：「成大事者不拘小節，敢問主公心底究竟喜不喜歡永陽公主？」

胡小天想了一會兒道：「跟她在一起的時候倒也新奇刺激！」

諸葛觀棋笑道：「主公既然可以接受那麼多的紅顏知己，又何必在乎多上一個？別人只會仰視您的成功，很少有人會注意到您走過的路。您和永陽公主能夠化干戈為玉帛，乃是整個大康臣民都樂於見到的事情。而今的形勢，唯有主公和永陽公主聯手方才能夠雄踞中原。」

胡小天點了點頭道：「成大事者不拘小節，為了大康千萬臣民的幸福，看來我只有犧牲色相了。」

諸葛觀棋笑道：「主公其實並不吃虧。」

的確，以永陽公主的姿色和地位，胡小天根本沒有半點委屈，這廝心中可沒有犧牲的想法，此番的康都之行發現其實七七的身上也是有著很多的閃光點，而且這妮子可能是這個世上血統最為純正的天命者，想想若是能夠將天命者的肚皮搞大，生下一個太空混血兒，不知模樣要如何可愛呢。

胡小天道：「黑胡和大雍全都派出使臣前往康都，本來的目的是要和大康聯盟，後來被我全都否決。」

諸葛觀棋道：「主公和永陽公主聯手之後，的確沒有跟他們聯盟的必要。」

「觀棋兄以為我們下面應當如何應對周邊諸國？」

諸葛觀棋道：「黑胡大雍陷入戰事之中，雖然表面上看黑胡稍占上風，大雍北疆有尉遲冲駐守，黑胡也是南下無力，眼看一年中最寒冷的冬季即將到來，兩國戰事又要進入一個漫長的冬歇期。按照常理而論，兩國都會借此時機休養生息，黑胡和我方並未直接接壤，目前並不存在明顯的矛盾，而大雍雖然最近兩年跟我方相安無事，可是一旦大雍解除了北方危機，他們首要對付的就是我們。」

胡小天點了點頭道：「看來咱們要趁著這個機會落井下石了。」

諸葛觀棋笑道：「根本不用我們出手，薛道銘登基已經有一段時間，大雍的內部矛盾非但不見緩和反而變得越發尖銳，說起來這還要多虧了主公的高瞻遠矚，幫助大雍化解了疫情危機，樹立了薛道銘的威信，也幫他籠絡了一批臣民的信任，方才有了和李沉舟抗衡的資本。」

胡小天道：「李沉舟已經不足為慮。」

諸葛觀棋道：「任何人都需找準自己的位置，若是得隴望蜀，只會自取滅亡，本來李沉舟乃是一個不可多得的帥才，深得薛道洪的信任，本來可以成為大雍最有勢力的權臣，只可惜他野心太大，居然想在短時間內掌控整個大雍朝廷，結果鬧到了眼前的地步，我看用不了多久，大雍就會陷入一場激烈的內鬥之中。」

胡小天深有同感地點了點頭道：「他們鬥得越激烈，對我們就越有好處。」

諸葛觀棋道：「李沉舟斃命之時就是大雍氣數用盡之時，至於西川早已日薄西山，李鴻翰根本就是一個傀儡，主公可在穩固西川東北局勢之後打開通道，放出風聲，製造和沙迦聯手攻打西川的假像，西川百姓自然望風而逃，西川就會成為無本之木，無源之水，必然不攻自破。」

胡小天微笑道：「這些事只怕都無法在短期內實現。」

諸葛觀棋道：「任何事都需要一個過程，爭奪天下尤其如此，只要主公耐得住性子，一統江山還不是早晚的事情，當務之急是要將大康的權柄牢牢掌控在自己的手中，蠶食庸江流域要塞，只要完成這一切，天下再無一人可與主公抗衡。」

胡小天道：「天香國現在的勢頭很猛。」

諸葛觀棋笑道：「勢頭再猛也不過是虛張聲勢，天香國本身的地理位置所限，在陸地上對大康展開進攻根本不現實，除非他們將大軍集結西川，從大康西部展開進擊，至於海路，大康水師雖衰弱不少，可是畢竟根基雄厚，在列國之中仍然屬於頂尖之列，而且我方水師這些年發展壯大，若是兩方聯手，四海之內無人能敵。」

胡小天微笑道：「這麼一說，我方的形勢大好不是小好。」

諸葛觀棋意味深長道：「這一切還需建立在主公能掌控大康權柄的基礎上。」

胡小天心中明白，他所謂的掌控大康權柄其關鍵之處就在於迎取七七的芳心。他想起七寶琉璃塔的事情，低聲道：「觀棋兄，你對兵聖究竟瞭解多少？」

諸葛觀棋愕然道：「主公因何有此一問？」

胡小天這才將兵聖諸葛運春當年在大康皇宮內親自督建龍陵勝境和七寶琉璃塔的事情說了。

諸葛觀棋聽完，緊皺眉頭，思索了半天方才道：「主公，其實我對先祖的事情也不甚瞭解，只是覺得他留下的很多兵書見解非凡，至於機關之術更是獨步天下，或許主公說得對，他很可能從天命者那裡得到了一些啟示。」抬起雙眼向胡小天道：「若是有可能，我願意隨同主公前往皇宮，親眼目睹先祖設計的那些建築。」

胡小天微笑道：「等我辦完眼前的事情，你跟我去康都走一趟。」

諸葛觀棋道：「主公剛來就要走？」

胡小天點了點頭道：「黑胡人盜走了兩顆頭骨，那兩顆頭骨和天命者的事情息息相關，若是讓他們窺破其中的秘密，恐怕會製造出意想不到的麻煩。」

諸葛觀棋道：「其實主公未必每件事都要親力親為。」

胡小天哈哈笑了起來，即便是多智近妖的諸葛觀棋也不會瞭解自己的苦衷，涉及到天命者的事情又豈能假手他人？

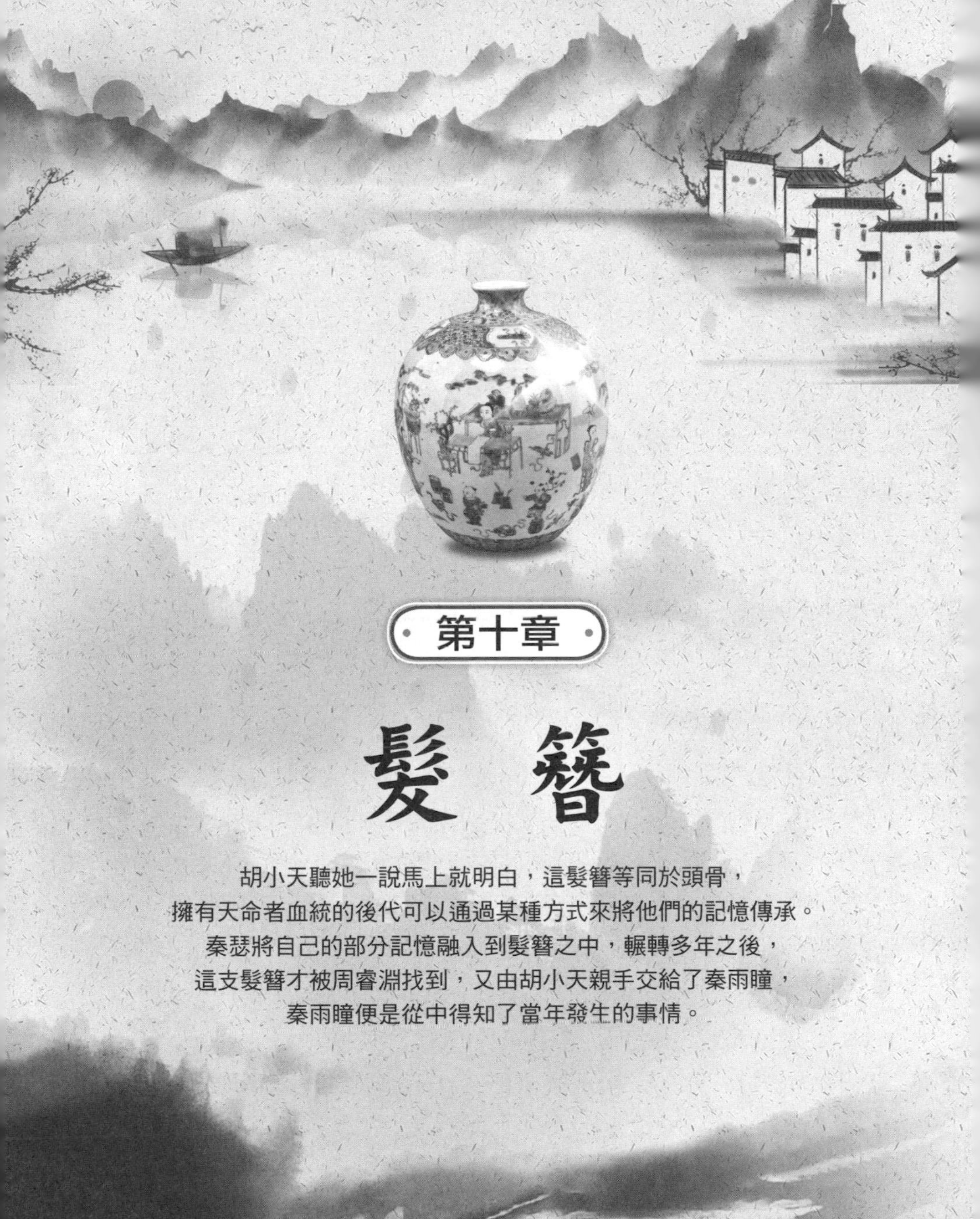

第十章

髮簪

胡小天聽她一說馬上就明白，這髮簪等同於頭骨，
擁有天命者血統的後代可以通過某種方式來將他們的記憶傳承。
秦瑟將自己的部分記憶融入到髮簪之中，輾轉多年之後，
這支髮簪才被周睿淵找到，又由胡小天親手交給了秦雨瞳，
秦雨瞳便是從中得知了當年發生的事情。

維薩和閻怒嬌兩人全都在秦雨曈那裡，胡小天發現秦雨曈眼圈紅紅的，顯然剛剛哭過，心中不禁有些奇怪，以秦雨曈的堅強性情豈會輕易落淚？

閻怒嬌迎向胡小天，悄悄道：「雨曈不知怎麼了，我們過來時顯然哭過。」

胡小天微微一笑，維薩和閻怒嬌兩人藉口去找唐輕璇聊天，留給他們一個單獨的空間，讓胡小天開解秦雨曈。

兩人離去之後，胡小天笑道：「怎麼？好端端地為何哭了？」

秦雨曈咬了咬櫻唇道：「哪有？」悄悄看了看一旁的銅鏡，果然看到自己的眼圈已紅，輕聲歎了口氣道：「我今日方才知道，我娘親乃是死在凌嘉紫手中。」

胡小天心中愕然，此前並未聽秦雨曈說過這件事，而且根據他所瞭解到的情況，秦瑟當年和凌嘉紫的關係非常不錯，甚至好到以姐妹相稱。

秦雨曈這才將事情的原委說出，原來秘密全都在胡小天帶來的那根髮簪之上，秦雨曈戴上那根髮簪，初時還沒有什麼異常，可是今晨梳妝之時，卻感覺到和那根髮簪心靈相通，腦海中映出一幕幕影像。

胡小天聽她一說馬上就明白，這髮簪等同於頭骨，這些擁有天命者血統的後代也可以通過某種方式來將他們的記憶傳承。秦瑟將自己的部分記憶融入到髮簪之中，輾轉多年之後，這支髮簪才被周睿淵找到，又由胡小天親手交給了秦雨曈，秦雨曈從中得知了當年發生的事情。

胡小天看到秦雨瞳的頭頂仍然插著那根髮簪，於是伸出手去將髮簪取下。

秦雨瞳愕然道：「你做什麼？」

胡小天道：「我看看能不能感悟到其中的資訊。」畢竟此前他曾經對頭骨發生過感應，所以認為自己也有可能感悟到髮簪中的秘密，不過這次他失望了，髮簪握在手心一會兒，又插入自己的髮髻之中都沒有半點反應，不由得訕訕笑了笑，將髮簪交還給秦雨瞳道：「你還是暫時別戴了，畢竟有些邪門，你情緒若是不穩定，會影響到咱們的寶寶。」

秦雨瞳聽他又提起這件事，慌忙向周圍看了看，有些心虛地提醒他道：「不得胡說，讓人知道了不好。」

胡小天在她身邊坐下，摟住她的香肩道：「伯母都給你留下了什麼消息？」

秦雨瞳道：「我娘前往康都的最初目的並不是為了接近我爹，而是要找到那兩個曾經被大康抓住的天命者的遺骸，我的祖上，也就是你在五仙教發現的那具遺骸，也是當年降臨到這裡的天命者之一，來到這裡的天命者雖然有幾個，可是其中的首領卻被大康擒獲。」

胡小天點了點頭，看來當年被大康擒獲並虐殺的兩名天命者才是那群外星人中最重要的兩個。

秦雨瞳道：「後來我娘發現凌嘉紫與眾不同，開始接近凌嘉紫，試圖查清她的來路，因為被凌嘉紫發現，所以才遭到了噩運，不然以我娘的身手和智慧，不至於被那些奸人所害。」她口中的奸人指的自然是眉莊和任天擎。

胡小天歎了口氣，安慰秦雨瞳道：「事情過去了那麼多年，你也不必傷心了，你的事情就是我的事情，我絕不會放過當年的那些罪人。」秦雨瞳發現的這件事證明當年僥倖逃生的天命者內部並不團結，其中的一個逃到了西川，並進入了五仙教，也正是因為他的出現直接造成了五仙教的發展壯大。

秦雨瞳道：「凌嘉紫都已經死了，還談什麼復仇？我娘對這些事看得很淡，她並沒有想讓我為她復仇，她愛我爹，最大的願望就是我們一家人平平淡淡地活著，可惜連這麼簡單的願望都無法實現。」她停頓了一下咬了咬櫻唇道：「小天，我好怕，我娘的事情會不會在我的身上發生？」不知為何，自從她懷孕之後這個念頭在腦海中反覆出現。

胡小天相信當年來到這個世界上的天命者內部也一定發生了分歧，他們之中也有善惡，有人始終沒有放棄返回故土的願望，而他們的一些後代已經將這裡當成了自己的故土，秦瑟顯然就是其中的一個。

胡小天輕擁著秦雨瞳道：「你放心，有我在，天下間沒有人能夠傷害到你。」

胡小天在沙洲牧場逗留三天之後，前往東梁郡，抵達當日，大雍過來了一位密使，此人乃是大雍當今皇上薛道銘的表兄董天將，董天將此次來訪並非是以官方身分，他此前去了邵遠探望兩位兄長，然後來到東梁郡拜會胡小天這位昔日的老友。

董家在大雍地位極高，是少數有資格和靖國公府相提並論的家族之一，董淑妃雖然死了，可是薛道銘登上了大雍天子之位，雖然李沉舟的目的是扶植一個自己可以掌控的傀儡，但是事情的發展卻並未順心如意，在短暫的低潮過後，薛道銘在董家和一幫老臣的支持下開始了反擊。

胡小天料到董天將此來絕不是敘舊那麼簡單，董天將見到他之後開門見山道：「王爺，我今次前來乃是奉了陛下的命令，和王爺商談一件要事。」

胡小天微笑道：「貴國長公主此前和我在康都剛剛見過面，如果天將兄也是為了兩國聯盟的事情，我只能說聲抱歉了。」他心中卻猜到董天將應該不是為了兩國聯盟而來。

董天將道：「長公主去康都談聯盟的事情可不是我們陛下的意思。」一句話就已經暴露出現今大雍國內深重的矛盾。

胡小天心中暗忖，董天將今次十有八九是為了和自己商談除掉李沉舟的事情，如果真是如此，大雍亡國也是必然的事情了。

董天將微笑道：「我家陛下準備送份禮物給王爺您呢。」

董天將拿出一幅地圖徐徐在胡小天的面前展開，這張地圖乃是大康和大雍的疆界，特別之處在於，兩國分界的地方重新用紅線標注。

胡小天只是在地圖上掃了一眼就已經明白，薛道銘是要以割讓土地作為代價，讓自己幫忙，不過他讓出的土地都不是什麼戰略要地，東洛倉除外，薛道銘將這座胡小天實際據有的城池慷慨地送給了他，總體來說就是一個大大的敷衍。

胡小天笑道：「這份禮物貴上想必花費了很大的心思。」他將地圖緩緩移到了一邊，顯露出對這份禮物的不屑。

董天將頗為愕然，在他看來大雍的任何一寸國土都不是多餘的，薛道銘今次已經做出了極大的讓步和犧牲，而看胡小天的樣子卻並不領情。他歎了口氣：「王爺覺得這還不夠？」

胡小天搖了搖頭道：「不是我不知足，看得出貴上誠意拳拳，只是我做人向來是有原則的，無功不受祿，我豈可無故接受貴上這麼大一份禮物。」

董天將這才明白胡小天因何要拒絕，他笑道：「其實我家陛下也有一事想要委託王爺去辦。」

「願聞其詳！」

董天將道：「陛下想和王爺聯手除掉一個人！」

胡小天暗忖，一切果然不出我之所料，薛道銘早就想除掉李沉舟乃是天下皆知的事實，只是他為何會找自己聯手？他故意做出深思熟慮的樣子，斟酌良久方才道：「我實在想像不出能夠幫得上貴上什麼？」

董天將道：「此前長公主前往康都，她的行程王爺應該瞭若指掌吧？」

胡小天心中暗笑，難不成自己刻意放出風聲已經天下皆知，都認為自己和薛靈君趁著這個機會偷情？李沉舟只怕已經被氣得暴走，天下人都會認為這廝被自己連綠兩次，可想而知這廝對自己的仇恨要到什麼地步。胡小天搖了搖頭道：「身為大康鎮海王，我每天要料理的事情有很多，又哪有那麼多時間去關注她的事情。」

董天將微笑道：「王爺雖然不清楚，可是我們對長公主的一舉一動都清清楚楚，她在康都待了幾天，都去見了什麼人，送了什麼禮物。」

胡小天點了點頭，薛道銘也不是尋常人物，明顯已經展開了對薛靈君的全方位監控，卻不知薛靈君露出了什麼馬腳？

董天將道：「長公主在康都曾經送了一幅字給貴國太師文承煥。」

胡小天道：「她在康都四處走動，送出的禮物不少。」心中已經感覺薛靈君的這份禮物非同尋常。

董天將道：「她送出的這幅字乃是大雍靖國公李玄感親筆手書的《菩薩蠻》。」

「我聽說靖國公乃是一代書法大家，他的墨寶想必是價值連城了。」

董天將道：「墨寶本身的價值還在其次，這幅《菩薩蠻》卻是靖國公在小兒子李明佐遇害之後所寫。」

胡小天點了點頭道：「果然珍貴！」他的語氣帶著淡淡的不屑。

董天將道：「最近我家陛下整理先皇遺物時，偶然發現了一些信函，這其中竟然有他和李明佐年輕時候的通信，追根溯源，原來先皇和李明佐曾經是同窗好友。李明佐在信中就流露出要為大雍臥薪嚐膽潛入敵營的宏大志向，看日期應該是不久之後他就遇害。陛下本來對書法就頗為喜好，見到書法大家的字跡往往會過目不忘，看到這封信感覺有些熟悉，仔細一想竟找到和李明佐書法風格相似的一個。」

「什麼人？」

董天將道：「貴國太師文承煥！」

胡小天其實也想到了文承煥，不然董天將剛才也不會特地提起。

董天將道：「一個人無論怎樣改變，就算是字體改變，可是筆法的習慣也有如烙印，無法從根本上清除，陛下於是讓人搜集了最近幾年文承煥的文書，和能夠找到的李明佐當年的墨蹟做對比，幾乎能夠斷定文承煥就是李明佐！」

這個消息對胡小天也極其震驚，董天將拿出兩份來自李明佐和文承煥的墨蹟遞給了胡小天。

胡小天展開一看字體完全不同，他在書法上的造詣不行，無法斷定是否是一人所寫。

董天將道：「此事不急，王爺只管慢慢讓人鑒別，王爺找到文承煥的書法應該不難，多找幾位書法大家來鑒別，應該不難判斷出其中的奧妙。」

胡小天點了點頭。

董天將道：「我家陛下的意思是……」

胡小天道：「我明白，此事若是落實，我自然會有所反應。」

康都籠罩在綿綿的秋雨之中，楊令奇冒著秋雨來到了御書房，永陽公主七七秀眉微顰，正緊盯著書案上的幾幅字，這幾幅字的共同特點是落款全都被遮住，楊令奇恭敬道：「公主殿下，不知您急著召臣過來有何要事？」

七七淡然道：「沒有事情就不能傳召你了？」

「臣不是這個意思。」楊令奇誠惶誠恐道。

七七指了指書案上的那幾幅字道：「你看看！」

楊令奇走進書案，將上面的字從頭到尾仔仔細細看了一遍。

七七道：「你能夠看出這些字究竟是幾個人的手筆？」

楊令奇道：「如果臣沒有看錯，這些字全都是一個人所寫。」

「你可仔細看了？是否能夠斷定？」

楊令奇點了點頭道：「臣能夠斷定，一個人的字體無論怎樣變，可是風骨無法改變，如同一個人可以胖瘦美醜，甚至能夠易容成為另外一個，但是他的骨骼無法改變，這些字絕對是同一個人的手筆。」

七七道：「以你在書法上的見解，你那麼說自然不會有錯了。」

楊令奇道：「不知這些字都是何人所寫？」

七七道：「文承煥。」她抬起眼掃了楊令奇一眼道：「難道你會看不出來？」

楊令奇微笑道：「落款被蓋住，臣只是覺得很像，公主不說臣也不敢斷定。」

七七道：「楊令奇，你最近變得圓滑了許多，如果本宮沒有記錯，你有日子沒在我耳邊說過胡小天的壞話了。」

楊令奇面露尷尬之色，訕訕笑了笑道：「做臣子的理應懂得察言觀色，公主想聽什麼，臣才敢說什麼。」

七七呵呵冷笑道：「那就是見人說人話見鬼說鬼話，在你心中，本宮究竟是人還是鬼呢？」

楊令奇恭敬道：「神！」

七七盯住楊令奇道：「這段日子我始終在想，若是有人潛伏在我身邊，出賣我的利益去討好他真正的主子，我應當怎麼對待他？」

楊令奇面不改色道：「那要看他的本意，像文承煥這種人，殺了也就殺了，若是能夠牽出李沉舟，大雍方面只會感激殿下。」他當然知道七七這句話說的不是文承煥。

七七道：「你當真以為我不敢殺你？」

楊令奇道：「臣死不足惜，只要臣的死能夠換來大康安寧，只要臣的死能夠換來公主和王爺重修舊好，臣死了也是值得的。」

七七哼了一聲道：「楊令奇啊楊令奇，過去本宮一直以為你是個老實人，可想不到你居然如此狡詐。」她也算看出來了，楊令奇看出自己不會殺他，這廝分明是胡小天一直埋在自己身邊的一顆棋子，自己過去也早就意識到，只不過沒有揭穿他罷了，現在自己和胡小天重修舊好，也斷了剷除楊令奇的念頭，可是心中又不甘這樣放過他。其實想想自己身邊像楊令奇這樣的人還真是不少，史學東不也是一個？

楊令奇算準了七七不會因為自己而跟胡小天反目，恭敬道：「臣對大康的忠心永遠不會改變。」

七七道：「是忠是奸不是嘴上說說便罷了。」她的目光重新落在書案上的那些字上，輕聲道：「文承煥潛伏大康多年，危害大康社稷，竊取大康無數情報，出賣給大雍，其心可誅，這件事就交給你去辦，務必要辦得風風光光，天下皆知。」

楊令奇道：「殿下想怎樣去辦？」

七七道：「你有什麼主意？」

楊令奇道：「若是借此揭穿文承煥的身分，在大康來說他自然是罪無可恕，但是在大雍他卻是一個捨生取義的忠臣義士，大雍李氏的清譽非但不會受損，反而會更上一層，若想讓他付出代價，反倒應當掩飾他身分的事實。」

七七道：「你的意思是不以叛國來辦他？」

楊令奇道：「欲加之罪何患無辭，隨便給他扣上一個罪名就能夠殺他，以臣之見，就辦他一個貪腐，抄家滅族，在這一過程中肯定會有太多意外的發現，劙除文承煥的同時又將麻煩贈送給大雍李氏，給大雍皇帝一個冠冕堂皇對付李沉舟的機會，即便是他搬不倒李沉舟，也可以讓李氏的名聲受損。」

七七點了點頭，輕聲歎了口氣道：「胡小天的手下沒一個好東西！」

胡小天接連打了幾個噴嚏，正在向他稟報軍情的余天星不得不停下說話等他，胡小天揉了揉鼻子，笑了笑道：「不好意思，可能有人在罵我？」

余天星笑了起來，天下間敢當面罵胡小天的只怕沒有幾個了。

胡小天道：「剛剛說到了哪裡？」

余天星道：「根據西川傳來的消息，李鴻翰和楊昊然之間新近衝突不斷。」

胡小天淡然笑道：「他只不過是一個傀儡罷了，應該是發現自己的真實處境，又不甘心被人操縱。」

余天星點了點頭道：「周王龍燁方已經死了。」

胡小天道：「對李氏而言他的使命已經完成，自然沒有留下他浪費糧食的必要。」想想龍燁方這一生的命運也實在太過悲慘，年輕時被父親忽視，後半段卻又淪為了李氏的階下囚，成為李氏抗衡朝廷的工具，到最後終究還是沒有逃脫慘死的命運。

胡小天將那幅董天將帶來的地圖遞給了余天星道：「對大雍的這份誠意，你怎麼看？」

余天星笑道：「只不過是敷衍罷了，東洛倉本來就在主公的掌控之中，不過從這件事卻可以看出大雍國內矛盾重重，薛道銘這個人的眼界終究有限。」

胡小天道：「攘外需先安內，換成我處在他的位子上也會首先解決國內的危機，李沉舟不除，他就無法真正掌控大雍的權力。只是為了除掉李沉舟，犧牲疆土，乃至不惜除掉文承煥，未免有些不惜代價了。」

余天星深有同感地點了點頭道：「這件事上主公不妨先答應他，等到除掉李沉舟之後對外披露此事真相，讓整個大雍都知道薛道銘殘害忠良，為了一己私欲剷除李氏的事實。」

胡小天道：「其實就算我們不出手，薛勝景也不會袖手旁觀。」

余天星笑道：「他若是肯跳出來當這個壞人，自然最好不過。」

胡小天道：「大雍的衰落不可避免。」

余天星道：「主公，現在天下的局勢雖亂，可是對我們來說倒不是什麼壞事，只要穩固和朝廷的關係，周圍疆域暫時沒有後顧之憂。」

胡小天點了點頭道：「人無遠慮必有近憂，咱們也不能安於現狀止步不前。」

余天星道：「主公所言極是，臣以為中原形勢暫時不可輕舉妄動，但是必須開始籌備破局。」

胡小天道：「你打算從哪裡開始破局？」

余天星道：「域藍國，我們已經佔據了安康草原，具備了攻打域藍國的條件，只要我們拿下域藍國，就可以控制黑胡從西部南下的咽喉，向西可以遏制沙迦人東進的步伐，也唯有如此方才奠定未來大國的基礎。」

胡小天道：「雖然我們佔據了安康草原，可是從安康草原到域藍國還需穿過茫茫瀚海，此番征戰或許會死傷慘重。」

余天星道：「任何帝國的開始都要以流血作為代價，黑胡人應當會在來年春天和大雍展開一場決戰，我們可以趁著黑胡大軍被大雍拖住之際，奇襲域藍國，等到其他國家發現此事的時候，一切已經成為事實。」

胡小天點了點頭道：「利用這段時間派人手以商團的形式潛入域藍國，盡可能減少我方的傷亡。」

余天星知道胡小天終於同意了自己攻打域藍國的計畫，面露喜色道：「是！」

胡小天並無一統天下的野心，可是降臨在這個時代，命運將他一步步推到了現在的境地，想要掌控自己的命運，就必須要掌控更大的權力，這個時代的生存法則就是如此，想要活得瀟灑，活得自在就必須遵照這個法則，讓法則來為自己服務。江北秋意漸濃，站在山腳下望去，遠山層林盡染，楓葉如火，秋水碧綠，微風都透著一股寒意。

維薩拎著一籃剛剛採摘的柿子走了回來，宛如堆滿了一只只橙紅色的小燈籠。胡小天迎上去接過她手中的籃子，感覺頗有分量，不由得笑道：「怎麼摘了那麼許多？」

維薩道：「雨瞳姐說她這兩日口味寡淡，所以我摘些給她改改口味。」

胡小天點了點頭，心中暗忖秦雨瞳應當是懷孕的緣故，自從回到東梁郡，這兩日自己都在忙於處理政務，還沒有來得及去同仁堂看過她呢。

胡小天道：「過兩日我就要走了，你們姐妹幾個相互照顧。」

維薩點了點頭，依依不捨道：「主人這次可不可以帶著維薩跟你一起去呢？」

胡小天笑道：「我去的地方不適合女人，再說這邊的事情也離不開你。」

維薩嗯了一聲。

胡小天道：「我這次離開的時間不會太久，你不用擔心。」

維薩道：「你去北疆會不會去找勝男姐姐？」

胡小天點了點頭道：「會！」有段時間沒有見到霍勝男了，自從她前往北疆探視養父尉遲冲之後，到現在都沒有回來。

遠處一騎向兩人的方向奔了過來，胡小天定睛望去卻是展鵬，展鵬來到近前翻身下馬，抱拳行禮道：「主公，西川來人了。」

胡小天道：「誰？」

「孟廣雄！」

孟廣雄現在已經是丐幫西川分舵的舵主，統管西川三十六個堂口。自從紅木川被天香國拿下之後，丐幫的勢力不得不選擇向西川轉移，孟廣雄權力增大的同時，壓力和責任也是倍增，龍曦月提拔了新近表現優異的幾個年輕骨幹從旁輔助，這其中就包括了安翟。

孟廣雄此番前來卻只是路過，他是要前往康都參加丐幫大會的，來東梁郡要向北多繞一個彎兒，如果不是有事面見胡小天，他也不會選擇多走那麼多路。

當晚胡小天在自己的私宅宴請了孟廣雄，酒過三巡，孟廣雄將西川的境況向胡小天稟報，胡小天上次離開西川之後，天香國方面開始策劃一場清除異己的行動，以楊昊然為首的那些人開始大刀闊斧地清除李天衡昔日的舊部，開始的時候還打著增強李鴻翰統治的旗號，可是很快就暴露出了本來面目，甚至對李鴻翰的親信也開始進行清剿，最大限度地剝奪李鴻翰的權力，李鴻翰感覺自身利益受到損害，他和楊昊然的衝突就變得不可避免了。

這和胡小天所掌控的情況大概相符，他點了點頭道：「李鴻翰很快就會失去利用的價值，到那天就是他的死期了。」

孟廣雄道：「楊昊然雖然掌控了西川權柄，背後也有天香國的支持，可是李天衡在西川那麼多年的經營也絕非白費，他還是培養了一大批忠誠手下，燕虎成就是代表。」

胡小天微笑道：「你和燕虎成相處得如何？」

孟廣雄笑道：「已經拜了把子，他現在是我的兄弟。」

胡小天道：「如此最好！」

孟廣雄道：「若是集合李氏舊部，再加上我們丐幫的力量，配合天狼山閻魁的力量，三方合力重新掌控西川應該不難。」

胡小天搖了搖頭道：「時機尚未成熟，什麼時候李鴻翰被拋棄，就是我們動手的時候了。」

孟廣雄道：「其實楊昊然也只是奉命行事，在他的背後還有周默和蕭天穆，他們都是天香國的人。」

胡小天道：「確切地說是徐氏的人，他們也只不過是被人操縱的棋子罷了。」

瞭解那麼多的內情之後，胡小天對這兩位結拜兄弟已經沒有了昔日的恨意，每個人都有自己的命運，周默和蕭天穆也是如此。

「主人！大事不好了！」維薩的出現打斷了兩人的談話。

胡小天看到她滿面惶恐的樣子，意識到可能出了大事：「怎麼了？」

「夏大哥被人襲擊受了重傷，現在已經送去了同仁堂。」

胡小天聽聞夏長明受傷，哪還坐得住，馬上動身前往同仁堂。

夏長明傷勢駭人，胸腹部似被利爪撕開，內腑都露了出來，若非他及時操縱鳥群逃離，只怕已經死在了對方的手裡，秦雨瞳已經幫他止住了出血，也讓方芳做好了手術的準備工作，只等胡小天到來為夏長明實施手術。

胡小天和夏長明相識多年，夏長明為他的大業立下無數汗馬功勞，兩人共同出生入死無數次，在胡小天心中不但將夏長明當成了忠實的部下，還當他是最好的戰友，最親的兄弟，看到夏長明傷得如此慘重，眼圈都紅了，他用力咬了咬嘴唇，如果傷害夏長明的兇手出現在他面前，他必然將之碎屍萬段。

秦雨瞳知道他和夏長明的交情，提醒他道：「你必須冷靜，夏長明沒有渡過危險期，我沒有把握能夠治好他，他的傷勢天下間可能只有一個人才能救治。」明澈的美眸凝望胡小天，顯然是在說，這個人就是胡小天自己。

胡小天深深吸了口氣，強迫自己冷靜下來，將心中的仇恨和憤怒全都驅趕出去，低聲道：「我去換衣，雨瞳，方芳，你們兩個給我當助手！」

胡小天等人緊張為夏長明做手術的時候，維薩走入同仁堂的後院，一名妙齡女郎被捆在廊柱之上，展鵬負責看守她，那女郎正是曾小柔。維薩道：「她是誰？」

展鵬怒視曾小柔道：「一個蛇蠍心腸的女人，是她設計害了長明。」曾小柔乃是胡小天去天香國途中在南津島救起，那時她還是銷金窟的歌女，夏長明救了她，在前往天香國的途中和她暗生情愫，可曾小柔非但不知感恩，最終選擇了背叛。

展鵬抽出短劍抵住曾小柔的咽喉道：「說！是誰派你來的？是誰設計陷害長明？」他向來通情達理，若非曾小柔陷害好友，也不會憤怒到幾乎要失去理智。

維薩道：「展大哥，好像有些不對。」她看出曾小柔顯得渾渾噩噩，精神渙散，絕不是因為恐懼，應當是精神被人控制。維薩本身就是攝魂術的高手，所以一眼就看出曾小柔的古怪之處。

展鵬放下短劍退到一旁，維薩盯住曾小柔的眼睛道：「若是睏了，你安心睡一覺就是。」她的聲音似乎存在著一種魔力，曾小柔聽到之後竟然沉沉睡了過去。

破解攝魂術最好的辦法就是讓一個人徹底迷失意志，然後再將之喚醒，有些像常說的置死地而後生。

維薩伸出手去，扶住曾小柔的肩膀，然後抽出髮簪，以髮簪的尖端去刺曾小柔右手虎口穴道，劇痛之下曾小柔驚醒過來，尖叫了一聲，雙目充滿錯愕地望著眼前的一切：「這是哪裡？」當她看到展鵬，不由得心中一驚，轉身就逃，展鵬豈能放任她這樣離去，怒喝道：「你再敢逃，我就讓你血濺五步！」

從院門處走入了一個黑瘦漢子，正是熊天霸。曾小柔看到所有道路都已被人封堵，只能停下腳步，黯然道：「對付一個弱女子，又何必興師動眾。」

展鵬怒道：「你還有臉說自己是弱女子？夏長明被你害成如此慘狀，枉他對你一往情深，你恩將仇報，心腸何其歹毒？」

曾小柔聽他這樣說不由得驚慌起來：「你說什麼？長明？長明他怎麼了？」因為心中過於關切，情急之下眼淚竟然簌簌而落，展鵬只當她是偽裝。維薩卻知道曾小柔剛才根本是意識被人控制，只怕她做過什麼根本就不知道。

熊天霸道：「娘的，我都看不慣這虛情假意的女人，讓我抓她去餵熊！」

曾小柔淚流滿面道：「你們要殺就殺，只求你們告訴我長明現在在哪裡？他怎樣了？」

展鵬和熊天霸都認為她是故作可憐，誰也不會被她的眼淚欺騙，曾小柔撲通一聲就跪了下來，抽抽噎噎道：「我根本就不記得見過長明，我又怎會害他……這世上我最不肯傷害的人就是他……徐鳳舞讓我去騙他，我根本沒有答應……你們相信我……我願意為長明去死……」

「別信她！」熊天霸氣沖沖道。

一旁響起維薩幽然歎息聲：「你自然不懂女人！」

熊天霸頂撞道：「就你懂！」可馬上又意識到是維薩，不好意思地吐了吐舌頭道：「維薩姐姐，你跟她自然不一樣，你對我三叔那是真的好。」

維薩上前將曾小柔攙扶起來道：「有人用攝魂術控制了你的意識，你在失去意識的狀態下將夏長明約到了某個地方，佈局的人事先在那裡設下埋伏，意圖加害夏大哥，而且他們應當是以你的性命作為要脅，逼迫夏大哥就範，夏大哥拚了性命帶著你逃了回來。」

曾小柔聽到這裡已經是泣不成聲。

熊天霸見不得女人哭，看到曾小柔哭得如此傷心，心中居然有些不忍，嘟囔著：「別哭了，大不了我不拿你餵熊就是。」

展鵬卻是將信將疑。

維薩將曾小柔從地上攙扶起來，輕聲勸道：「目前夏大哥正在接受救治，還沒有脫離危險，結果如何還很難說。」

曾小柔淚如雨下：「帶我去見他，他若是死了，我也不活了……」

維薩道：「你知不知道究竟是什麼人對你施加了攝魂術？」

曾小柔道：「一定是徐鳳舞。」

展鵬道：「就是南津島銷金窟的掌櫃。」

維薩道：「你有沒有辦法找到他？」

曾小柔搖了搖頭，又哭了起來，維薩看到她情緒幾近崩潰，也不忍繼續詢問。

眾人等了約莫兩個時辰，方才看到方芳陪著秦雨瞳從手術室中走出，所有人全都圍了上去，關切道：「怎樣？」

方芳道：「去端杯茶過來！」卻是秦雨瞳的身體已經撐不住了，臉色蒼白，額頭上佈滿虛汗。眾人慌忙早來椅子，維薩和方芳兩人扶著她坐下了，秦雨瞳接過熊天霸端來的茶，喝了幾口，舒了口氣，欣慰道：「你們放心吧，小天出手，夏大哥這條命總算保住了。」

眾人聽到這天大的好消息，一個個笑顏逐開。

維薩道：「姐姐，我扶你去房內休息。」秦雨瞳點了點頭，和維薩一起去了。

方芳道：「王爺正在進行最後的縫合，馬上就會出來了。」其實這些工作完全可以由助手來做，可是胡小天堅持要自己完成，足見夏長明在他心中何其重要。

又過了一會兒，方才見到胡小天出來，他向方芳低聲交代了幾句，這才來到眾人面前，目光落在曾小柔的身上，曾小柔雖然對夏長明的安危關切到了極點，可是又不敢跟他說話，總覺得夏長明現在的狀況全都是因為自己的緣故，充滿愧疚地低下頭去。

胡小天道：「長明神志模糊的時候，仍然關心著你的安危。」

曾小柔心中愧疚難當，嚶的一聲又哭了起來。

胡小天道：「誰把長明害成這個樣子？」

此時空中傳來一聲雕鳴，卻是夏長明的兩隻雪雕從空中俯衝而下，其中一隻雪雕身上也是血跡斑斑，其實這兩隻雪雕在空中盤旋已經很久，牽掛主人的安危，直到胡小天現身，牠們方才降落在地面之上。

胡小天檢查了一下雪雕身上的傷勢，發現那隻雪雕的身上還留有一支黑色的箭鏃，顯然這隻羽箭餵毒了，幸虧雪雕體質奇特，方才撐到了現在，胡小天叫來維薩，讓她將洗血丹化開，讓雪雕飲下，又親自幫助雪雕處理了身上的傷口，還好這隻雪雕的身上並沒有致命傷。

沒有受傷的那隻雪雕此前去了北方召喚飛梟，想不到居然也回來了，胡小天心中暗忖，既然牠都回來了，難道說飛梟也已經來到了東梁郡？

夏長明於黃昏時分甦醒，曾小柔雖然心中迫切想去探望，可是又擔心眾人懷疑她會對夏長明不利，不敢提出這個要求，還是胡小天主動提出讓維薩陪她去探望夏長明。

曾小柔原本哭得已經沒有了淚水，可是看到夏長明渾身裹滿白布的慘狀，一時悲從心來，淚水又簌簌而落。

夏長明看到曾小柔艱難道：「你沒事吧？」

曾小柔見他重傷未癒，想到的仍然是自己的安危，心中愧疚更甚，泣不成聲道：「長明我對不住你，唯有一死來報。」

夏長明搖了搖頭：「……我知道……你也不想的……」他的手顫抖著伸向曾小柔，曾小柔雙手將他的手握住。

夏長明道：「別走了好不好？」

曾小柔含淚點頭：「趕我都不走，這輩子……是死是活都留在你的身邊……」

維薩悄悄退出了門外。

胡小天見她回來：「怎麼了？」

維薩輕聲歎了口氣道：「再待下去只怕我也要跟著哭出來了。」

胡小天道：「曾小柔被人利用，長明看出這一點，所以拚命將她救了回來。」

維薩道：「有沒有說是什麼人做的？」

胡小天道：「羽魔李長安，獸魔閻虎嘯，背後策劃者是徐鳳舞！」他的目光投向那隻受傷的雪雕道：「雪雕能夠找到他們的藏身處，這筆帳我會跟他們清算。」

此時曾小柔紅腫著眼睛走了出來，她向胡小天道：「恩公，長明找您。」

胡小天點了點頭，轉身進入房內。

夏長明雖然重傷，可精神還算不錯，可能是終於贏回了曾小柔的芳心，人逢喜事精神爽。

看到夏長明擺脫了危險，胡小天也是從心底感到欣慰，他微笑道：「長明，有什麼事以後再說，你先好好休息，回頭我安排曾小柔照顧你。」

夏長明道：「你……是不是還在懷疑她？」

胡小天搖了搖頭道：「維薩已經幫她解除了攝魂術，她之所以將你約到那裡是因為中了徐鳳舞的攝魂術。」

夏長明點了點頭道：「雪雕怎樣？」

胡小天道：「沒事，皮糙肉厚的，只是一些皮外傷，現在正攢足了勁兒要幫你復仇呢。」

夏長明指了指對面窗口的位置，一隻黑吻雀振翅從窗口飛了進來，夏長明道：「雪雕……雖然能夠找到出事的地方，可是他們肯定已經離開，我逃走之時……放出一隻黑吻雀跟蹤……牠能夠將你們帶到地方。」

胡小天點了點頭：「你放心吧，這個公道我一定幫你找回來。」

東梁郡和東洛倉之間有一座山巒，名為定金山，因為地殼運動的緣故，山峰中斷，其中現出一道裂谷，也是穿越定金山的必經之路白臘口，昔日胡小天奇襲東洛倉的時候，就派熊天霸在白臘口阻擋大雍兵馬，熊天霸只帶了一百人就在白臘口阻擋對方近一萬五千人大軍，擊殺大雍驍將付平，也是依靠那一戰揚名天下。

熊天霸今次故地重遊，不過現在他的身邊並沒有一百戰士，而是多了三頭巨熊，這三頭巨熊乃是他從小馴養，體型甚巨，巨熊本身就皮糙肉厚，幾乎稱得上刀槍不入，熊天霸為了增強牠們的防禦力，特地請宗唐為巨熊定制了甲冑，進入白臘口之後熊天霸從巨熊中的老大身上跳了下來，三頭巨熊，同時直立起身形，星光之下宛如三個魁梧雄壯的巨人。

熊天霸搖晃了一下腦袋，伸出手去，三頭巨熊頗有默契地將右掌伸出來跟他碰了一下，熊天霸抬起頭來，卻見頭頂兩道白色光影翱翔於夜空之中，在白色光影之間還有一隻巨大的黑影，黑影展開雙翼遮住了月光，投影在下方一人三熊的身上。

胡小天傲立於飛梟背上，兩隻雪雕一左一右飛行在飛梟身旁，展鵬騎乘在右側雪雕背上，他今晚的任務主要是負責在空中對熊天霸進行掩護。

熊天霸則承擔著製造動靜吸引對方注意力的任務，一旦對方出現，胡小天第一時間鎖定對手將之剷除，雖然這裡是他的勢力範圍，可是並不適合太多人前來圍殲，因為面對的三人中有兩人是這世上第一流的馭獸師，胡小天也不想造成太多無辜的傷亡。

他向展鵬點了點頭，操縱飛梟向更高處飛去，雪雕帶著展鵬緊隨著下方的熊天霸。

熊天霸和三隻巨熊已經開始向定金山北峰攀爬，在他們的前方，一隻黑吻雀正在引領著道路。

夏長明之所以同意胡小天前來，是因為飛梟的歸來，飛梟的存在有若定海神針，可以確保胡小天在和羽魔李長安、獸魔閻虎嘯的對戰中不落下風。

熊天霸的三頭巨熊雖然是第一次出戰，可是其實力也極其驚人，這三頭巨熊血統純正，而且熊天霸從小馴養，夏長明專門教給了他驅馭巨熊的方法，這種方法需要時間和耐心，通常要比普通馴獸付出數倍的精力和心血，但是最大的好處在於，一旦訓練成功，寵獸不會再被別的馭獸師所操縱。

定金山北峰有一處山窪，名為落星原，落星原生滿楓樹，正值秋日，楓葉如火，秋風輕拂，楓葉沙沙作響，紅色的楓葉在夜色中搖動，月光之下宛如燃燒的火焰一般。

在楓樹林中卻當真有一堆篝火在燃燒，三人神情鄭重圍坐在篝火旁飲酒，其中一人只剩下了一條左臂，正是羽魔李長安，在他對面坐著的卻是昔日和他生死相搏的獸魔閻虎嘯，兩人曾經是勢不兩立的仇家，如今能夠放下恩怨坐在一起，無非是因為共同的利益驅使。

不過兩人顯然未能放下心中的仇怨，彼此的眼中仍然隱藏著怨毒，偶然接觸在一起就迸射出仇恨的火花。

另外一人身穿藍色長袍，相貌儒雅，正是南津島銷金窟掌櫃徐鳳舞，也是徐氏重要的一個人物，他拿起酒壺飲了一口然後遞給了獸魔閻虎嘯道：「相聚一起就是有緣，不如咱們同乾了這一壺酒。」

閻虎嘯仰首灌了幾口，然後將酒壺扔給了李長安，李長安左手接住酒壺，卻沒有飲酒，重新扔還給了徐鳳舞：「我從不飲酒。」

閻虎嘯陰惻惻道：「徐掌櫃，有人不肯給你面子呢。」

李長安冷笑道：「既然面對面坐著何必挑唆，有什麼話不妨直接說出來。」

一言不合，衝突即將上演，徐鳳舞慌忙勸道：「大家都是自己人，同桌一條船，千萬不要傷了和氣。」

閻虎嘯道：「那夏長明必死無疑，為何還要在這裡守著？」

徐鳳舞道：「殺夏長明只是第一步，接著我們還要剷除秦雨瞳。」

李長安道：「我可不是殺手。」

徐鳳舞道：「總之你們幫我做完這件事，你們和徐氏的事情從此一筆勾消。」

閻虎嘯忍不住道：「這樣的事情什麼時候才能結束，我焉知剷除秦雨瞳之後你會不會還有其他的要求？」

徐鳳舞道：「只有這個要求，沒有當場殺死夏長明，就是要讓他回去救治，至於曾小柔，已經被我控制住，她的使命就是去殺掉秦雨瞳，如果她成功，自然用不著我們出手，如果她失敗了，我們還需親自動手。」

李長安道：「秦雨瞳能救活他嗎？」

徐鳳舞道：「只怕她沒那個本事，不過……」他想起胡小天為曾小柔斷肢再植的事情，心中暗忖若是胡小天出手或許還有可能。

就在此時，樹林外忽然傳來一聲淒厲的狼嚎。

三人同時站起身來。

李長安發出一聲呼哨，身軀騰空而起，一道白光從樹梢飛掠而下，卻是一隻雪雕，李長安穩穩落在雪雕背上，隨著雪雕升騰而起，第一時間看到楓林外的情景，但見四條黑影正在迅速向這邊靠近，剛才已經被負責警戒的青狼發現了他們的行蹤，所以出聲示警。

李長安飛身躍上雪雕背上的剎那，一道如同閃電的黑影也從楓林深處倏然而至，直奔獸魔閻虎嘯而來，閻虎嘯飛身跨上黑豹的背脊，雙腿一緊，黑豹帶著他已經向楓林外追風逐電般奔去。

熊天霸並未想到自己暴露得如此之快，他轉身看了看熊大熊二熊三，三隻巨熊小眼睛閃爍著無辜，好像都認為自己的動作不大，應該不會暴露行蹤。

熊天霸歎了口氣道：「怪我咯？」

此時從楓林中傳出一聲淒厲的嚎叫，隨著這聲嚎叫，四面八方數千隻青狼潮水般向熊天霸他們席捲而來，熊天霸滿面愕然，剛才還平靜的落星原，怎麼這會兒就出現了那麼多的野獸，實在是想不透這些青狼剛剛藏在哪裡的？

既然已經暴露，熊天霸自然也沒什麼好怕，他哇呀呀怪叫道：「熊孩子們，大展拳腳的時候到了！」揚起大錘衝向狼群，三頭巨熊雖然是首次作戰，可是表現出的勇猛和彪悍絲毫不遜色於熊天霸，攻擊的速度還要超出熊天霸，三頭巨熊已經先於熊天霸衝入狼群，掄起厚重的熊掌，只聽到蓬蓬蓬之聲接連傳來，十多頭青狼已經被熊掌拍上了半空。

楓林之中白光一閃，卻是李長安騎乘雪雕飛出，看到眼前情景他微微一怔，驅馭雪雕扶搖而上，同時取下胸前銀笛，召喚群鳥準備從空中發動攻擊。

胡小天自始至終都在高空中俯瞰下方狀況，看到李長安出現，馬上發出一聲低喝，飛梟和胡小天的配合已經到了心意相通的地步，他剛一發出指令，飛梟就從高空中向下方俯衝。

山林之中成千上萬的山鳥被羽魔李長安召喚，有若黑煙一般升騰而起，密密麻麻在虛空中聚攏成為雲層，李長安正在排列陣型時，視野中卻出現兩道白色光芒，他辨認出是兩隻雪雕，心中一陣愕然，難道夏長明去而復返？這廝的傷勢怎地恢復得如此神速？李長安驅馭雪雕悄然向那兩隻雪雕靠近，卻不知螳螂捕蟬黃雀在後。

聽到鳥雀的聲音變得嘈雜急促，流露出前所未有的驚恐，轉身抬頭望去，卻見空中的鳥群形成的烏雲從中破出了一個大洞，一隻巨大的飛梟宛如鬼魅一般無聲無息向下方俯衝而來，在飛梟的背上，一名身材挺拔的男子傲然而立，手中握著一柄烏沉沉的玄鐵劍，他雖然未曾出劍，可是殺氣卻如同一柄出鞘的利劍，撕裂虛空向自己逼迫而來！

李長安最厲害的並非武功，而是驅馭鳥雀的本領，然而他的這種本領在胡小天面前並無任何作用，胡小天的坐騎飛梟一出現，原本被李長安召喚而來的鳥群就陷入慌亂之中，李長安雖有羽魔之稱，卻無法操縱飛梟。

熊天霸和三頭巨熊就是為了吸引他們三人的注意力，而胡小天在空中等待時機，一旦對方正主兒出現就發動攻擊，格殺勿論。

破天一劍以不可匹敵的勢頭向李長安劈斬而去，李長安慌亂之間不敢硬碰硬接他的一劍，本想指揮雪雕帶領自己逃離，可是雪雕的速度要遜色於飛梟不少，李長安吹奏銀笛，試圖利用空中的鳥兒在身後形成屏障，阻擋胡小天的攻擊，只要能夠阻擋胡小天進攻的勢頭，自己就能夠獲得喘息之機，從他眼皮底下逃離。可是那些鳥兒已經被飛梟嚇破了膽子，完全處於失控狀態。

李長安看到眼前勢頭已經知道不妙，情急之中，竟然從雪雕身上騰躍而起，同時一聲呼喝，那雪雕雖然惶恐，可是在危急關頭仍然記得保護主人，奮不顧身地向胡小天和飛梟撲去。

在李長安騰空躍起的同時，胡小天也是飛掠而起，飛梟低鳴一聲，頸部黑翎根撲來。

根豎起，那雪雕體型幾乎比牠小上一倍，卻仍然勇敢無比，宛如飛蛾撲火般向飛梟撲來。

飛梟身軀雖然魁偉可是動作卻快捷如電，宛如一道黑色弧光，躲過雪雕的進攻，繞飛到雪雕的身後，一雙利爪扣住雪雕的雙翼，堅硬有力的嘴喙一口叼住了雪雕的頸部，猛地一擰，只聽喀嚓一聲，可憐那雪雕的頸骨就已經被牠擰斷，雙爪用力一分，將雪雕的屍身撕成兩半，夜風吹拂，虛空中如同下起了一陣血雨。

李長安剛剛脫離雪雕的背上就目睹雪雕被飛梟殘殺的情景，心中悲傕難以名狀，對他而言這世上最親近的就是這隻雪雕，若非為了保住自己的性命，他無論如何也不會將之放棄，可縱然如此，仍然沒有逃脫出胡小天追殺的範圍，但見一道寒光從頭頂直墜而下。胡小天的破天一劍如影相隨，李長安揮起長刀去擋，他現在的內力根本無法和胡小天抗衡，不到逼不得已，他也不會選擇和胡小天硬碰硬交鋒。

玄鐵劍籠上一層青濛濛的光暈，甚至連胡小天的身上也是，李長安感覺到空中如同多了一柄長達數丈的巨劍，挾風雷之勢向自己劈來，明知無法抵擋，卻不得不硬著頭皮去擋，長刀遇到玄鐵劍根本不堪一擊，瞬間支離破碎，李長安眼睜睜看著長刀破碎，僅剩的左臂被劍氣攪碎，他聞到了自身血腥的味道：「且慢……」李長安大聲喊道，試圖以這聲呼喊來換取一線生機，然而篤定殺機的胡小天根本不會給他半點機會。

玄鐵劍將李長安的身軀一分為二，幾乎和雪雕的屍體同時向下方墜落，飛梟俯衝到胡小天的身下，穩穩將主人托住。

展鵬接連施射，在空中掩護熊天霸和三頭巨熊，事實上這凶猛的四大金剛根本不需要他的掩護，一人三熊衝入狼群如入無人之境，狼群很快就意識到對方實力的可怕，雖然源源不斷地湧上，可是真正敢靠近內圈和他們四個正面衝突的卻是越來越少。

前方狼群如排浪般分開，獸魔閻虎嘯騎乘黑豹猶如一道黑色閃電般迅速向熊天霸靠近。

熊天霸第一時間發現了對方的身影，野獸般嚎叫了一聲，騰空飛掠而起，穩穩落在熊大寬厚的背脊上，熊大大吼一聲，啪！的一掌將一頭意圖偷襲的青狼拍向半空之中，那青狼半邊腦袋已經被打得血糊糊一片，顯然無法活命了。熊大背著熊天霸撒開四蹄向獸魔閻虎嘯迎去，群狼紛紛閃避，熊天霸手中雙錘風車一般揮舞，所到之處，青狼紛紛被擊殺倒斃。

獸魔閻虎嘯高舉狼牙棒，雙目凶光畢露，他的喉頭發出類似於熊嚎的怪嘯，論到操縱走獸之道，閻虎嘯天下首屈一指，他想要控制熊天霸胯下的那頭巨熊。

閻虎嘯和李長安兩位馭獸大師卻都犯了同樣一個錯誤，他們認為以自身的本領可以在短時間內控制周圍的任何飛禽走獸，輕易完成以眾敵寡的包夾戰鬥，可以把任何的單打獨鬥變成以眾凌寡，然而他們都沒有料到對方帶來的寵獸全都擁有著特質，飛梟的強大自不必說，即便是熊天霸的這三頭巨熊也是從小馴養，為了防止被其他馭獸師控制，夏長明專門教給熊天霸馴養的方法，可以說巨熊的心理防禦能力極其強大，即便是閻虎嘯，也無法在短時間內將牠們控制住。

閻虎嘯看到自己的馭獸術對巨熊沒有作用，心中不由得一沉，眼看兩人已經接近，他自忖膂力強大，天下間罕有人及，於是揚起狼牙棒，向熊天霸橫掃而去。

熊天霸每一場戰鬥都是實打實硬碰硬，哇呀呀大叫一聲，雙錘照著狼牙棒就砸了過去，兵器空中相撞，只聽到一聲巨響，震得閻虎嘯雙臂發麻，胸口一熱，喉頭一甜，險些沒有一口老血噴出來。

身體搖晃了一下，竟然無法坐穩黑豹的背脊，失去平衡跌落下去。

熊天霸看到他從黑豹身上掉落，也一個箭步從熊大身上跳了下去，大錘一揚照著閻虎嘯的腦袋問候而去。

黑豹看到主人遇襲，張開血盆大口向熊天霸的手臂咬去。熊大不甘示弱，熊掌一揮意圖將黑豹打飛，想不到黑豹一場靈活，頭頸一扭，竟然咬住熊大的右前肢，還好熊大皮糙肉厚，沒有被牠鋒利的牙齒洞穿肌膚。饒是如此，也被咬得好不疼痛，痛得哀嚎一聲。

熊三和熊二聽到熊大慘叫，同時向這邊望來，發現熊大遇險，馬上向這邊飛奔救援。

黑豹咬住熊大前肢死死不放，熊三率先趕到，魁梧的身軀將黑豹撲倒在地，熊二隨後趕至，一口將黑豹的命根子給叼住了，熊大看到兩兄弟全都到來相助，頓時精神抖擻，揚起自由的左前掌，啪啪不停地砸在黑豹的腦袋上。

黑豹雖勇猛，可是面對魁梧彪悍的三頭巨熊也完全落在下風，被熊家三兄弟完虐。哀嚎聲中已經被熊二活生生給太監了，熊三覷準機會，一口咬住黑豹的頸部。

黑豹被三熊圍攻，獸魔閻虎嘯的處境也好不到哪裡去，熊天霸步步緊逼，連續又是三錘，雖然閻虎嘯全都用狼牙棒擋住，可是一次比一次吃力，熊天霸的力量強出他太多，閻虎嘯終忍不住噴出了一口鮮血，他慘叫道：「且慢，我有話說……」

「說你娘啊！」熊天霸才不給他說話的機會，倭瓜大小的鐵錘噗地一聲將閻虎嘯的腦袋開了瓢。兩名天下最頂級的馭獸師甚至連話都沒多說一句，就稀裡糊塗地丟了性命。

他們一死，原本受他們召喚驅馭的鳥獸自然四散而逃，青狼陣列不攻自破。

徐鳳舞沒有馭獸之能，這反倒成為他能夠多活一些時間的原因，本來他以為又要看一場圍殲的大戲，卻想不到沒過多久就發現形勢不對，先是看到李長安被一劍擊殺，然後看到群狼四散而逃，雖然沒有親眼目睹獸魔閻虎嘯被殺，可是從陣勢上已經猜到閻虎嘯十有八九遭遇了不測。

徐鳳舞不敢上前看個究竟，趁著此時悄悄向楓林深處逃去，試圖在突襲者沒有發現自己之前逃離，就快逃出楓林之時，卻看到前方一個人影站在那裡。徐鳳舞心中吃了一驚，不得不停下腳步，定睛一看，卻是胡小天笑瞇瞇擋住了自己的去路。

徐鳳舞向來是個笑面虎，他也笑瞇瞇道：「我當是誰，原來是小天啊！」若是從徐鳳儀而論，他還是胡小天的舅舅呢。

胡小天微笑道：「我當是誰，原來是你。」

徐鳳舞道：「當真是人生何處不相逢，小天，你仔細看看我，難道不認識我了？」他擅長攝魂之術，只要胡小天留意觀察自己的眼睛，他就可以趁胡小天不備控制他的精神，他又怎知道胡小天身邊就有維薩這位攝魂術的大師，雖然胡小天的攝魂術不怎麼樣，可是胡小天為了以防萬一，可從維薩那裡學到了不少抵禦精神控制的方法。

胡小天果然向他望去。

徐鳳舞心中暗喜，道：「我眼睛好癢，你看我眼睛裡有什麼？」月光之下，他的眼睛竟然泛出碧油油的色彩。

胡小天道：「有啊！有啊！有啊！」

「有什麼？」徐鳳舞的眼神變得越發妖異。

胡小天道：「有屎嗳！」說話的同時，出手如閃電，兩隻手指狠狠插在徐鳳舞的雙目之上，徐鳳舞壓根沒有料到他的出手竟如此迅速，眼前一黑，然後感到撕心裂肺般的劇痛，他慘叫一聲抬腳向對面踢去，沒等踢到對方，已經被胡小天一拳打得橫飛了出去。

胡小天在衣角上擦去手指上的血跡，不屑望著在地上打滾哀嚎的徐鳳舞道：「雕蟲小技豈能入得大雅之堂？」

徐鳳舞慘叫道：「你好毒……」

胡小天道：「以其人之道還治其人之身，我這人最大缺點就是心腸軟了些。」

此時熊天霸帶著三頭巨熊拎著獸魔閻虎嘯的腦袋趕到了現場，展鵬也協同雪雕來到了胡小天的身邊。看到胡小天已經擒獲了徐鳳舞，證明他們今晚的突襲行動已經取得了圓滿成功。

胡小天道：「徐鳳舞，我給你一個活命的機會，刺殺夏長明究竟是誰的命令？除此以外，你們這次還有什麼計畫？」

徐鳳舞雙目被廢，血流滿面，他抬起頭來朝向胡小天說話的位置，呵呵狂笑道：「不知死活的東西，你知不知道你在跟誰對抗？你今日之所為必然會為你招來天譴，胡小天，你一定會死無葬身之地……」說到這裡他直挺挺倒在了地上，展鵬走過去一看，只見徐鳳舞臉色發青口吐白沫，已經氣絕身亡了，轉身向胡小天道：

「他口中暗藏了毒藥，服毒自盡。」

胡小天點了點頭，雖然沒有從徐鳳舞口中問出更多的東西，不過這也沒什麼好遺憾的，他能夠斷定這件事一定是徐氏在背後策劃，他們想要從自己的身邊下手，剪除自己的朋友和親人，只不過從一開始就遭遇到了自己的強勢反擊。

飄香城藍屏苑，胡不為端著一杯早已冷卻的茶盞，靜靜望著空中的浮雲，已經進入了深秋，飄香城的天氣卻依然炎熱，他不喜歡這樣的天氣，這樣的氣溫讓人的心情格外煩亂無法沉靜下來。

徐鳳眉悄然出現在他的身後，在距離胡不為一丈處停下了腳步，咬了咬櫻唇道：「你找我？」

胡不為點了點頭，並未轉身，沉聲道：「新近傳來了許多不好的消息。」

徐鳳眉道：「不知你指的是哪方面？」

胡不為緩緩轉過身去，雙目凝視著徐鳳眉道：「徐鳳舞、閻虎嘯、李長安全都死在了胡小天的手裡，這件事你不會不知道吧？」

徐鳳眉道：「這也是老太太的意思，胡小天最近做了一系列危害徐家利益的事情，清除了梁大壯和香琴，還殺掉了蘇玉瑾，徐家在康都這麼多年的經營幾乎被他全都毀去，就連慕容展也因為蘇玉瑾的死受到了巨大的刺激，不再聽從我們的指揮，若是不給這小子一點教訓，他只會更加猖狂。」

胡不為冷笑道：「老太太根本不問世事，她心中想著的只有長生，這些事她又怎會知道？」

徐鳳眉道：「她將外面的事情交給了我，我必須有所反應。」

「為什麼在事前沒有告訴我？」胡不為的語氣充滿了不悅。

徐鳳眉道：「本來以為是小事，不必讓你心煩，可是沒想到事情並沒有想像中順利。」

胡不為道：「好端端地，你又何必去招惹他？」

徐鳳眉唇角露出一絲嘲諷的笑意：「難道你心中仍然將他當成你的兒子？」

胡不為搖了搖頭道：「我一直要你隱忍，老太太已經這麼大了，哪天說沒就沒了，你又何必急於一時，若是讓她懷疑到我們……」

徐鳳眉道：「只怕我們死了她都未必死！」

胡不為用力咬了一下嘴唇，徐鳳眉的這句話顯然戳中了他的痛處。

徐鳳眉道：「我受夠了，任何事都要在她的指揮之下，她已經整整五年不過問外面的事情，你一直謹小慎微，每件事都要向她稟報，可結果呢？她老了，她已經不再問這些事，你總是不信，我就是要做些事，就是要看看她的反應！」

胡不為道：「小不忍則亂大謀，我們都已等了這麼久，何必在乎多等幾年？」

徐鳳眉道：「你風風光光，你跟那個龍宣嬌你儂我儂，我呢？這些年來？你有沒有想過我的感受？」

胡不為壓低聲音道：「鳳眉，你不是不知道老太太的規矩，若是讓她知道你我之間的事情，只怕她會不惜代價毀掉我們！」

徐鳳眉呵呵笑道：「你怕她，你仍然怕她！她早已不是過去的那個老夫人，她老了，就快老得連自己的事情都管不了了。」

深秋的北疆已經有了嚴冬的氣息，一夜秋霜，草木潔白，白山黑水之中，兩騎馬一前一後奔行到囚龍山之上，在山巔停住，東方一輪紅日正一點點從地平線露出頭來，將遠方白茫茫的曠野染上了一層紅暈。

大帥尉遲冲濃眉緊鎖，表情嚴峻而沉重，事實上這一年來他的心情從未有絲毫放鬆，和他並轡而立的年輕將領面色白皙，留著兩撇八字鬍，仍然掩飾不住眉目中的清秀之氣，卻是女扮男裝的霍勝男，她是尉遲冲的養女，一年前來到北疆探望養父，發現養父艱難的處境，於是就決定暫時留了下來照顧尉遲冲，當然她還懷抱著一個更為重要的任務，良木擇禽而棲，尉遲冲在堅守北疆的同時，還承受著來自大雍國內的質疑和前所未有的巨大壓力，明眼人都可以看得清尉遲冲的未來，如果北疆失守必然是戰死沙場的結局，如果僥倖取勝，那麼大雍國內的政治勢力也不會饒他，鳥盡弓藏，兔死狗烹，尉遲沖的下場不容樂觀。

尉遲沖的目光轉向北方，從他現在所處的位置可以清晰地看到黑胡人已經開始撤去行營，向北方後退，一年中最寒冷的季節就要來臨，在這樣的季節中發生戰爭是最為不智的行為，黑胡人將會回撤到擁藍關內，從現在開始，雙方將會擁有一個三到五個月的休戰期。

尉遲沖歎了口氣，心中並沒有因為冬歇期的到來而有任何放鬆的感覺，反而感到說不出的沉重，因為他明白，戰爭並沒有離他遠去，用不了多久就會捲土重來。

霍勝男道：「義父，黑胡人撤軍了。」

尉遲沖點了點頭，淡然笑道：「周而復始，無止無休！」

霍勝男道：「如果戰事再持續半個月，只怕我方的糧草就已經供不上了。」

尉遲沖的雙目中流露出悲哀的神情，從軍糧的供給上，他就已經知道大雍國內經濟出現了極大的問題，自從薛勝康駕崩之後，大雍國內天災不斷，固然這是一個重要的原因，可更重要的原因卻是源於國內政權的爭奪，李沉舟集團和薛道銘集團的爭奪已經漸趨白熱化，而燕王薛勝景雖然人間蒸發，但是他的影響力並未從大雍消除，不時在國內興風作浪。

無論是李沉舟還是薛道銘都想要將自己拉入陣營，他們的最終目的不僅如此，應該是要奪走自己手中的兵權。尉遲沖在這一年之中對麾下軍隊進行了大刀闊斧的整頓，將薛道銘和李沉舟安排在其中的心腹全都清除了出去，這並非是因為他想要獨攬軍權，而是他要確保軍隊的統一性，他需要一支絕對服從命令聽指揮的隊伍，不想自己的軍隊成為雙方政治鬥爭的工具，如果沒有他的主動決斷，恐怕現在的北疆早已失守。

朝廷理解也罷，不理解也罷，尉遲冲對自己的所作所為問心無愧，他要守住北疆，不僅為大雍，也是為整個中原的百姓，霍勝男正是因為這一點才堅持留在他的身邊。

望著身邊的養女霍勝男，尉遲冲的目光充滿了憐愛：「勝男，你來這裡這麼久了，為何還不回去？難道你就不想他們？」

霍勝男微微一笑，又怎能不想？胡小天的身影無數次出現在夢中，讓她夢牽魂繞，可是她又想為胡小天做些什麼，輕聲道：「義父身邊更需要人照顧。」

尉遲冲苦笑道：「我還沒老到需要人照顧的地步。」

霍勝男道：「難道您打算在北疆待一輩子？就算你不準備回去，難道也不打算去見見聘婷？她和柳玉城已經訂親了，明年的婚期也已經定下，身為父親你不準備參加他們的婚禮？」

尉遲冲歎了口氣道：「走不開啊！」

霍勝男道：「全都是藉口罷了，並非是走不開，而是您走不出自己給自己壘起的那道牆。」

尉遲沖沉默了下去，勝男說的沒錯，自己始終無法走出那道牆，自己給自己壘起的那道牆，自己是大康舊將，卻陰差陽錯成為大雍功臣，已違背了忠臣不事二主的道義準則，他何嘗不知道勝男的目的，這丫頭是想說服自己倒向胡小天的陣營，可是自己過不去這一關，明知大雍氣數走到了盡頭，可是仍然無法邁出這一步。

霍勝男道：「義父可曾聆聽將士的心聲？」

尉遲沖依然沒有說話。

霍勝男道：「保家衛國，這些將士為大雍浴血奮戰，保衛疆土之時，他們的家人卻在後方忍饑挨餓，甚至有不少人已經餓死病死。」

尉遲沖沉聲道：「你不必說了。」

霍勝男道：「義父，我說這些並非是為了說服您改弦易轍，而是一場看不到希望的戰爭根本沒有任何勝算！你難道忍心帶著這些陪您浴血奮戰的兄弟就這樣無休止地戰鬥下去，不死不休，就算成全了名節，可是他們的家人誰來照顧，他們的兒女誰來呵護？」

尉遲沖用力抿起了嘴唇，沉默片刻低聲道：「你應該回去了。」說完他策馬揚鞭向山坡下奔去，頭也不回地向軍營馳去。

霍勝男望著遠去的尉遲沖目光中充滿了痛惜，她似乎看到了義父未來的命運。

返回軍營，脫下一身的甲冑，霍勝男舒展了一下腰肢，此時卻感到身後有些異樣，她倏然回過身去，身後空無一人，就在她詫異之時又感到似乎有人在頸後輕輕吹氣，霍勝男心中一驚，以她現在的武功，對方竟可以神不知鬼不覺地潛伏在自己身邊，還戲弄自己，其人必然已是當世巔峰級的高手，她的手落在劍柄之上，猛然抽出佩劍，同時嬌軀擰轉，想要向背後反削，不等她拔出佩劍，已經被一隻大手將出鞘的利劍重新摁入鞘中，同時一隻有力的臂膀將她抱住，順勢將她壓倒在厚厚的羊毛地毯之上。

霍勝男正要驚呼，卻看清對方那張陽光燦爛的笑臉，分明就是自己日思夜想的胡小天，她心中驚喜到了極點，可是萬千情緒湧上心頭，到最後竟然一個字都沒說出口，化作兩行晶瑩的淚水沿著面頰緩緩滑落。

胡小天看到霍勝男的模樣，心中又是愛憐又是疼愛，柔聲道：「是我的不對，過了這麼久方才過來找你。」

霍勝男搖了搖頭伸手摟住胡小天，主動奉上櫻唇，胡小天低下頭去卻看到霍勝男的那對八字鬍，禁不住笑了起來。霍勝男氣得在他身上擰了一把：「居然笑我……」話未說完，櫻唇已經被胡小天抵住……

請續看《醫統江山》第二輯卷二十　天外飛船（大結局）

醫統江山 II 卷19 恨意滔天

作者：石章魚
發行人：陳曉林
出版所：風雲時代出版股份有限公司
地址：10576台北市民生東路五段178號7樓之3
電話：(02) 2756-0949
傳真：(02) 2765-3799
執行主編：劉宇青
美術設計：許惠芳
行銷企劃：林安莉
業務總監：張瑋鳳

初版日期：2021年6月
版權授權：閱文集團
ISBN ：978-986-352-962-0
風雲書網：http://www.eastbooks.com.tw
官方部落格：http://eastbooks.pixnet.net/blog
Facebook：http://www.facebook.com/h7560949
E-mail：h7560949@ms15.hinet.net
劃撥帳號：12043291
戶名：風雲時代出版股份有限公司

風雲發行所：33373桃園市龜山區公西村2鄰復興街304巷96號
電話：(03) 318-1378
傳真：(03) 318-1378
法律顧問：永然法律事務所 李永然律師
北辰著作權事務所 蕭雄淋律師

行政院新聞局局版台業字第3595號 營利事業統一編號22759935

國家圖書館出版品預行編目資料

醫統江山 第二輯／石章魚 著. -- 臺北市：風雲時代，2021.02- 冊；公分

ISBN 978-986-352-962-0（第19冊；平裝）

857.7 109021687